Ralf Kramp
Blaues Blut

Die »Herbie Feldmann«-Krimis:
Spinner
Rabenschwarz
Der neunte Tod
Malerische Morde
Hart an der Grenze
Totentänzer
Abendlied
Aus finsterem Himmel
Mord mit Eifelblick
Ein Grab für zwei
Blaues Blut

Außerdem gehören Herbie und Julius zu den Hauptdarstellern des Gemeinschafts-Romans *Acht Leichen zum Dessert*, der von den acht Autoren des Krimi-Camps verfasst wurde.

Darüber hinaus vom Autor bei KBV erschienen:
Tief unterm Laub
Still und starr
… denn sterben muss David!
Kurz vor Schluss (Kriminalgeschichten)
Ein Viertelpfund Mord (Kriminalgeschichten)
Ein kaltes Haus
Nacht zusammen (Kriminalgeschichten)
Stimmen im Wald
Voll ins Schwarze (Kriminalgeschichten)
Starker Abgang (Kriminalgeschichten)
Mord und Totlach (Kriminalgeschichten)
Totholz
Schuss mit lustig (Kriminalgeschichten)
Ihr Mord, Mylord (Kriminalgeschichten)
So tot wie nie (Kriminalgeschichten)
Kurz und kopflos (Kriminalgeschichten)
Noch ein Mord, Mylord (Kriminalgeschichten)
Tödlich währt am längsten (Kriminalgeschichten)
99 ½ Orte in der Eifel

Ralf Kramp, geb. 1963 in Euskirchen, lebt in einem alten Bauernhaus in der Eifel. Für sein Debüt *Tief unterm Laub* erhielt er 1996 den Förderpreis des Eifel-Literatur-Festivals. Seither erschienen zahlreiche Kriminalromane und Kurzgeschichten. In Hillesheim in der Eifel unterhält er zusammen mit seiner Frau Monika das »Kriminalhaus« mit dem »Deutschen Krimi-Archiv« (30.000 Bände), dem »Café Sherlock«, einem Krimi-Antiquariat und der »Buchhandlung Lesezeichen«. Im Jahr 2023 wurde er mit dem *Ehren-Glauser* für »herausragendes Engagement für die deutschsprachige Krimiszene« ausgezeichnet. www.ralf-kramp.de · www.kriminalhaus.de

Ralf Kramp

Blaues Blut

Ein Herbie-Feldmann-Krimi

1. Auflage März 2023
2. Auflage Juli 2024

© KBV Verlags- und Mediengesellschaft mbH, Hillesheim
www.kbv-verlag.de
E-Mail: info@kbv-verlag.de
Telefon: 0 65 93 - 998 96-0
Umschlaggestaltung: Ralf Kramp unter Verwendung von
© rebel - stock.adobe.com
Lektorat: Volker Maria Neumann, Köln
Druck: CPI books, Ebner & Spiegel GmbH, Ulm
Printed in Germany
ISBN 978-3-95441-611-0

Für Zlata und Guido
und ihre wunderbare Burg.

Zwei Augen, aus denen mein Glück gelacht,
Sie sind erblindet in ewiger Nacht.
Zwei liebe Augen, die mir gefunkelt,
Sie sind für immer vom Tod umdunkelt.
Nun wandre ich durch eine lichtlose Welt –
Nur von den zwei Augen ward sie erhellt.
(Oscar Blumenthal, *Schmerzgedichte*)

»Gramprophet!«, rief ich voll Zweifel,
»ob Du Vogel oder Teufel!
Bei dem ew'gen Himmel droben,
bei dem Gott, den ich verehr' –
Künde mir, ob ich Lenoren, die hienieden ich verloren,
Wieder find' an Edens Toren –
sie, die thront im Engelsheer –
Jene Sel'ge, die Lenoren nennt der Engel heilig Heer!«
Sprach der Rabe: »Nimmermehr!«
(Edgar Allan Poe, *Der Rabe*)

November

Gab es das? Ein Glücksgefühl, das sich einfach nicht mehr steigern ließ? Wenn ja, wenn das wirklich so war, dann hatte sie jetzt diese Stufe der maximalen Glückseligkeit erreicht. Heute, an diesem verregneten Herbsttag, war es unerwartet über sie gekommen.

Sie fühlte sich berauscht und fuhr durch den dunklen Abend. Das Laub umwirbelte den Wagen wie Konfetti, der Sprühregen hätte angesichts ihrer Stimmung aus einer Champagnerflasche kommen können. Sie hatte am Morgen beim Shoppen in Euskirchen ein T-Shirt gefunden, auf das in bunten Buchstaben der Spruch *Ich könnte kotzen vor Glück!* aufgedruckt war. Sie hatte es gleich anbehalten, und im Nachhinein erschien es ihr wie ein Omen. Es sagte auf gewöhnliche Art genau das aus, was sie seit dem Nachmittag empfand. Tatsächlich war ihr so, als wäre dies der schönste Tag ihres bisherigen Lebens.

Der Wagen ging in die Kurve. Seit sie die Autobahn bei Nettersheim verlassen hatte, schien er den Weg über die ansteigenden Straßen und zwischen den höher werdenden Eifelhügeln von allein zu finden. Sie war immer an kleine Fahrzeuge gewöhnt gewesen, an halbe Schrottkarren aus dritter oder vierter Hand, und sie hätte nie gedacht, dass sie sich so schnell an einen nagelneuen, bulligen SUV wie diesen hier gewöhnen würde. Überhaupt waren ihr all die zahllosen Dinge der letzten Monate, die ihr bisher fremd und ungewohnt vorgekommen waren, schon beinahe in Fleisch und Blut übergegangen. An alles wollte sie sich aber nicht gewöhnen. Nicht jeder Verführung würde sie nachgeben, nein. Es gab genügend Dinge, die sie sich zu ändern vorgenommen hatte.

Das Schild wies linkerhand in Richtung Unterpreth, sie setzte den Blinker und bog ab. Von Kilometer zu Kilometer war der Radioempfang immer schlechter geworden, aber es lohnte sich nicht mehr, den Sender zu wechseln. Der Regen nahm zu. Fette Tropfen trommelten auf die Windschutzscheibe. In ein paar Minuten würde sie zu Hause sein. Zu Hause – das klang warm und gemütlich. Es würde ihr noch einiges an Arbeit abfordern, bis es das wirklich war, aber sie würde es schaffen. Seit heute hatte sie einen Grund mehr. Den besten Grund, den man sich vorstellen konnte.

Ihre SMS, die sie ihm vorhin von unterwegs geschickt hatte, war eine Wiederholung dessen gewesen, was sie am Morgen gesagt hatte. Das kürzeste Wort. Sie hatte es gleich drei Mal geschrieben: *Ja! Ja! Ja!* Und dazwischen ein paar fröhliche Emojis. Er hatte ihr geantwortet, dass er sich unglaublich auf ihre Heimkehr freue – allerdings ohne Emojis. Die benutzte er nie, da war er dann doch ein wenig altmodisch. Alle Befürchtungen waren zerstreut. Sie verstanden sich immer noch. Ohne viele Worte und ohne ausschweifende Erklärungen. Sie wünschte, sie wären an diesem ganz besonderen Abend allein, aber er konnte diese Leute, die bei ihm waren, unmöglich wegschicken, das war ihr klar.

Sie überquerte den Bach, und der Weg wurde holpriger. Sie sang laut den Song aus dem Radio mit: »*Oh, I hope you're happy ...*« Der Scheibenwischer hielt den Takt nicht.

Irgendwann ging es links die Serpentinen hinauf. Der Wagen legte sich trotz seiner Größe mit leichtfüßiger Eleganz in die schmalen Haarnadelkurven. Sie zwang sich, das Tempo zu drosseln, auch wenn sie es nicht erwarten konnte, endlich anzukommen. Wenn ihr auf dieser einspurigen Strecke jemand entgegenkam, war es so gut wie unmöglich auszuweichen.

Sie tastete in den Vertiefungen der Mittelkonsole nach der Fernbedienung für das Haupttor, fand sie jedoch nicht. Vermutlich hatte sie selbst das Teil am Vorabend mit in den anderen Wagen genommen, als sie zu den Fischteichen gefahren war.

Auf dem Handy, das in der Halterung am Armaturenbrett klemmte, drückte sie eine der Schnellwahltasten. Es kam keine Verbindung zustande. Wie ärgerlich. Wahrscheinlich befand er sich in einem Raum des Gebäudes, in dem sein Handy keinen Empfang hatte. Davon gab es genug.

Sollte sie die Festnetznummer anrufen? Vielleicht war Frau Kratz noch im Haus, die hörte das Telefon, egal in welchem entlegenen Winkel sie sich befand.

Ach was. Sie beschleunigte den Wagen wieder. So schlimm würde es schon nicht werden. Wenn sie jetzt nass wurde, war das ihre eigene Schuld. Der Schirm lag im Heck des Wagens, das hatte sie beim Einladen der Einkaufstüten gesehen. Sie würde so nahe wie möglich an den Pfeiler mit der Sprechanlage heranfahren, auch wenn das selten gelang. Vielleicht konnte sie sogar den Klingelknopf drücken, ohne aussteigen zu müssen.

In diesem Moment forderte die Computerstimme seiner Mailbox sie auf, eine Nachricht zu hinterlassen.

»Ich bin's, mein Schatz«, sagte sie, um die Gelegenheit nicht zu verschenken. »Es sind nur noch ein paar Meter, dann bin ich da. Wenn du das noch rechtzeitig hörst, drück schnell den Toröffner. Wenn nicht, leg mir doch bitte ein paar Handtücher zurecht, denn ...«

Zwei grelle Lichter explodierten direkt vor ihr in der halbdunklen Schwarzweißkulisse aus wehenden Sträuchern und wild tanzenden Ästen, durch die der SUV sein Scheinwerferlicht schickte. Der Wagen kam ins Schlingern, die Reifen verloren auf dem nassen Herbstlaub den Halt. Rechts streifte sie ein Gebüsch, dessen Äste gegen die Windschutzscheibe peitschten. Ihr entfuhr ein hoher, kurzer Schrei. Instinktiv trat ihr rechter Fuß das Bremspedal so fest durch, wie es ging. »Zur Seite! Verdammte Scheiße, fahr da weg!«, schrie sie. »Setz zurück, du Idiot!«

Doch da vorne setzte niemand zurück, sondern schien im Gegenteil direkt auf sie zuzukommen. Zum Zurücksetzen war es bereits zu spät. Für sie genauso wie für den anderen.

Der SUV geriet mit den rechten Rädern auf die ansteigende Böschung, kam augenblicklich in Schieflage. Sie riss in einer fatalen, völlig falschen Reaktion das Steuer herum, und nur wenige Bruchteile von Sekunden darauf brach der Wagen zur Linken durch die Leitplanke, schoss zwischen den Bäumen hindurch den steilen Abhang runter, stieß wieder und wieder gegen Stämme und Äste, schaukelte hin und her wie ein Boot in den Fluten eines zu Tal donnernden Gebirgsbachs.

Als die Front des Wagens mit einem monströsen Knall gegen einen massiven Baumstamm krachte, zerbarst die Finsternis, der Wagen wurde herumgerissen, überschlug sich, rutschte weiter hinab und blieb schließlich auf dem unteren Stück der Zufahrtsstraße liegen. Dem Kreischen des sich verformenden Metalls folgte mit einem Mal ... Stille. Eine Stille, in der nur die Natur sich ein leises Flüstern erlaubte. Regen, der von Blatt zu Blatt tropfte, Äste, die sich irgendwo weit oben knarrend hin und her wiegten, Sträucher, an denen der Wind mit tausend Fingern rupfte.

Sie hing im Sicherheitsgurt und versuchte zu atmen, aber es gelang ihr nicht. Der Schmerz verdrängte jede andere Empfindung. Sie war nicht imstande, sich zu bewegen.

Sie schrie nicht, sie konzentrierte sich auf das Atmen, das ihr schwerfiel.

Und dann hörte sie die Schritte, die eilig näherkamen. Stolpernd, strauchelnd, den Hang hinunter. Jemand lief durch das Laub auf sie zu, atmete hektisch und keuchend. Jemand hielt direkt vor ihrem zersprungenen Seitenfenster inne und bückte sich zu ihr herab.

Sie wollte etwas sagen, um Hilfe bitten, aber ihre Lunge versagte den Dienst. Sie brachte keinen Laut hervor.

Die Person, von der sie nur finstere, regenverwaschene Schemen erkennen konnte, tat nichts. Nichts, um sie zu trösten, und auch nichts, um ihr zu helfen. Nur ein Schnaufen war zu hören. Keine Hand wurde nach ihr ausgestreckt, kein beruhigendes Wort wurde gesprochen.

Da begriff sie, dass es jemand war, der sie sterben sehen wollte. Und sie begriff, dass der schönste Tag ihres Lebens gleichzeitig ihr letzter war.

I hope, you're happy, but don't be happier ...

1. Kapitel

Herbie betrachtete das Gerät von allen Seiten und runzelte skeptisch die Stirn. »Ther – mo – ma – gic«, entzifferte er halblaut die stylische Schrift auf der stylischen Küchenmaschine, die da vor ihm auf dem fleckigen, alten Wohnzimmertisch stand. »Ist das so was Ähnliches wie ein Thermomix?«

Sein Freund Köbes wedelte bedeutungsvoll mit der Gebrauchsanweisung. »Oh ja! Und nach allem, was ich mithilfe des Online-Übersetzungsprogramms herausgefunden habe, handelt es sich sogar um eine Weiterentwicklung dieses Wundergeräts.« Er blätterte einige Seiten hin und her. »Es gibt noch gar keine deutsche Fassung hier drin. Chinesisch, Englisch und so ein paar andere Sprachen, die ich nicht zuordnen kann.«

»Noch keine deutsche Fassung?«

»Ist noch gar nicht auf dem deutschen Markt. Brandheiß, brandneu! Guck mal hier, *chop up* heißt doch kleinschnippeln, oder?«

Herbie zog ratlos die Stirn kraus.

»Und *preserve* heißt einkochen, das weiß ich. Mit dem Ding kann man sogar einkochen!«

Im Hintergrund rumpelte irgendeine martialisch klingende Filmmusik aus den Lautsprechern. Ein Kriegsfilm oder ein Science-Fiction-Blockbuster. Das Leben seines Freundes war mit einem nicht enden wollenden Soundtrack unterlegt. In den Regalen stapelten sich mehrere hundert Schallplatten und CDs.

»Kannst du mitnehmen!«, sagte Köbes jovial. »Schenk ich dir!«

Jetzt wurde Herbie erst recht skeptisch. »Wie bitte?«

»Ja wirklich, schenke ich dir!«

Herbie wusste nicht, was er sagen sollte. Eigentlich war er nur hier, weil der Auspuff seines alten Kombis so lose unter dem Wagen baumelte wie ein Meisenknödel an der Regenrinne. Und jetzt überraschte ihn Köbes mit einem derart großzügigen Geschenk!

Sein Blick wanderte durch das Wohnzimmer und blieb an einer großen, massigen Männergestalt hängen, die mit verschränkten Armen neben dem Flachbildschirm an der Wand lehnte.

Julius streckte den Bauch vor, zog die Augenbrauen in die Höhe und rümpfte spöttisch die Nase. *Dass man einem geschenkten Gaul nicht ins Maul schauen sollte, weißt du ja ganz gut, und wohl auch, wohin man beim geschenkten Barsch nicht guckt. Aber wenn du mich fragst, gibt es mindestens einen Haken an der Sache.*

Köbes hatte Herbies fragenden Blick bemerkt, der anscheinend ins Leere gerichtet war, aber er wusste genau, bei wem Herbie in solchen Fällen Hilfe suchte. Seit seiner Jugend litt Herbie unter der Vorstellung, an seiner Seite gebe es einen ständigen Begleiter. Einen großen, fetten Kerl mit Bart, der auf den Namen Julius hörte, und den nur er sehen und hören konnte.

»Und was sagt Julius dazu?«

Haken! Julius grunzte. Denk an meine Worte. *Mindestens einer.*

»Er freut sich für mich«, log Herbie.

Köbes lachte. »Der dicke Kerl hat einen Riecher für ein gutes Geschäft.«

Julius schnaufte abfällig.

Jeder, der Herbie kannte, wusste von seiner Macke namens Julius. Mitunter nahm man ihn deswegen nicht für voll, aber so wie er selbst sich im Laufe der Jahre mit der Tatsache eingerichtet hatte, dass er diesen allgegenwärtigen Begleiter hatte, hatten es die anderen auch getan. Herbie bekam man eben nur im Doppelpack.

Köbes umwickelte die klobige Küchenmaschine wieder mit der Kunststoffhülle und schob sie in die Kartonage mit den bunten asiatischen Schriftzeichen zurück.

Was willst du überhaupt mit so einem Ding anfangen? Julius kam zu ihnen herübergebummelt und legte das bärtige Kinn auf die Brust. *Für die Fertigpizza kann man es wahrscheinlich ebenso wenig benutzen wie für Tütensuppen. Und was anderes habe ich dich noch nie zubereiten sehen.*

»Ich könnte endlich mal ein paar neue Rezepte ausprobieren«, sinnierte Herbie und betrachtete die Bilder auf der Packung. Da wurde mit kunstvoll gezwirbelten Gemüsestreifen hantiert, und es waren köstlich gefüllte Auflaufformen und cremige Suppen abgebildet.

»Wie gesagt«, seufzte Köbes, erhob sich und klopfte ihm auf die Schulter. »Schenke ich dir.« Er ging zum Plattenspieler, wo sich der Tonarm inzwischen wieder in die Ruheposition begeben hatte. Er legte eine neue Schallplatte auf: *Der Pate* las Herbie auf der Hülle. »Kostet übrigens neu so um die tausendvierhundert.«

»Nicht dein Ernst!«, rief Herbie.

»Offizieller Preis laut einer chinesischen Website. Kein Wunder. Das Ding kann ja auch echt alles! Pürieren, Einkochen, Frittieren … Nur Fensterputzen kannst du damit nicht. Obwohl …« Er nahm wieder die Gebrauchsanweisung zur Hand und blätterte darin.

»Das ist aber verdammt großzügig, Köbes«, murmelte Herbie unsicher.

»Ja, nicht wahr?« Und während die ikonischen Trompetentöne des berühmten Mafia-Epos' durch den Raum strichen, blickte Köbes aus dem Fenster, kniff die Augen ein wenig zu, spitzte die Lippen und sagte schließlich nachdenklich: »Eine Hand wäscht allerdings die andere, weißt du?«

Julius klatschte in die Hände. *Haken Nummer eins!*

»Was meinst du?«

»Du kannst auch was für mich tun.«

Herbie sog die Luft ein. Was konnte er tun, was einen Gegenwert von eintausendvierhundert Euro darstellte?

Plus Auspuffreparatur! Julius schien wieder einmal seine Gedanken lesen zu können.

»Wir helfen uns doch immer, oder?«

»Das schon, ja.«

Köbes winkte Herbie mit einer Handbewegung zu sich herüber. Der Blick aus dem Fenster fiel auf den erbarmungswürdig unaufgeräumten Hof des alten Bauerngehöfts. Hier, am Rande des Örtchens Zingsheim, lebte Köbes inmitten einer unüberschaubaren Ansammlung von Autos in verschiedenen Stadien des Verfalls. Manche halb ausgeschlachtet, manche nur noch als Gerippe vorhanden. Berge von Altreifen und Stapel von rostfleckigen Kofferraumdeckeln – es schien nur schwer vorstellbar, dass bei irgendeinem Fahrzeug oder Ersatzteil jemals die Wiedereingliederung in den Straßenverkehr gelingen würde.

»Da hinten, im Schuppen, kannst du den Wagen sehen?«

Herbie strengte sich an und erahnte das Heck eines dunkelgrünen Vans. War das ein Dresdner Kennzeichen? »Was ist mit dem?«

»Da drin war das Thermoding.«

»Aha, verstehe.«

Die Kunstpause, die Köbes machte, alarmierte Herbie. Nicht zu Unrecht, wie sich herausstellte.

»Da sind noch mehr davon drin.«

»Noch mehr?«

Eine weitere Pause steigerte die Dramatik der Situation. Untermalt von der Filmmusik biss sich Köbes auf die Lippen, senkte die Augenlider, atmete tief durch und machte eine vage Handbewegung.

»Ich schätze, so knapp fünfzig Stück.«

»Fünfzig ...«

»Hatte noch keine Zeit, sie genau zu zählen.«

Herbie brauchte einen Moment, bis die Information ihren Weg über das Nervensystem in die zuständige Stelle seines Gehirns gefunden hatte.

Julius war wie immer schneller. Seine Mundwinkel wurden vom Anflug eines amüsierten Lächelns umspielt. *Ich beginne zu ahnen, mit welcher Art Haken du es hier zu tun hast, alter Kumpel. Das ist weder ein kleiner Angelhaken noch ein harmloser Garderobenhaken, das ist eher so ein großer, gefährlich spitzer Fleischerhaken, an den man getrost ein halbes Schwein hängen kann.*

»Wie um alles in der Welt kommst du an fünfzig schweineteure Küchenmaschinen aus Fernost?«

»Haste gestern Morgen vielleicht im Radio von dieser Verfolgungsjagd vorletzte Nacht gehört?«

»Ja, habe ich. Die Typen, die den Bankautomaten in Blankenheim gesprengt haben und dann mit dem Auto vor der Polizei nach Holland abgehauen sind, meinst du die?«

Köbes nickte stumm.

Bankautomaten sind ja im Moment schwer in Mode, wie es scheint. Fast jeder in der Eifel ist schon mal gesprengt worden. Wer weiß, was als Nächstes kommt. Kaugummiautomaten vielleicht, oder die mit den Kondomen.

»Es soll eine Schießerei gegeben haben, wurde gesagt. Und was hast du damit zu tun?«

»Das Auto, weißt du ... Das Fluchtauto haben sie von mir.«

Die Filmmusik klang in diesem Moment besonders dramatisch.

Die Sprengung des Geldautomaten sei erfolglos verlaufen, wusste Köbes zu berichten. Dafür aber laut. Und auch zu einem ungünstigen Zeitpunkt, denn ein Streifenwagen sei ganz unerwartet genau in dem Moment von einer Ruhestörung in Dahlem zurückgekommen, als die beiden Osteuropäer sich ans Einpacken des Geldes machen wollten.

»Köbes, ich sehe noch nicht, wo die Thermodinger ins Spiel kommen.«

»Die Sache ist die: Die Burschen haben den Van offenbar kurz vorher als Fluchtfahrzeug an der Autobahnraststätte Frechen geklaut, nachdem sie den Fahrer auf der Toilette bewusstlos geschlagen haben. Den Fahrer, der polizeilich gesucht wurde, nur mal so am Rande.«

»Polizeilich gesucht? Wegen was?«

»Hehlerei. Wurde jedenfalls so bei Radio Euskirchen gemeldet.«

Herbie sah seinen Kumpel ungläubig an. Köbes zuckte mit den Schultern und bedeutete ihm mit einer beiläufigen Handbewegung, ihm zu folgen. Während sie den Hof überquerten, fuhr er mit seiner Erzählung fort: »Dass die beiden Kanaillen von da an eine Fuhre High-Tech-Geräte zweifelhafter Herkunft durch die Gegend kutschierten, wussten die wahrscheinlich selbst nicht mal. Sonst hätten die mir wohl kaum den Van und die Ladung so einfach überlassen.«

»Überlassen?«

»Ja, die haben es in Tondorf irgendwie geschafft, die Bullen abzuhängen, und da war dann wohl wieder ein schneller Fahrzeugwechsel angesagt.«

»Und da kommen die ausgerechnet zu dir?« Herbie konnte es nicht glauben.

»Klar, warum nicht. Die haben offenbar die ganzen Autos auf dem Platz gesehen.«

Julius kicherte. *Von denen kein einziges so aussieht, als könnte man auch nur fünf Meter damit zurücklegen, geschweige denn ins Ausland fliehen.*

»Jedenfalls standen sie plötzlich vor mir, zückten 'ne Knarre und wollten den Schlüssel von dem schwarzen BMW«, erklärte Köbes mit einem erneuten Schulterzucken. »Und jetzt steht der Van hier, und der BMW ist mit den zwei Typen ab nach Holland.«

»Klingt alles ziemlich bizarr.« Herbie ging um den Wagen herum und betrachtete ihn von allen Seiten. »Dresdner Kennzeichen. Hm. Die Karre ist ein wichtiges Beweisstück.«

»Ich weiß«, sagte Köbes gequält. »Und das macht es ja so kompliziert.«

»Wieso kompliziert?«

»Der BMW gehört einem, der nicht so richtig gut erklären kann, wo er ihn herhat.«

Tusch! Haken Nummer zwei!

Herbie begann zu begreifen. »Also kannst du die Polizei nicht rufen, weil ...«

»Ganz genau!«

»Oh Mann, Köbes, was ist das wieder für ein krummes Ding?«

»Ich kann doch nichts dafür! Eigentlich sollte ich bei dem BMW nur die Zylinderkopfdichtung wechseln. Aber jetzt ist der Wagen weg, und der Typ, dem er gehört, ist total sauer. Aber wenn die Bullen rauskriegen, dass das sein Wagen ist, ist er nicht nur sauer, dann macht er mich auch noch kalt!«

»Hm, kompliziert.«

»Sag ich ja!« Von irgendwoher hatte Köbes einen öligen Lappen geholt und ging zur Seitentür des Vans. »Und deshalb müssen wir den Wagen an eine Stelle fahren, an der er garantiert gefunden wird. Da sollen sich die Bullen dann bedienen, sollen Fingerabdrücke und Speichelspuren und Hautschuppen und all so was sammeln und das ganze Ding auf links krempeln. Aber vorher ...« Er betätigte den Griff, und die Tür rollte in ihrer Führung zur Seite und gab den Blick auf den Inhalt des Laderaums frei. Der ganze Wagen war randvoll mit Kartons gefüllt, auf deren Seiten dasselbe Bild einer Küchenmaschine und derselbe chinesische Buchstabensalat abgedruckt war. »Vorher zweigen wir mal schön unseren Anteil ab.«

»Unseren Anteil?« Herbie merkte, dass seine Stimme ganz schrill wurde.

»Findest du nicht, dass dein Leben manchmal ein bisschen langweilig ist, Herbert Feldmann?«

2. Kapitel

An jedem zweiten Sonntag des Monats gab es traditionell in Hillesheim einen Flohmarkt auf dem Viehmarktplatz. Bis in die Siebziger hinein waren die große, alte Halle und die davor liegende Freifläche ein Magnet für Viehhändler aus der näheren und weiteren Umgebung gewesen. Man reiste von überallher an, die Rinder im Anhänger oder an der Kette, das Geld in dicken Bündeln in die Brieftasche gestopft. Es war eine große Veranstaltung, bei der das Marktstädtchen regelmäßig aus allen Nähten platzte. Heute waren die alten Pappeln gefällt, die Halle war modernisiert und das gesamte Gelände mit großem Aufwand zum ganzjährig nutzbaren Veranstaltungsareal umgebaut worden.

Herbie hatte den Flohmarkt schon oft besucht. Immerhin lag er nur drei Straßenecken von seiner kleinen Etagenwohnung entfernt. Sein halber Haushalt am Graf-Mirbach-Platz stammte von hier und aus dem reichhaltigen Sortiment, das ihm der Sperrmüll so bot.

Er hatte kein Problem damit, von gebrauchtem Geschirr zu essen oder Hemden aus zweiter Hand zu tragen. Angesichts der Tatsache, dass seine Tante Hettie aus Bad Münstereifel in ihrer Funktion als Vormund dazu bestimmt war, sein Erbe zu verwalten, blieb ihm ohnehin nichts anderes übrig. Seine Miete war gesichert, er verdiente sich ab und an mit Aushilfsjobs ein wenig dazu, und an große Sprünge hatte er sich zeit seines Lebens erst gar nicht gewöhnt.

»Ich halte dein Geld zusammen, Herbert«, knurrte seine Tante stets, wenn er wieder einmal einen erfolglosen Versuch startete, ihr eine kleine Sonderausschüttung abzuschwatzen. »Für den Tag, an dem ich einmal nicht mehr bin.«

Sie war alt, seine Tante, sehr alt, und ihm kam immer wieder der Verdacht, ihr Ableben sei in stets gleichbleibend unerreichbarer Ferne, weil sie einzig die Aussicht darauf, dass er irgendwann schließlich doch in den Genuss des Geldes kommen könnte, am Leben erhielt.

Julius zitierte in diesem Zusammenhang gerne seine abgewandelte Form einer alten Spruchweisheit: *Die Hoffnung stirbt zuletzt, aber deine Tante noch später.*

Herbie trug also Jeans mit unmodernem Schnitt, Hemden mit leicht zerschlissenen Kragenspitzen, erhitzte seine Dosenravioli in Töpfen mit schartigen Teflonböden, las Bücher aus der Ramschkiste und war im Großen und Ganzen nicht unzufrieden. Dass sein Leben langweilig war, fand er eigentlich nicht.

Noch nie hatte er einen eigenen Stand auf dem Flohmarkt aufgebaut. Mit einer von Köbes' Sackkarren hatte er an diesem Novembermorgen in aller Frühe die Ware hierhertransportiert. Heute war, so hatte er erfahren, der letzte Markttermin des Jahres. Es war herbstlich kühl, und der Himmel war wolkenverhangen.

Herbie hatte Glück gehabt. Die Stellflächen waren an diesem Tag nicht ganz ausgebucht, er durfte daher auch ohne Voranmeldung seinen provisorischen Verkaufstisch aufbauen. Dem Organisator, der mit seiner Umhängetasche von Stand zu Stand ging, Listen abhakte und wenn nötig auch mal mit weit gespreizten Schritten Maß nahm, zahlte er zwanzig Euro und gab sich Mühe, seinen Namen und die Adresse auf dem Formular, das er ausfüllen musste, möglichst unleserlich zu hinterlassen.

Dann errichtete er eine kleine Pyramide aus Thermomagic-Kartons auf seinem wackeligen Tapeziertisch und wartete mit in die Seiten gestemmten Händen darauf, dass jemand sich dafür interessierte.

»Jetzt geht es los, Julius. Ich habe ein verdammt gutes Gefühl. Wir werden hier ganz schnell mit ganz wenig Aufwand ein hübsches Sümmchen verdienen!« Er blickte sich auf dem Platz um. Es herrschte eine entspannte Stimmung. Das Wetter schien stabil zu bleiben, und der Duft, der bereits zu dieser frühen Stunde von der Pommesbude herüberwehte, half ihm bei der Entscheidung, in was er schon in Kürze seine Einnahmen investieren würde.

Julius hatte wie immer ein paar gute Tipps parat: *Du solltest auf jeden Fall eins von den Dingern auspacken und ein bisschen Show machen. Möhren raspeln, Gurken hobeln, eine Quiche Lorraine zaubern, oder Coquilles Saint-Jacques mit karamellisiertem Chicorée oder so was.*

»Ich habe weder Gurken noch Möhren noch Coqu... Dingens«, knurrte Herbie.

Dann wenigstens ein Wildkräutersüppchen. Das Zeug findest du da vorne bei den Parktaschen in jeder Ritze.

»Vor allen Dingen habe ich keinen Strom.«

Ja, nicht mal ein Auto mit Zigarettenanzünder.

Sein Auto fehlte ihm in der Tat. Das stand bei Köbes und wartete auf eine Auspuffbehandlung der Extraklasse. Andere Stände hatten Strom – woher auch immer. Nebenan blubberte eine Kaffeemaschine, gegenüber drehte sich ein Plattenspieler, und an der nächsten Ecke führte jemand gerade eine Disco-Lichtanlage vor.

Den dunkelgrünen Dresdner Van hatten Köbes und er in der Nacht auf einen Waldweg in der Nähe des Autobahnendes bei Blankenheim gefahren und dort so abgestellt, dass er erst auf den zweiten Blick entdeckt werden würde. Dieser Platz schien ihnen gleichermaßen weit genug von Zingsheim als auch von Hillesheim entfernt zu sein. Sie hatten sich dabei in Lackieranzüge gehüllt und Gummihandschuhe übergezogen, um keine Spuren zurückzulassen. Dann hatte Köbes seinen Freund mit fünfzehn ostasiatischen High-Tech-Küchengeräten nach Hillesheim gefahren. Mit weiteren fünfzehn Stück stand er selbst zu diesem Zeitpunkt auf dem Parkplatz am Euskirchener HIT-Markt, wo er ebenfalls sein Glück als Propagandist versuchte – eine Taktik zur Minimierung des Risikos, wie er betont hatte. Der Rest der Ware war in Zingsheim zwischen Autoschrott versteckt.

Was ihr da tut, du und dein Freund, der Autoschänder, ist durch und durch kriminell, wenn du mich fragst. Julius betrachtete mit gerümpfter Nase das Gerät, das Herbie aus der Pappschachtel befreite.

»Das ist ein großes Wort. Kriminell sind doch wohl eher die Typen, die den Lieferwagen gestohlen haben, oder die, denen er vorher gehört hat. Kriminell ist auch der Kerl, dessen BMW sie sich mit Waffengewalt angeeignet haben.« Herbie steckte die Laschen verschiedener Plastikteile in Ösen, die offensichtlich dafür vorgesehen waren. Passen wollte das alles aber irgendwie ganz und gar nicht.

Du bist im Begriff, Diebesgut zu verkaufen. Wie nennst du das? Legal?

»Ich habe es ja nicht gestohlen.« Julius ging ihm mit seinem Moralgeschwätz auf die Nerven. Er drehte die Bedienungsanleitung hin und her. Las man das vielleicht von rechts nach links? »Kriminell sind vor allen Dingen die Typen, die diese Anleitung fabriziert haben.«

»Was soll'n das Ding kosten?« Bei der halblaut geraunzten Frage schwangen gleich mehrere Statements mit: Erstens ist es sowieso zu teuer. Zweitens tue ich dir einen Gefallen, wenn ich dir eins von den Dingern abkaufe. Drittens nimmst du heute Abend sowieso den ganzen Rotz wieder mit nach Hause. Die kleine Frau war um die sechzig, hatte üppiges, verdächtig schwarzes Haar, eine gepiercte linke Augenbraue und steckte in einem über alle Maßen hässlichen, pinkfarbenen Jogginganzug.

Auf diese Frage war Herbie vorbereitet. »Neu kostet das Gerät normalerweise tausendvierhundert.«

Im Gesicht der Frau regte sich nichts. Gar nichts. Die Information drang offensichtlich überhaupt nicht zu ihr durch, sondern verlor sich irgendwo zwischen den Ohren und dem Gehirn. Sie starrte ihn nur an.

»Also so offiziell. Der Apparat ist fabrikneu. Ein Testlauf für den deutschen Markt. Man kann damit alles Mögliche machen: *Chop up, fry, preserve* ... also einkochen ...«

»Und was kostet das?«

»*Cooking*! Kochen kann man auch damit! Wie gesagt, neu eigentlich eintausendvierhundert Euro. Im Geschäft. Demnächst. So ganz offiziell.«

Sie zuckte nicht mit den Wimpern und verzog keine Miene.

»Klar, dass ich hier einen Sonderpreis mache«, versuchte sich Herbei an so etwas wie einer Verkaufsstrategie. »Wir sind ja hier nicht im Fachgeschäft.«

Das Gesicht der Frau war eine Mauer. Eine runzlige, graubraune Bruchsteinmauer. »Ja, und was kostet das?«

»Vierhundert«, hustete Herbie eine Summe aus, die ihm akzeptabel erschien.

Es dauerte eine Weile, bevor sich in dem Gesicht jenseits des Verkaufstischs endlich etwas tat. Die Augen verengten sich, um die Mundwinkel zuckte es, und dann platzte ein lautes, brüllendes Lachen aus ihr heraus. Heiser und dröhnend, wie ein Motorradauspuff beim Kaltstart.

Nervös blickte sich Herbie nach rechts und links um. Alle Menschen im Umkreis von hundert Metern starrten zu ihnen herüber.

»Das ist ein Preisvorschlag«, rief er schnell. »Wie gesagt, neu kostet das Ding tausendvierhundert, und ...«

»Du bist auf dem Flohmarkt, du Heini!«, röhrte die Alte. »Der Eifel-Waldi im Fernsehen fängt wenigstens immer mit achtzig Euro an!«

»Aber man kann damit choppen, kochen, *preserve* ... also einmachen, und ...«

»Für 'nen Fuffi nehm ich das Ding mit.«

»Fünf... Also bitte, wir mögen zwar auf dem Flohmarkt sein, und man kann hier durchaus ein bisschen verhandeln, aber das Ding hier ist immerhin nagelneu. Zweihundert!«

»Ha, dann träum weiter, du Pfeife!« Sie wandte sich mit einem heiser rasselnden Lachen ab und ging ihrer Wege.

Julius grunzte amüsiert. *Ich sage es ja immer: Der Eifel-Waldi macht die Preise kaputt!*

Eine Weile lang geschah nichts. Herbie überlegte, ob er sich irgendwo an eine Stromquelle dranhängen konnte. Ohne Vorführung würde es schwer werden. Ringsumher herrschte geschäftiges Treiben. Winterklamotten wurden anprobiert, Bücherkisten durchwühlt, Porzellan begutachtet.

Er seufzte tief und vergrub die Hände in den Taschen seines Parkas.

»Entschuldigung, könnten Sie uns wohl mal kurz helfen«, kam eine Stimme von links. Es klang ein wenig verzweifelt.

Herbie hatte das ältere Pärchen vom Nachbarstand bisher kaum wahrgenommen. Er war untersetzt und steckte in einer graugrünen Cordweste. Über den Goldrand seiner zierlichen Lesebrille warf er Herbie einen flehentlichen Blick zu. Er hatte einen eisgrauen Walross-Schnauzbart und eine wie poliert glänzende Stirnglatze. »Meinem Urselchen geht es heute nicht so gut«, sagte er und wedelte der molligen Frau an seiner

Seite mit einem karierten Taschentuch Luft zu. »Der Kreislauf.«

»Ach Gerhardchen, es geht doch schon wieder«, seufzte sie und flatterte mit den getuschten Wimpern. »Ich trinke eine Cola, und dann kommt der Kreislauf wieder in Schwung.«

»Ach ja, ich mache mir eben immer zu viele Sorgen«, erklärte ihr Mann mit einem schiefen Lächeln. »Letzte Woche ist sie von einer der letzten Wespen gestochen worden. Und am Dienstag waren plötzlich ihre linken Zehen taub. Ich denke dann immer gleich das Schlimmste.« Er wandte sich zu Herbie um. »Ich werde sie mal besser zum Auto bringen. Das steht da vorne. Wir waren heute Morgen ein bisschen spät dran und kamen nicht mehr zwischen den Ständen durch. Könnten Sie wohl in der Zwischenzeit einen Blick auf unseren Stand werfen?«

Der arme Mann ahnt ja nicht, dass er sich gerade mit einem skrupellosen Ganoven einlässt. Julius spitzte spöttisch die Lippen.

»Aber selbstverständlich.« Herbie nickte beflissen. »Ich könnte an der Imbissbude eine Cola holen.«

Der Mann wehrte das mit einer Handbewegung ab und half seiner Frau aus dem Klappstuhl hoch. An ihren Handgelenken klimperten zahlreiche Armreifen, um ihren kurzen, dicken Hals schwangen mehrere Korallenketten. Der Schweiß hatte ihr die kurzen, kastanienbraunen Löckchen auf die Stirn geklebt. Herbie trat näher heran und machte einen unbeholfenen Versuch, ihr unter den Arm zu fassen.

»Das geht schon, junger Mann«, sagte ihr Gatte. »Ich bin gleich wieder zurück.«

Die Frau schenkte ihm ein schwaches Lächeln. »Das ist wirklich sehr, sehr nett von Ihnen, mein Junge.«

Langsam setzten sie sich in Bewegung. Der Mann rief ihm über die Schulter zu: »Nehmen Sie sich eine Tasse Tee aus der Thermoskanne!«

Herbie ließ den Blick über den Stand schweifen, der in jeder Hinsicht exakt das Gegenteil von seinem eigenen darstellte. Alles in der Auslage glitzerte und glänzte, alles war alt und sah überaus kostbar aus. Zierliche Figuren aus Porzellan standen neben messingfarbenen Zuckerzangen, Perlenketten waren neben goldglänzenden Broschen auf dem mit weinrotem Samt bedeckten Tisch drapiert. Mehrere alte Kupferstiche und historische Landkarten wurden kunstvoll gerahmt auf kleinen, hölzernen Stellagen präsentiert. Die Auslage wirkte edel und ausgesucht. Auf einem kleinen Schild las er: *Antiquitäten Moll, Hellenthal – Schmuck, Kuriosa, Militaria – Ankauf und Wohnungsauflösungen*. Er hob eine kleine Glaskaraffe hoch. Das Material war hauchdünn und mit filigranen Goldornamenten geschmückt.

Gib schon zu, dass es dich in den Fingern juckt, du Strauchdieb. Greif zu, nimm dir, was dir nicht gehört! Los, die Gelegenheit ist günstig!

»Du redest dummes Zeug, Julius.« Herbie sah noch einmal zu den beiden Alten hinüber, die langsam auf einen rostigen, türkisfarbenen Transporter zuwackelten. Der Mann leitete seine Frau fürsorglich, indem er sie beim Ellenbogen fasste. »Ich bin doch kein Dieb.«

Und dann sah er das Polizeifahrzeug.

Es stand in der Nähe der Elektrozapfstellen. Die Scheiben waren heruntergelassen, und soweit er das erkennen konnte, saß niemand darin. Panisch ließ er den Blick hin und her über den Platz springen.

Als er schließlich die junge Frau und den großgewachsenen Mann in der blau-schwarzen Uniform entdeckte, hatten sie schon fast seinen Tapeziertisch mit den Thermomagic-Kartons erreicht.

Instinktiv ging Herbie hinter dem Verkaufstisch des alten Pärchens in die Knie.

Na, das hat ja nicht lange gedauert. Julius beugte sich breit grinsend zu ihm herunter. *Eine bemerkenswert kurze Hehlerkarriere, möchte ich sagen.*

»Ach Quatsch«, zischte Herbie. »Die sind zufällig hier. Selbst wenn die den Van schon gefunden haben, wie sollen sie denn so schnell darauf kommen, dass ein paar von den Apparaten hier auf dem Flohmarkt stehen?«

Na, was meinst du wohl? Dein feiner Freund wird dich verpfiffen haben.

In diesem Moment vibrierte Herbies Handy, Köbes schickte eine SMS: »Schon 1 verkauft! 50 €. Lockangebot!« Dahinter grinsten drei gelbe Smileys.

»Wem gehört denn der Stand hier?« Die Stimme der Polizistin war deutlich zu hören.

Herbie tat so, als wäre er unter der Verkaufstheke gerade sehr intensiv mit dem Sortieren des Verpackungsmaterials beschäftigt. Er glättete Zeitungspapier und faltete Plastiktüten und spähte währenddessen angestrengt durch einen kleinen Spalt zwischen Tischgestänge und Samttuch zu seinem eigenen Stand hinüber, wo die Polizeibeamten jetzt interessiert das Thermomagic-Angebot begutachteten. Die junge Frau wendete einen der Kartons in ihren Händen. »Ja klar, die Dinger können alles«, erklärte sie ihrem Kollegen. »Garantiert hat die Ellen Freude daran. Die sagt, man kann sehr gut Eierlikör damit machen.«

»Auch frittieren? Ellen frittiert alles Mögliche.«

Oh ja, und auch choppen und preserven kann man damit. Julius amüsierte sich prächtig. *Wie gerne würde ich mit denen jetzt ein kleines, freundliches Verkaufsgespräch führen.*

Plötzlich kam die Stimme des Polizeibeamten von oben, und Herbie fuhr zusammen. »Hallo Sie, können Sie mir sagen, wem der Stand nebenan gehört?«

Herbie schoss das Blut in den Kopf. Er raschelte nervös mit dem Verpackungsmaterial und stammelte: »Stand? Nebenan? Äh, das ist so ein großer Dicker ... So ein aufgeblasener Typ mit Bart, im Tweedjackett.«

He, mach dich nicht über mich lustig, Freundchen!

»Und wo ist der?« Der Polizist sah sich suchend um.

»Toilette«, stieß Herbie hervor, ohne aufzublicken. In seinen Schenkeln breitete sich ein Kribbeln aus. Wenn er sich nicht bald aufrichtete, würden ihm die Beine einschlafen.

»Der ist zur Toilette«, rief der Polizist seiner Kollegin zu. Und dann wandte er sich wieder an Herbie. »Sie, hallo, Sie da unten, was kosten die Dinger denn? Haben Sie da zufällig eine Ahnung?«

»Fang mal mit achtzig Euro an!«, rief die Polizistin lachend.

»Achtzig ist okay«, ächzte Herbie. Seine Füße brannten mittlerweile wie Feuer.

»Echt, achtzig? Die kosten doch neu sicher ...« Ein Hauch von Skepsis schwang plötzlich in der Stimme mit. »Sind Sie sich sicher? Achtzig?«

»Ja, ganz sicher.« Herbie biss die Zähne zusammen.

»Ist der Mann denn schon lange auf der Toilette? Sagen Sie mal, was machen Sie denn die ganze Zeit da unten?«

»Ist alles auf Chinesisch und Englisch«, rief die Kollegin. »Frag mal nach der Bedienungsanleitung!«

»Ist da auch eine deutsche Bedienungsanleitung bei? He, können Sie mich mal ansehen, bitte!«

»Sechzig«, schnaufte Herbie. »Nehmen Sie das Teil für sechzig, weil keine deutsche ... Fünfzig! Für fünfzig können Sie es haben!«

»Würden Sie bitte mal aufstehen!«

In diesem Augenblick knasterte der Lautsprecher des Polizeifunkgeräts. »Polizeiobermeister Gressmann, ich höre.«

Eine stark verzerrte Stimme meldete einen Verkehrsunfall am Kreisel in Walsdorf.

»Geht klar, sind in fünf Minuten da!«, rief der Polizist, und an seine Kollegin gewandt: »Wir kommen gleich noch mal her. In Walsdorf hat es gescheppert.«

Während sie sich mit schnellen Schritten entfernten, schoss Herbie in die Höhe, und im selben Moment, in dem das Blut wieder durch seine Beine zirkulierte, wurde ihm schwindelig.

»Danke, mein Junge, danke dir!«, rief der Mann, der sich jetzt wieder von hinten näherte. »Fein, dass du aufgepasst hast.« Er klopfte ihm mit jovialer Geste auf die Schulter. »Wir werden langsam alt, weißt du. In letzter Zeit haben wir uns ein bisschen übernommen.«

Herbie lächelte säuerlich. »Nicht der Rede wert. Ich helfe gern. Hoffentlich geht es Ihrer Frau bald besser.«

Der Alte reckte ihm die Rechte entgegen. »Ich bin der Onkel Moll. Onkel und Tante Moll, so nennt man meine Ursel und mich überall. Wir haben dich hier noch nie gesehen.«

Und man wird ihn hier so schnell auch nicht wiedersehen.

»Ich bin noch nicht lange im Geschäft«, sagte Herbie säuerlich und überlegte, wie er möglichst schnell mit seinen Kartons verschwinden konnte, bevor die Polizisten zurückkehrten. Er deutete vage auf die Auslage der Molls. »An solche kostbaren Sachen traue ich mich noch nicht ran.«

Onkel Moll blickte zu der Karton-Pyramide hinüber. »Hm, ach so, Neuware. Ja, da macht man heute 'ne schnelle Mark mit.« Das klang ein wenig geringschätzig.

Die Frau im pinkfarbenen Jogginganzug hatte unterdessen wieder Position vor Herbies Stand bezogen. »So, pass mal auf, Muchacho, ich hab mir das jetzt noch mal überlegt. Also mein letztes Angebot sind zwanzig Euro.«

Herbie seufzte ergeben und trottete zu ihr hinüber. »Okay, dann habe ich wenigstens die Standgebühr wieder raus.« Er reichte ihr einen der Kartons.

»Der kann doch auch Eierlikör, oder?«

»Aber sicher.«

Wenige Minuten später stiefelte die Kundin mit dem Schnäppchen des Jahrhunderts davon.

Und als Herbie den einzelnen Schein in sein Portemonnaie schob, hörte er plötzlich die Stimme von Onkel Moll hinter sich: »Sag mal, Junge, hast du in den nächsten Tagen vielleicht ein bisschen Zeit, der Tante Moll und mir zu helfen? Wir haben da nämlich einen größeren Auftrag, bei dem wir noch einen brauchen könnten, der mal mit anpackt. Gibt fünfzehn Euro die Stunde.« Er reichte ihm eine Visitenkarte mit einer Hellenthaler Firmenadresse.

Herbie betrachtete sie und nickte zaghaft. »Zeit hätte ich schon.«

»Ja, fein. Also kommenden Donnerstag?«

Und an allen anderen Tagen bis 2050 auch.

3. Kapitel

Um wie vereinbart um zehn Uhr bei den Molls zu sein, hatte Herbie am Vorabend den Zeiger seines Weckers nur mit Mühe auf die ungewohnte Position gedreht bekommen. Irgendwas klemmte zwischen Mitternacht und elf Uhr in der Mechanik.

Es waren nur knapp vierzig Kilometer Luftlinie von Hillesheim nach Hellenthal, und mit dem Auto legte man diese Strecke locker in einer Dreiviertelstunde zurück. Wer allerdings nicht im Besitz eines fahrbaren Untersatzes, sondern den öffentlichen Verkehrsmitteln ausgeliefert war, der machte die schmerzhafte Erfahrung, dass diese nun mal keinen direkten Weg kannten. Man passierte Dörfer und überquerte Flüsse, deren Namen man nie zuvor gehört hatte.

Herbies Wagen befand sich noch immer bei Köbes, denn er hatte sich noch nicht dazu durchringen können, seinem Freund die Pleite mit den Küchengeräten zu beichten. Die Kartons stapelten sich zurzeit auf dem

Treppenabsatz vor seiner Wohnung, und seine Vermieter, das alte Ehepaar Schnichels, hatte ihm mit Nachdruck zu verstehen gegeben, dass das kein Dauerzustand werden dürfe. Er hatte ihnen eines der Geräte geschenkt, um sie zu besänftigen.

Köbes hatte mit seinen Verkäufen offenbar mehr Glück gehabt. Wenn es stimmte, was er ihm geschrieben hatte, war er am Sonntag innerhalb weniger Stunden acht Küchenmaschinen losgeworden. Herbie hatte zurückgeschrieben: *Toll*, und auf die Frage *Und du?* hatte er dann nicht mehr geantwortet. Auch nicht auf *Wie viele?*, auf *Du etwa mehr?* oder auf *Sag doch mal*. Sollte Köbes doch denken, er wäre mit dem ganzen Geld auf die Malediven abgehauen. Er hätte sich niemals auf dieses krumme Ding einlassen dürfen.

Du hättest dich niemals auf dieses krumme Ding einlassen dürfen, sagte ihm auch Julius mindestens dreimal am Tag. Sein Begleiter liebte solche verfahrenen Situationen, aus denen es für Herbie keinen Ausweg mehr zu geben schien.

Eingeklemmt zwischen krakeelenden Schulkindern zockelte er jetzt noch vor Tagesanbruch im überfüllten Bus durch die Eifellandschaft, deren Konturen sich erst nach und nach aus der Finsternis des Herbstmorgens schälten.

Julius begleitete ihn mit einer für diese frühe Zeit geradezu widerlich guten Laune. Er zeigte immer wieder mit spitzem Zeigefinger aus dem Fenster. *Schau nur, in diesen kleinen, putzigen Häuschen sitzen überall brave Menschen und schlürfen gerade ganz gemütlich ihren Morgenkaffee.*

Herbie musste unentwegt gähnen, manchmal so heftig, dass es beängstigend laut in seinen Kiefergelenken knackte. Er tröstete sich damit, dass er diesen unmenschlichen Einsatz als Wiedergutmachung für die krumme Tour vom Wochenende betrachtete. Er würde heute ehrliche Arbeit gegen ehrliche Bezahlung leisten.

Nach zweieinhalb Stunden mit zweimaligem Umsteigen erreichte er endlich die Adresse auf der Visitenkarte. Ein grabsteingrauer Himmel hing über Hellenthal, und es war kalt und windig. Für den Vormittag war heftiger Regen angekündigt worden.

Gegenüber den riesigen Hallen der Schöller-Werke stand am Waldrand, unweit der evangelischen Kirche, das Haus der Molls. Das zweigeschossige Gebäude stammte aus den Fünfzigern, und seitdem waren offenbar Schuppen, Hallen und Garagen in verschiedenen Größen und aus unterschiedlichen Materialien davor, dahinter und zu beiden Seiten angebaut worden.

Das Schild mit der Aufschrift *Antiquitäten Moll* war verblasst, der raue Verputz des Hauptgebäudes fleckig, aber dennoch wirkte das Gelände nicht verkommen, sondern es schien mit seinen Besitzern, deren Anblick Herbie noch deutlich vor Augen hatte, gealtert zu sein.

Es gab kein Schaufenster, aber dafür wiesen mehrere Hinweisschilder in Richtung der Nebengebäude: *Große Ausstellung in der Halle*, *Schnäppchen-Markt* und *Onkel Molls Fundgrube*.

Das ganze Gelände war mit Unmengen von Blumenkübeln und Pflanzschalen dekoriert, aus denen bräunliches Gestrüpp seine verdorrten Zweige in die Luft reckte. Im Sommer musste das hier ein Blütenmeer sein, aber jetzt hatte alles die herbstliche Farbe des Verfalls angenommen.

Der türkisfarbene Transporter, den Herbie schon vom Flohmarkt kannte, stand in einer offenen Garage, und Herbie erkannte undeutlich jemanden im Inneren herumhantieren. Gerade wollte er hingehen, um auf sich aufmerksam zu machen, als sich die Haustür aus Aluminium und Milchglas öffnete und Tante Moll herauskam. Sie winkte fröhlich, und die Armreifen um ihre feisten Handgelenke klimperten munter.

»Da ist ja der gute Junge!«, rief sie fröhlich und eilte auf ihn zu. »Ich hätte wetten können, dass du kommst. Der ist nicht wie die anderen, habe ich zu meinem Gerhardchen gesagt, der kommt ganz sicher.«

Onkel Moll erschien kauend hinter ihr im Hauseingang. »Und fast pünktlich«, schmatzte er und nickte anerkennend mit dem Kopf. »Wir haben gerade gefrühstückt. Willst du noch 'nen Kaffee?«

Herbie lehnte dankend ab. Seine Frau schüttelte ihm enthusiastisch die Hand und strahlte ihn an. »Es ist so schwer, jemanden zu finden. Wenn wir unseren Bronto nicht hätten, könnten wir dichtmachen.«

»Bronto«, rief Onkel Moll in Richtung der Garage. »Freu dich, hier kommt Hilfe!«

Ein riesiger Kerl zwängte sich aus dem Transporter ins Freie. Sein unförmiger Körper war gewaltig und steckte in einer fleckigen, blauen Latzhose. Der Kopf war klein, fast kahl und saß auf einem langen Hals.

Ah, ein Brontosaurus excelsus, ein Prachtexemplar aus der Familie der Diplodocidae. Wer hätte gedacht, dass in den Tiefen der Eifel noch einer der Sauropoden überlebt hat.

Er stapfte schwerfällig auf Herbie zu und reichte ihm die Hand, die wider Erwarten zart und feingliedrig war. »Ich bin der Gerhard«, sagte er mit einem breiten Grinsen.

»Herbie.«

Julius.

»Aber alle sagen nur Bronto zu mir«, sagte der Riese glucksend. »Rate mal warum.«

»Kommt sicher aus dem Italienischen. Pronto heißt doch sofort, oder?«

Der Riese lachte kollernd. »Sofort! Ja, der ist gut. Wird alles pronto erledigt vom Pronto-Bronto!« Er schlug Herbie auf die Schulter, was diesen nun wieder fast umwarf.

Tante Moll blickte auf eine kleine, runde Uhr, die an einer der zahlreichen Ketten um ihren Hals baumelte. »Ach nein, ihr könnt jetzt keinen Kaffee mehr trinken, Schatzelchen. Sonst kommt ihr noch zu spät.«

»Und dann kriegen wir Ärger mit Frau Kratz!«, ergänzte ihr Mann. Und alle drei riefen laut im Chor: »Und keiner will Ärger mit Frau Kra-hatz!«

Julius schüttelte fassungslos den Kopf. *Mannomann, die hören sich ja an wie die Eichhörnchengruppe im Waldkindergarten Fitzliputz.*

Onkel Moll kletterte ächzend hinters Lenkrad und setzte den Transporter aus der Garage, Bronto zwängte sich auf den Sitz daneben, und Herbie blieb an seiner Seite noch eine Handbreit Platz. Als Tante Moll die Beifahrertür ins Schloss warf, durchfuhr ein scharfer Schmerz seine eingeklemmte Hüfte.

Beim Einsteigen hatte er aus den Augenwinkeln im hinteren Teil des Wagens zusammengefaltete Kartons und anderes Verpackungsmaterial wahrgenommen. Da irgendwo musste sich nun Julius aufhalten. Als sie losfuhren, hörte er die Stimme seines Begleiters ganz nah an seinem linken Ohr: *Im Schulbus war es bequemer, Freundchen.*

An der Einmündung in die Kölner Straße hielten sie sich rechts und reihten sich in den Verkehr ein, der auf der Hauptachse durch den Ort rollte. Am Kreisverkehr bogen sie schließlich in Richtung Hollerath ab.

»Ist es denn weit?«, fragte Herbie und fragte sich nicht zuletzt wegen der Nähe zu Brontos Achseln, wie man schon am frühen Morgen einen derartigen Schweißgeruch verströmen konnte.

»Nur knapp zehn Kilometer.« Onkel Moll drehte das Radio lauter. »Oh, hört mal, Helene Fischer!« Und Bronto und er sangen ohne Anlauf laut und fröhlich: »Atemlos durch die Nacht …«

Es schien, als wackelte der Transporter im Takt, als sie nach einer Weile links in Richtung Unterpreth abbogen und von da an einem Schotterweg durch das Bachtal folgten.

»Oh Jungejunge, die singt so schön«, schwärmte Bronto.

Herbie, der sich noch nie so richtig für deutsche Schlager hatte erwärmen können, erkundigte sich, wohin denn die Fahrt gehe, und welche Aufgabe am Ende auf sie warte.

»Das, was wir so ziemlich jeden Tag machen, wir räumen mal wieder was aus«, erklärte Onkel Moll. »Alte Sachen. Viel Schönes, aber auch viel Gerümpel. Diesmal ist es ein größeres Ding, an dem wir schon ein paar Tage dran sind. Das heißt, ihr beide macht das heute allein.

Ich muss mit Tante Moll zum Arzt, und danach noch nach Köln.«

»Und was ist es? Eine Wohnung? Ein Haus?«

Bronto schüttelte den Kopf und grunzte dabei schelmisch. Er schien an sehr vielen Dingen sehr viel Vergnügen zu haben.

»Ein Geschäft? Eine Fabrik?«

Statt einer Antwort kam nur ein unterdrücktes Kichern.

Onkel Moll sagte mit gespitzten Lippen: »Warte ab, da vorne, nach der Kurve, da kann man es sehen.«

Rechterhand schlängelte sich der Prether Bach durch das tiefe Tal, das er im Laufe der Jahrtausende in die Landschaft gegraben hatte. Zu beiden Seiten stieg das Gelände steil an und war dicht bewaldet. Dort, wo die Stürme der vergangenen Jahre große Teile der Fichtenkulturen niedergemäht hatten, wurde aufgeforstet.

Herbie konnte sich nicht vorstellen, was für ein Gebäude sie hier erwarten sollte.

In dieser Einsamkeit muss es ein Hexenhaus sein. Julius beugte sich zwischen ihnen über die Rückenlehne nach vorne. *Diese Leute machen aus jedem noch so alten Schrott bares Geld. Ich wette, sie montieren die Lebkuchenziegel ab und verkaufen sie auf den Weihnachtsmärkten als Christbaumschmuck.*

Herbie vermied einen Seitenblick zu seinem Begleiter. An sein albernes Geplauder hatte er sich längst gewöhnt.

Keine menschliche Behausung war weit und breit in Sicht. Vielleicht war dies ja auch nur eine Abkürzung zum nächsten Ort.

»Eine Mühle?«, riet er ein weiteres Mal. »Eine Wassermühle oder so was?« Er hatte mal von einer alten Mühle im Prethtal gehört.

»Warte, warte, warte«, feixte Bronto mit angehaltenem Atem. Und als Onkel Moll schließlich, unverdrossen den Schlager mitsummend, den Wagen in die Kurve lenkte, deren Richtung der Bachverlauf vorgab, schoss Brontos Zeigefinger plötzlich nach vorne. »Da! Da ist sie!«, jubelte er. »Ich hab sie zuerst gesehen!«

Viel konnte Herbie nicht erkennen. Zunächst war da nur ein gewaltiger, eckiger Turm, mit Zinnen bewehrt und von einem Schwarm Krähen umflattert, der in der Höhe auf der linken Seite des Tals zwischen den Bäumen aufragte. Dann wurden mehrere Gebäudeteile sichtbar, die sich zu seinen Füßen auf dem Bergvorsprung aneinanderdrängten. Ihre grauen Schieferdächer mit den Dachgauben und Erkern waren ineinander verschachtelt, und die weißen Sprossenfenster in unterschiedlichen Größen und auf verschiedenen Ebenen wirkten beinahe willkürlich in der Fassade platziert.

Weiter unterhalb erkannte Herbie Teile einer Bruchsteinmauer und mehrere halb verfallene Türmchen. »Eine Burg«, staunte er.

»Das ist die Burg derer von Fahrenfels«, erklärte Onkel Moll. »Nie davon gehört?«

Doch, der Name war ihm schon einmal zu Ohren gekommen. In seiner Kindheit hatte seine Mutter häufig Ausflüge zu den Burgen der Eifel mit ihm gemacht. Reifferscheid, Satzvey, Heimbach, Burg Olbrück, Burg Eltz … Er hatte Holzschwerter gekriegt, und es hatte Sahnekuchen, Eis und Limonade gegeben. Und meistens hatte er sich auf der Heimfahrt übergeben.

Als Kind hatte er oft davon geträumt, auf einer Burg zu leben. Nur über seine mögliche Tätigkeit dort war er sich nie so richtig im Klaren gewesen. Auch heute war er sich nicht sicher, was er dort würde tun müssen.

Julius, der wie immer ungeniert seine Gedanken las, hatte einen Vorschlag parat: *Wenn du mich fragst, bist du zum Hofnarren geboren.*

»Was genau räumen wir dort aus?«

»So ziemlich alles.« Onkel Moll lenkte den Transporter durch enge Haarnadelkurven den Berg hinauf. Zwischen den Bäumen, die bereits größtenteils ihr welkes Laub abgeworfen hatten, wurde mehr und mehr von der Burganlage erkennbar. »Das ganze Gemäuer wird nach und nach leergeräumt. Keine Erben. Traurige Geschichte.« Er holte ein altes Klapphandy aus der Weste und öffnete es umständlich mit einer Hand. »Lästig«, brummte er. »Immer dieses Tor.«

»Oh guck mal, Onkel Moll, schon aufgemacht!«, rief Bronto, als sie sich dem Torbau näherten. Beide Flügel des metallenen Tores waren weit geöffnet. »Meistens ist hier zu. Und sie will uns einfach nicht die Fernbedienung geben, obwohl wir doch fast jeden Tag hier rein und raus müssen.«

»Wer?«

»Die Frau Kratz! Onkel Moll hat sie schon ein paarmal darum gebeten, aber dann wird sie immer sauer.«

Onkel Moll und Bronto riefen gleichzeitig »Und keiner will Ärger mit Frau Kra-hatz!«, und weil Bronto ihn in die Rippen stieß, stimmte Herbie halbherzig mit ein.

Julius war überaus angetan von dem Areal, das sich vor ihnen ausbreitete. *Hoho, hier müsste man eigentlich standesgemäß mit einer vierspännigen Karosse vorfahren.*

In diesem Moment kam ihnen quer über den Burghof ein Motorrad entgegengeknattert, sodass Onkel Moll das Steuer herumreißen musste. »Der blöde Idiot!«, schimpfte er, und Bronto echote: »Blöder Idiot!«

Die schwere Maschine verschwand auf dem Weg, den sie mit dem Transporter gerade hinter sich gelassen hatten, und im Rückspiegel sahen sie, dass sich die Torflügel wie von Geisterhand bewegt schlossen.

»Ach, deshalb war offen«, knurrte Onkel Moll, parkte den Wagen und schaltete die Zündung aus.

»Blöder Idiot«, wiederholte Bronto noch einmal. »Der ist immer so doof, der blöde Idiot.«

Der Platz, auf dem sie standen, war geräumig und wurde von der noch halbwegs erhaltenen Mauer umfasst. Der ganze Komplex war in Terrassen in das steil ansteigende Gelände gebaut worden. An einer Seite führte ein gewundener Weg aus Granitplatten zu den eigentlichen Gebäuden hinauf. Am Ende des Weges befand sich der Zugang zu dem nächsten von einer Mauer umringten Bereich.

In diesem Torbogen stand in der halb geöffneten schmiedeeisernen Tür eine Frau. Ihr verkniffenes Gesicht ließ kaum eine Schätzung ihres Alters zu. Sie hatte eine wenig schmeichelhafte, graublonde Kurzhaarfrisur, trug eine Kittelschürze über einem rotblau-melierten Wollpullover und eine Jeans und hatte die Hände in Warteposition in die Seiten gestemmt. Ihre Stimme war schneidend wie der kalte Herbstwind. »Wenn ich mich nicht irre, hatten wir uns auf zehn Uhr verständigt!«

Julius klatschte begeistert in die Hände und rief: *Und keiner will Ärger mit Frau Kra-hatz!*

- Seite 1 -

Mein Kind,

mit diesen Zeilen will ich Dir eine Geschichte erzählen. Sie handelt von etwas, das sich vor nicht allzu langer Zeit zugetragen hat. Ich selbst war ein junges Ding, gerade siebzehn Jahre alt, ich besaß noch meine Puppe mit dem zersplitterten Porzellanhändchen, ich hatte eine kleine Kammer mit dem winzigen Fenster, ich hatte zwei Kleider für die täglichen Verrichtungen und eines, das ich so gut wie nie, höchstens alle paar Wochen an einem Sonntag anzog.

Ich half in der Küche, im Stall und auf dem Feld, und ich war dankbar, ein Dach über dem Kopf und etwas zu essen zu haben, und im Winter einen Platz am warmen Ofen. Der Bauer war stets gut zu mir. Er guckte mich immer an, als wäre ich sein leibliches Kind. Der eigene Sohn ist nicht aus dem Krieg zurückgekommen. Ich habe mir oft erträumt, er und seine Frau wären meine richtigen Eltern. Seine Frau aber mochte es nicht, dass er sich so gut um mich kümmerte. Sie sagte stets, die Anna kostet mehr als sie einbringt.

Besonders gerne hütete ich im Sommer die Kühe, wenn der alte Knecht krank war oder im Gasthaus Lux wieder einmal zu lang gesoffen hatte. Der Alte hatte mir beigebracht, dass ich die Tiere auch ruhig einmal über die Grenze auf die fremden Wiesen lassen durfte, wenn es niemand sah, dorthin, wo noch schön viel hohes, saftiges Gras stand. Wenn dann jemand kam, so hatte ich gelernt, musste ich so tun, als wäre ich ganz verzweifelt dabei, die Kühe wieder einzufangen, von denen es so aussah, als wären sie mir gerade erst ausgebüxt.

4. Kapitel

Auch wenn sie unauffällige Halbschuhe trug, schritt Frau Kratz vor ihnen her, als steckten ihre Füße in handfesten, ledernen Schaftstiefeln. »So geht das nicht, Herr Moll! Sie haben ja keine Ahnung, was das bedeutet, wenn mein Tagesablauf in Unordnung gerät! Wenn ich hier schon alles alleine machen muss, kann ich nicht zulassen, dass sich durch Ihre Bummelei alles verzögert!«, zeterte sie und unterstrich ihre Worte mit ruppigen Gesten. Ohne sich umzuwenden, deutete ihr rechter Daumen grob in Herbies Richtung. »Wer ist er?«

Er ist der neue Hofnarr, der ein bisschen Leben in die Bude bringen soll. Der dicke Dinosaurier mag ja die lustigeren Kunststücke können, aber keiner fällt so schön auf die Nase wie er. Julius ließ die Blicke neugierig durch die Eingangshalle schweifen.

Der Raum war nicht so groß, wie man das von außen hätte vermuten mögen. Überhaupt schien das Innere der Burg deutlich kleiner dimensioniert zu sein, als man es von einem alten Kasten wie diesem erwartete. Massive Eichenbalken trugen die hölzernen Kassettendecken hoch über ihren Köpfen.

»Er ist unsere neue Aushilfe«, erklärte Onkel Moll, der genau wie Bronto und Herbie seine liebe Mühe hatte, die unhandlichen, zusammengefalteten Umzugskartons zu tragen und dabei mit Frau Kratz Schritt zu halten.

»Ah, gut. Ich hätte es nämlich nicht geduldet, dass dieser andere Kerl noch einmal einen Fuß über unsere Schwelle setzt! Wir machen heute im Salon weiter.«

Es ging eine breite Treppe hinauf, die zu beiden Seiten von einem Geländer aus dunkel glänzendem Holz flankiert wurde. Die Schnitzereien waren wenig filigran, der Handlauf schartig und an manchen Stellen blankgescheuert.

Die Stufen waren, ebenso wie die Fußböden, aus massivem, grauem Stein. Herbie betrachtete die nackten Wände, an denen man sich gemeinhin gigantische Ölschinken oder edel gerahmte Kupferstiche vorgestellt hätte. Aber alles hier war nackt und leer. Jeder Schritt hallte durch die Gewölbe. Nur in ein paar Ecken standen Bilder gegen die Wände gelehnt, einige von ihnen provisorisch mit Kunststofffolie umwickelt.

Nicht mal eine zünftige Ritterrüstung. Julius schüttelte den Kopf. *Die Antikheinis scheinen hier schon ordentlich geräumt zu haben.*

Herbie stieß mit seiner Last gegen eine steinerne Säule, die flachen Pappen entglitten ihm und schlitterten über die Steinfliesen. Frau Kratz warf ihm einen kurzen, tadelnden Blick zu, machte aber keine Anstalten zu warten. Stattdessen rief sie: »Mit dem Salon müssen Sie spätestens Mitte nächster Woche fertig sein!«, und stapfte im Stechschritt voran.

»Warte, ich helfe dir.« Bronto legte seinen Stapel auf einer alten Truhe ab und bückte sich, um Herbie zur Hand zu gehen.

»Mein lieber Scholli, was für ein Feldwebel«, ächzte Herbie und kroch auf dem Boden herum.

»Gewöhnt man sich dran.« Bronto grinste verschmitzt. »Wenigstens peitscht sie einen nicht aus, sagt Onkel Moll immer.«

»Trotzdem. Ihr seid doch keine Knechte.«

»Sie regelt immerhin seit dem Todesfall alles alleine, und sie sorgt irgendwie dafür, dass der Laden läuft. Einer muss das ja schließlich machen. Ausräumen und Verkauf und all so was.«

»Und es gibt keine Erben? Ich dachte immer, diese Adelsgeschlechter wären riesig und weitverzweigt, und irgendwo sind alle miteinander verwandt, und alle haben eine Aussicht darauf, irgendwann mal König oder Königin von England zu werden.«

»Das musst du Onkel Moll fragen. Der kennt sich aus. Er sagt, dass immer mal wieder solche Geschlechter aussterben. Frag mich nicht, was das bedeuten soll.«

»Und seit wann regelt Frau Mussolini das alles?«

»Ziemlich genau seit einem Jahr. Oh, oh, oh, ein schlimmes Unglück war das. Ganz tragische Sache.« Bronto guckte betrübt und presste die Lippen aufeinander. Das Schicksal der Burg und ihrer früheren Besitzer schien ihm nahezugehen. Überhaupt steckte unter seiner groben Schale ganz offensichtlich ein mitfühlendes Wesen. »Ja, und jetzt wird alles verkauft. Onkel Moll sagt, dass das nicht so leicht ist, und da hat er wohl recht. Wer kauft denn heutzutage eine Burg? Die kostet ein Vermögen an Unterhalt, sagt Onkel Moll, und das glaube ich ihm auch.«

Onkel Moll sagt ... Onkel Moll sagt ... Julius schnalzte missbilligend mit der Zunge.

»Bronto! Herbie!«, erscholl in der Ferne die Stimme des Alten. »Beeilt euch, Jungens! Ich muss gleich wieder weg!«

Bronto klemmte Herbie den letzten Karton unters Kinn und packte dann wieder seinen eigenen Stapel. Im Laufschritt eilten sie den Gang entlang und erreichten den Salon.

Auf dem Weg dorthin hatte Herbie den ein oder anderen flüchtigen Blick durch offenstehende Türen werfen können. Dieser Raum war bis jetzt mit Abstand der größte im ganzen Gebäude. Die Wände waren mannshoch mit Holz vertäfelt. Ein großer Kamin aus Basaltsteinen nahm ein Drittel der fensterlosen Wand ein, die dem Berg zugewandt war.

Auch hier war alles kahl und unwirtlich. Die Möbelstücke waren zu kleinen Gruppen zusammengeschoben worden, und die Teppiche, die vermutlich seit einer Ewigkeit den rustikalen Holzboden bedeckt hatten, hatte man zusammengerollt und übereinandergelegt. Mehrere gigantische Tische aus fast schwarzem Holz hatte man zusammengeschoben und in eine riesige Arbeitsfläche verwandelt. Auf ihren Platten reihten sich dicht an dicht Vasen, Statuetten, ausgestopfte Tiere und andere Gegenstände.

In einer Ecke des großen Raumes standen in gleichen Abständen zueinander um einen Tisch angeordnet vier Scheinwerfer, deren Stromkabel gerade von Onkel Moll in eine Steckerleiste gesteckt wurden. Ihr Licht fiel im nächsten Moment grell gebündelt auf den kleinen Tisch in ihrem Zentrum. Auf ein kleines Stativ davor war ein Fotoapparat geschraubt worden.

»Herbie, komm mal her«, schnaufte Onkel Moll und kam schwer atmend aus der Hocke hoch. »Das machst du heute. Den Bronto lasse ich nämlich nicht so gerne an die technischen Sachen dran. Wir fotografieren alles und tragen die Gegenstände in die Listen da vorne ein, bevor wir sie in den Kartons verpacken. Was da vorne steht, ist schon alles dokumentiert.« Er wies auf einen Stapel Kartons vor einem der bleiverglasten Fenster, gegen die jetzt leise der Herbstregen trommelte. »Das hat er eigentlich immer alles sehr ordentlich gemacht, der …« Er hielt inne und machte im nächsten Moment eine wegwerfende Handbewegung. »Ist ja auch egal. Denkst du, du kannst das?«

»Klar, kein Problem.«

Julius grunzte amüsiert. *Er kennt nicht deine berühmte Fotoserie »Unscharf, kopflos, unterbelichtet«.*

»Wir haben immer alles thematisch zusammengetragen. Geschirr, Dekoration, Teppiche … Wir sind schon ganz schön weit, aber es ist immer noch viel Arbeit. Ich freue mich schon auf die Bibliothek. Das ist für mich immer das Schönste!«

»Bücher finde ich voll langweilig«, maulte Bronto.

Während er damit begann, die Kartons auseinanderzufalten, wies Onkel Moll Herbie in die Bedienung des

Fotoapparats ein. Seine Finger zitterten, und es fiel ihm schwer, die kleinen Knöpfe zu bedienen.

Ein Räuspern erklang. »Sie bleiben heute also nicht hier?«, fragte Frau Kratz und blickte auf ihre Armbanduhr. »Bedeutet das etwa, dass es länger dauern wird?«

»Nein, tut es nicht. Wir sind voll im Zeitplan. Wir werden das Wochenende durcharbeiten.« Der Alte konnte nur mühsam verbergen, dass ihm die Drängelei auf die Nerven ging.

»Dürfen wir ein bisschen Musik anmachen? Bitte, bitte, bitte«, bettelte Bronto.

»Kommt nicht infrage. Sie wissen genau, dass ...« Frau Kratz unterbrach sich mitten im Satz und holte ein leise brummendes Mobiltelefon aus der Tasche ihrer Kittelschürze. Mit gerunzelter Stirn blickte sie kurz auf das Display und nahm das Gespräch an. »Ja?« Sie lauschte angestrengt und machte ein ernstes Gesicht. »Du warst vorhin weg, bevor ich dich daran erinnern konnte, dass du deine Wäsche mitbringen sollst, wenn du heute Abend nach Hause kommst. Egal, wie spät es wird.« Mit dem Telefon am Ohr verließ sie den Raum.

»Wer hat die Fotos denn sonst immer gemacht?«, fragte Herbie.

»Das, ähm ... das war ...« Onkel Molls und Brontos Blicke begegneten einander. »Das ist egal. Der kommt nicht mehr.«

Wirst du schon wieder neugierig? Herbie ignorierte den mahnenden Zeigefinger seines Begleiters. *Jemand, der ganz offenbar in Ungnade gefallen ist. Wird nicht lange dauern, bis dir dasselbe passiert.*

»So ein Quatsch«, zischte Herbie kaum hörbar.

»So, Jungens, der Onkel Moll ist jetzt mal weg. Ich denke, ich werde so um sechs wieder hier sein, um euch abzuholen.«

»Tschö!«, rief Bronto, winkte seinem Chef fröhlich hinterher und summte leise eine Schlagermelodie vor sich hin, während er mit den Kartons hantierte.

Was für ein freundliches Riesenbaby.

Herbie nahm sich vor, Bronto bei der nächsten sich bietenden Gelegenheit nach seinem Vorgänger zu fragen. Was hatte er verbrochen, dass er seinen Job los war?

In der folgenden Stunde nahmen sie sich einen Gegenstand nach dem anderen vor, positionierten sie im Scheinwerferlicht, fotografierten sie von allen Seiten, hüllten sie dann in Unmengen von Zeitungspapier und verstauten sie in Kartons.

Während Herbie fotografierte, übernahm Bronto das Verpacken. Er war trotz seiner plumpen Gestalt sehr geschickt darin und wusste offenbar genau, was er tat. Sorgfältig polsterte er alles mit zerknülltem Papier aus und achtete darauf, dass nicht zu viele Gegenstände in die Kisten gesteckt wurden.

»Du hast Übung«, sagte Herbie.

»Ich bin der Pronto-Bronto! Ich mach das alles paletti und ruckizucki!«, kam es glucksend als Antwort.

»Machst du das schon lange?«

»Och, schon seit ein paar Jahren. Früher habe ich in Kall im Getränkemarkt gearbeitet. Und auch ein paar Jahre bei Möbel Brucker im Lager.« Brontos Gesichtszüge waren weich, fast kindlich, die Wangen leuchtend rot, wie die der pausbäckigen Engelchen auf alten Deckengemälden. »Guck mal hier, das ist putzig, oder?«

Er reichte Herbie einen kleinen Gegenstand aus angelaufenem Messing. Erkennbar war ein Vogel auf einem Kästchen, der auf Fingerdruck seinen spitzen Schnabel in einen länglichen Schlitz stecken und auch wieder herausziehen konnte. »Was das wohl sein soll?«

»Hm, keine Ahnung.«

Ein mittelalterlicher Zehennagelknipser oder ein Suppennudelnausdemschnurrbartzupfmaschinchen.

»Onkel Moll wüsste das jetzt.«

»Das ist ein Zahnstocherhalter.« Eine schnarrende Stimme ließ sie zusammenfahren, als Frau Kratz unvermittelt hinter ihnen auftauchte.

Das konnte stimmen. Herbie drückte mit dem Zeigefinger auf den kleinen Vogel und stellte sich vor, wie er emsig einen Zahnstocher nach dem anderen aus der Metalldose herauspickte.

Frau Kratz hielt ihnen mit ausdruckslosem Gesicht ein kleines Tablett mit zwei Tassen, einem Milchkännchen und einer Zuckerdose hin, und Bronto nahm es ihr freudestrahlend ab. »Oh, wie toll, Frau Kratz. Kaffee! Das ist toll, toll, toll!«

Er summte gutgelaunt vor sich hin, während er sich Milch in seine Tasse goss.

»Um zwölf Uhr dreißig wird gegessen«, sagte sie knapp.

Das klingt wie: »Ab zwölf Uhr dreißig wird zurückgeschossen!«

Herbie sah auf die Uhr und sagte überrascht: »Wir haben doch gerade erst …«

»Es hat schon seinen Sinn, einen gut geplanten Zeitablauf zu haben«, fiel sie ihm ins Wort, und im nächsten Moment war sie bereits wieder verschwunden.

Er fotografierte noch rasch den Zahnstocherhalter und nahm sich danach eine Tasse Kaffee.

Da Frau Kratz' Schritte in der Ferne verklungen waren, trauten sie sich, eine kleine Pause zu machen. Während sich Herbie auf einen zierlichen Stuhl aus rötlichem Holz setzte, ließ Bronto sich auf der steinernen Fensterbank nieder und trank schlürfend seinen Kaffee, in den er nicht weniger als vier gehäufte Löffel Zucker gerührt hatte.

»Und? Wie findste die Burg?«

»Ich hatte sie mir irgendwie prunkvoller vorgestellt. Diese leergeräumten Gewölbe sehen ziemlich trostlos aus.«

»Bisschen wie in einer Kirche.«

»Ja, schon. Jeder Schritt hallt von den Decken und Wänden wider.«

»Wenn man alleine ist, ist es schon echt gruselig.« Bronto ließ die Augen die Wände hinauf bis zur Holzbalkendecke wandern. »Besonders, wenn es dunkel wird, so ab fünf. Hier knarrt und knirscht alles. Und wenn es stürmt, hört sich das an, als würden die Geister durch die Gegend huschen.«

»Das Burggespenst wahrscheinlich«, sagte Herbie lachend.

»Nee, Gespenster gibt es doch gar nicht.« Brontos Gesichtsausdruck wurde ernst. »Onkel Moll hat gesagt, dass der Drickes sich das nur ausgedacht hat, um mir Angst zu machen. Obwohl ...« Er hielt kurz inne und starrte ins Leere. »Manchmal habe ich schon das Gefühl, dass hier was nicht stimmt. Also, dass irgendwas hier in dem Gemäuer ist, was hier nicht hingehört. Das verstehst du vielleicht nicht, aber ich verstehe mich ja manchmal selber nicht.«

»Der Drickes? Wer ist das denn?«

Bronto erschrak, als er erkannte, was ihm da herausgerutscht war. »Öhm, der Drickes, der ist ... der war ...«

»War das dein Kollege? Der, der jetzt nicht mehr hier reindarf?«

Zaghaft nickte Bronto und senkte den Blick. »Der hat Sachen geklaut.«

»Hier in der Burg?«

»Hm, ja, genau. Drei kleine Ölbilder sind weg, einfach so. Futschikato. Und das kann nur der Drickes gewesen sein. Da hat der Onkel Moll ihn aber sofort rausgeschmissen.«

»Drickes ist aber ein komischer Name.«

»Virnichs Drickes aus Hollerath. Alle nennen den Drickes, so wie zu mir alle Bronto sagen. Eigentlich heißt er Heinz. Heinz-Peter Virnich.« Er stutzte. »Herbie ist aber auch kein richtiger Name.«

»Eigentlich Herbert.«

»Ach so, ja.«

»Drei Gemälde«, murmelte Herbie vor sich hin.

»Oder vier oder fünf. Weiß nicht so genau.«

»Weißt du denn, ob es hier besonders kostbare Sachen gibt?« Herbie machte eine ausschweifende Handbewegung in die Richtung der auf den Tischen verteilten Gegenstände. »So richtige Wertsachen aus Gold oder Silber, so richtig alte Dinge meine ich.«

Bronto schüttelte den Kopf. »Onkel Moll sagt, dass das alles nichts Besonderes ist.« Er stutzte. »Obwohl, das sagt er eigentlich immer, wenn er Leuten was abkauft. Und wenn er dann wieder was *verkauft*, sagt er dann meistens was anderes.« Das schelmische Grinsen, das sich in diesem Moment auf sein Gesicht stahl, bewies, dass er nicht ganz so einfältig war, wie es manchmal den Anschein hatte.

»Also für mich sieht das tatsächlich alles nicht so fürchterlich kostbar aus. Na ja, bis auf die Statuen und die Teppiche und die Bilder vielleicht.«

»Deswegen war der Onkel Moll ja auch total sauer, als die Bilder weg waren. Und ich war auch total sauer auf den Drickes, weil der mir weismachen wollte, die Gespenster hätten die Bilder geklaut.« Er stutzte. »Herbie?«

Bronto sah ihn verunsichert an, als er seinen Blick an der unförmigen Gestalt vorbei aus dem Fenster richtete.

»Ein Gespenst ...« Herbie starrte durch eine der kleinen, von Bleiglas eingefassten Scheiben auf das, was ehedem ein prachtvoller Terrassengarten gewesen sein mochte. Der Regen trommelte in an- und abschwellendem Rhythmus gegen das Glas, und das Bild, das sich ihm da draußen in nicht allzu großer Ferne bot, war undeutlich und verwaschen.

Über den ganzen Hang verteilt verliefen halb zugewucherte Kieswege. Aus einigen der gemauerten Beeteinfassungen hatten sich Steine gelöst und lagen auf dem Weg und zwischen dem Gesträuch. An einer langen, wuchtigen Pergola hingen die Hölzer geborsten und windschief herunter. Der Wind zerrte am dürren Gerippe der Kletterrosen.

Auf einem erhöht gelegenen, runden Platz stand eine große Gestalt mit hängenden Schultern, die ihnen den

Rücken zugewandt hatte. Die Hände hatte der Mann in den Taschen seines knöchellangen Mantels vergraben. Ein verbeulter Hut saß auf dem Kopf, und die Enden eines Schals taumelten nass und träge um den Oberkörper. Der Mann stand unbeweglich dort und blickte ins Tal hinab. Das Wetter schien ihm nichts auszumachen.

»Da hast du dein Gespenst, Bronto«, hauchte Herbie.

Bronto wandte sich um und blickte ebenfalls hinaus. »Ach was. Das ist doch der Graf.«

»Der Graf?«, fragten Herbie und Julius exakt gleichzeitig.

»Graf von Fahrenfels, dem gehört doch die Burg.«

Hoppla, das nenne ich aber mal eine Überraschung.

»Ich dachte, der ist tot und alles wird aufgelöst, weil keine Erben existieren.«

»Nö, der Graf, der lebt schon noch ... also irgendwie. Man kriegt ihn aber so gut wie gar nicht zu Gesicht. Der will nämlich keine Menschen um sich haben. Onkel Moll hat mir mal seinen ganzen Namen gesagt. Mal sehen, ob ich ihn noch zusammenkriege ... Viktor Emanuel, Graf ... nee, da fehlt einer ... Adolf? Alfred?«

Herbie war näher ans Fenster getreten und blickte zu der Gestalt hinaus, die einer Vogelscheuche gleich an ihrem Platz verharrte und sich nicht bewegte. Hoch oben in der Luft tanzten die Krähen dagegen übermütig mit dem Wind. Ihnen schien der Regen nichts auszumachen.

»Albert!«, rief Bronto. »Viktor Albert Emanuel Graf Fahrenfels!«

»Das klingt richtig blaublütig.«

Bronto stutzte. »Blaublütig? Versteh ich nicht.«

»Ein Aristokrat.«

»Ach so, das kenn ich.«

»Aber was für ein Unglück hat sich denn dann vor einem Jahr ereignet, von dem vorhin die Rede war?«

Bronto schob die Augenbrauen eng zusammen und verzog den Mund. »Seine junge Frau ist verunglückt. Flore hieß die. Und die war schön. Eine ganz, ganz schreckliche Geschichte.« Er nahm den kleinen Zahnstocherspender vom Tisch und wickelte ihn sorgfältig in Zeitungspapier ein. Dabei sang er mit leiser Stimme den Namen des Grafen vor sich hin: »Victo-hor ... Albe-hert ... Emanuel ... Gra-haf von ... Fa-haren-fe-hels.« Sein Gesang schwang im Takt einer besonders traurig klingenden Melodie durch den Raum.

5. Kapitel

Pünktlich um 12.30 Uhr rief sie der Klang eines Gongs zum Mittagessen. Frau Kratz servierte ihnen eine kräftige Gemüsesuppe und ein paar belegte Brote in einer ernüchternd schmucklosen Küche.

Was hast du erwartet? Die Schlossküche von Downton Abbey? Kaminfeuer und Kupferkessel? Fasane und Karnickel, die am Haken baumeln, und riesige gusseiserne Pfannen, in denen man ein ganzes Rind am Stück schmoren kann?

Die Einrichtung war in die Jahre gekommen, die Möbelkanten abgewetzt, die Kachelfugen bräunlich.

»Schon wieder Suppe?«, flüsterte Bronto enttäuscht und glaubte, Frau Kratz könne ihn nicht hören.

»Was ist einzuwenden gegen eine gute Suppe?«, kam es schneidend scharf. »Sie ist wenigstens frisch gekocht, aus guten Zutaten.«

Und das war nicht übertrieben. Sie enthielt reichlich Gemüse und große Fleischbrocken, und Herbie erfreute sich an den von ihm überaus geschätzten Markklößchen. Sie schmeckten einfach köstlich. Herbie schlang die Suppe in sich hinein, ohne Rücksicht darauf, dass er sich die Zunge daran verbrühte. Als Frau Kratz ihm mit einer großen Kelle nachschöpfte, umspielte für einen winzigen Moment der Hauch eines zufriedenen Lächelns ihre verhärmten Mundwinkel.

»Die ist wirklich sehr lecker, Frau Kratz«, sagte er und tupfte sich den Mund mit der Serviette ab. »So, wie sie meine Mutter früher gekocht hat.«

In die Augen der Wirtschafterin trat ein nostalgischer Glanz, und ihre Züge glätteten sich. Der Blick ging ins Nichts. »Früher haben hier in dieser Küche drei Frauen die köstlichsten Menüs zubereitet. Eine Köchin und zwei Helferinnen. Wenn es festliche Anlässe gab, waren es auch schon mal mehr. Es gab immer viele Gäste im Haus. Aber das ist alles schon sehr lange her. Ich behelfe mir heute so gut es geht mit den alten Gerätschaften.« Sie machte eine ungenaue Handbewegung in Richtung Inventar. »*Haute Cuisin*e kann man damit nicht mehr zaubern, aber der Graf isst ohnehin nur wie ein Vögelchen, und ich selbst brauche ja auch nicht viel.«

»Und Ihr Sohn«, brummte Bronto und stocherte in seinen Zähnen herum. »Der isst doch auch oft hier.«

Wenn die Erinnerungen an glücklichere Tage sie für einen Moment davongetragen hatten, wurde ihre Miene jetzt augenblicklich wieder strenger. »Was mein Sohn hier tut und lässt, hat Sie nicht zu interessieren!«

Herbie und Julius blickten sich erstaunt an.

Potzblitz! Der Dragoner hat einen Sohn?

Sie räumte ruppig das Geschirr zusammen und läutete damit wortlos das abrupte Ende der Mittagspause ein.

Herbie hätte gerne noch ein Wort des Dankes an sie gerichtet, und das nicht ganz ohne Hintergedanken, denn er hatte gespürt, dass sie für die Lobpreisungen ihrer Kochkünste durchaus empfänglich war. Möglicherweise hätte er sie in eine kleine Plauderei verwickeln und dabei ein paar interessante Dinge über Burg Fahrenfels und ihre Bewohner erfahren können.

Aber Bronto hatte es verdorben. Der Anflug von Sanftmut war mit dem kühlen Luftzug verflogen, der in jedem Raum der Burg durch Mauerritzen, Schlüssellöcher und Fensterspalten drang.

»Wer ist ihr Sohn?«, fragte Herbie, als sie sich auf den Weg zurück zum Salon machten.

»Der blöde Kerl, der uns vorhin mit dem Motorrad entgegenkam«, knurrte Bronto. »Der Phil. So ein fieser, gemeiner Kerl. Mit dem hat seine Mutter nicht viel Freude, glaube ich. Wenn der hier ist, und Onkel Moll ist nicht bei mir, dann hängt er die ganze Zeit rum, quatscht mich voll und macht mich doof an. Der Blödmann mit seinem Motorrad. Um die Jahreszeit fährt doch keiner mehr mit dem Motorrad, oder?«

»Wohnt er denn auch hier in der Burg?«

»Kaum. Isst nur manchmal hier und hat noch ein Zimmer. Und geht uns auf den Sack. Hier wohnen nur noch der Graf und Frau Kratz, sonst keiner.«

Den Grafen hatten sie während des Essens nicht zu Gesicht bekommen. Bronto hatte ihm erklärt, dass das alles andere als ungewöhnlich sei. Frau Kratz hatte zuvor ein Tablett mit Suppe aus der Küche getragen. Es war nicht schwer zu erraten, für wen es bestimmt war.

»Wie kann der Graf denn hier leben, wenn um ihn rum alles leergeräumt wird?«

»Er isst, schläft und macht auch sonst sowieso alles nur in seinem Zimmer im Ostflügel«, erklärte Bronto. »Wahrscheinlich hat er auch eine Zinkwanne und einen Pisspott da drin.«

»Apropos Pisspott, wo finde ich denn wohl das Klo?«

Bronto erklärte ihm den Weg. »Zweimal links, dann einmal rechts, und dann ist es die erste Tür links.«

Herbie folgte seiner Beschreibung und fand den kleinen Toilettenraum. Die Glühbirne über dem Waschbecken funktionierte nicht, und so erledigte er sein Geschäft im schwachen Licht, das durch das kleine, schmale Fensterchen hereinfiel.

Als er wieder in den Gang hinaustrat, brauchte er einen Moment, um sich zu orientieren. Die Burg war nicht gerade riesig, aber die zahlreichen Gänge der verschiedenen Gebäudeteile trafen auf unterschiedlichen Ebenen aufeinander, oft verbunden mit wenigen Treppenstufen, die sich um Säulen wanden oder in Nischen schmiegten. Das alles war für jemanden, der sich nicht auskannte, ausgesprochen verwirrend. Wohin jetzt? Rechts oder links?

Links.

In solchen Situationen log Julius prinzipiell, und so wandte sich Herbie nach rechts.

Das hättest du dir gestern auch noch nicht träumen lassen, dass du einmal einen Job in so einem alten Gemäuer haben würdest, oder?

»Na ja, ist mal ganz interessant, aber ob ich morgen noch mal herkomme, weiß ich nicht, Julius. Heute Abend brauche ich wieder geschlagene zweieinhalb Stunden, um nach Hause zu kommen. Und an morgen früh will ich erst gar nicht denken. Die ganze Zeit bezahlt mir ja keiner.«

Der Flur gabelte sich, und er überlegte kurz.

Hier jetzt rechts.

Herbie ging nach links. Er glaubte, sich an ein paar gestapelte Kisten zu erinnern, die er vorhin gesehen hatte. Er war auf dem richtigen Weg. Mit Mobiliar wäre das sicherlich alles einfacher.

Wo geht er wohl hin, der Graf? Zieht er vielleicht in das Seniorenwohnheim für pensionierte Blaublüter? Oder in ein schnuckeliges Reihenhäuschen in Weilerswist?

»Keine Ahnung. Es ist ja nun wirklich nicht ungewöhnlich, dass man sich im Alter eine bequemere Bleibe sucht. Guck dich doch mal um. Das ist doch nicht altersgerecht.«

Du hast ihn vorhin gesehen. Der Mann ist keine siebzig.

»Er hat mir den Rücken zugedreht.«

Unser wonniger Saurier glaubt auch, dass hier etwas nicht mit rechten Dingen zugeht.

»Ach komm, dieser Bronto ist nicht gerade die hellste Birne am Kronleuchter.«

Mag wohl sein. Aber er hat ein feines Gespür für Stimmungen, das ist dir doch auch schon aufgefallen.

»Na hör mal, er schwafelt von Gespenstern.«

Wer weiß, vielleicht gibt es hier ja tatsächlich ein paar Seelen, die keinen Frieden finden.

»Du passt jedenfalls hervorragend hier rein, Julius«, knurrte Herbie. »So hoch, wie du die Nase trägst. Dein feiner Dreiteiler, deine Lackschuhe, deine Krawatte …

Lass dich doch als Hausgeist anstellen. Der verblichene Urgroßonkel, der nachts durch die Gänge schwebt und schlechte Witze erzählt.«

Hm ja, ich gebe zu, das wäre meine Kragenweite. Obwohl das alles hier doch ein bisschen arg rustikal ist. Die Frage ist doch, wieso wird diese Burg ausgeräumt, bevor sie verkauft wird.

»Keine Ahnung, ich ...«

Wieso wird sie zum Verkauf angeboten, wenn die Zeit dafür absolut unpassend ist?

»Ich bin kein Immobilienmakler, aber ...«

Wieso überlässt Hochwohlgeboren sämtliche Geschäfte seiner galligen Wirtschafterin?

»Das alles frage ich mich ja auch die ganze Zeit. Aber es gibt sicher auf all diese Fragen ganz simple Antworten.«

Das glaubst du doch selbst nicht.

»Hör auf, mir ständig zu sagen, was ich angeblich glaube. Du kannst nicht in meinen Kopf gucken!«

Haha, kann ich wo-hol!

Herbie holte aus, um etwas zu erwidern, als er ein leises Geräusch hörte und herumfuhr. Zuerst dachte er, Bronto habe ihn belauscht.

Dort stand jemand – halb verdeckt von einer steinernen Säule. Eine große, leicht gebeugte Gestalt mit breiten Schultern. Der Schatten verbarg sein Gesicht, aber Herbie wusste gleich, wen er vor sich hatte. In den Händen hielt der Mann ein Tablett mit einem leeren Teller und einer grob zusammengefalteten Serviette.

»Ich wollte Sie nicht stören«, kam es leise aus dem Halbdunkel. »Bitte verzeihen Sie.« Der Graf hatte eine dunkle, wohltönende Stimme.

Herbie schoss das Blut in den Kopf. Er hasste es, wenn Julius ihn in solche Situationen brachte. »Aber Sie stören gar nicht. Ich wollte gerade zurück in die Küche ...« Er wandte sich halb zum Gehen, als die rechte Hand des Grafen nach vorne schoss.

»Warten Sie!« Bedächtig machte er einige Schritte auf Herbie zu.

Der Graf war ein großer, stattlicher Mann mit dichtem, graumeliertem Haar, das einen Schnitt hätte vertragen können. Jetzt, als er aus dem Schatten herausgetreten war, war auch sein Gesicht etwas deutlicher zu sehen. Ein feingliedriges Antlitz mit einer scharfen Nase und ausdrucksstarkem Kinn. Die Linien um Mund und Nase hatten sich tief eingegraben und sahen aus wie in immerwährender Trauer erstarrt. Das Gleiche galt für die Augenbrauen, die dramatisch gekrümmt aufeinander zuliefen und in zwei, wie mit dem Schnitzmesser eingekerbte, senkrechte Falten mündeten. Herbie schätzte ihn auf Mitte bis Ende sechzig.

Der forschende Blick der dunkelbraunen Augen wanderte über Herbies Gesicht, seinen Kopf, die Schultern. »Ich sehe keinen Ohrhörer, keins dieser modernen Kommunikationsgeräte. Das war kein Telefonat, das sie gerade geführt haben.«

»Nein, das stimmt, ich ...«

»Sie müssen mir nichts erklären. Sie haben mit jemandem gesprochen. Ich habe das heute Morgen schon beobachtet, als Sie ankamen. Beim Aussteigen sind Sie ein paar Schritte zur Seite getreten. Sie haben nicht mit dem Alten geredet, und auch nicht mit dem großen, plumpen Trottel. Sie haben immer wieder ein paar

Worte gesagt, gelauscht und ab und zu gelächelt, so als hätte jemand an Ihrer Seite einen Scherz gemacht.«

Das war ich! Meine Scherze, Herr Graf, erhellen ihm jeden grauen Novembertag, müssen Sie wissen.

»Ach, so was mache ich oft. Nur so ein bisschen rumbrabbeln, weil es so still ist, und ...«

»Oh nein, Sie haben vorhin eine Unterhaltung geführt. Eine richtige Unterhaltung.« Herbie wollte etwas entgegnen, aber der Graf hob Einhalt gebietend die Hand. »Mit jemandem, den nur Sie sehen können. Sagen Sie nicht, dass es nicht stimmt.«

Unsicher wandte Herbie den Blick ein wenig nach links. Dort begegnete ihm das breite Grinsen seines Begleiters.

Schön, dass sich mal jemand für mich interessiert. Stell uns doch einander vor.

Herbie wand sich vor Unbehagen. Solche Situationen waren ihm furchtbar unangenehm. Meistens behalf er sich mit einer Notlüge. Das hier war anders. Der Graf ließ nicht locker.

»Ist es jemand, den Sie verloren haben?«

Keinesfalls. Von verlieren kann ja gar keine Rede sein. Ich bin putzmunter und quicklebendig. Hallo, hier bin ich, Euro Lordschuft!

Aber Herbie beantwortete die Frage mit einem zaghaften Nicken.

Na, hör mal!

Der Graf kam unmerklich noch ein wenig näher.

»Jemand aus Ihrer Familie?«

Kopfschütteln.

Jetzt mach es nicht so spannend. Erzähl ihm von deinem Kumpel Julius!

»Eine Gefährtin?«

Erneutes – diesmal heftiges – Kopfschütteln.

»Ein Freund?«

Herbie legte unsicher den Kopf schief. »Freund trifft es nicht so richtig.«

»Jemand, der Ihnen sehr nahestand?«

Herbies »Ja« kam ausgesprochen schnell. »Sehr, sehr nahe!«

»Und er ist immer noch bei Ihnen? Tag und Nacht? Er spricht mit Ihnen, und Sie antworten, und niemand versteht das, und kein Mensch kann nachfühlen, was geschehen ist, was sich ereignet haben muss, dass die Situation so ist, wie sie jetzt ist?« Die Hand des Grafen legte sich auf seine Schulter. »Ich verstehe Sie. Wir verlieren unser ganzes Leben lang Menschen, die uns etwas bedeuten. Man sollte sich irgendwann daran gewöhnt haben.« Sie sahen einander tief in die Augen. »Aber woran man sich niemals gewöhnen kann, ist, dass einem jemand genommen wird.«

»Vom Schicksal?«

Der Graf schüttelte unmerklich den Kopf. »Ich glaube nicht an das Schicksal. Ich glaube auch nicht an höhere Mächte. Wenn ich sage ›genommen‹, dann meine ich ›weggenommen‹. Bewusst und absichtlich ›weggenommen‹.«

Herbie vermied es, Julius anzusehen. Es reichte ihm, sich dessen triumphierende Miene vorzustellen. Sein Mund war ganz trocken, und seine Stimme klang rau, als er vorsichtig fragte: »Man hat Ihnen jemand … weggenommen?«

»So ist es. Sie sagt es mir jeden Tag, und ich glaube ihr.«

Auf dem Tablett in seiner Linken ließ ein Zittern das Besteck leise klappern. Sonst war ein paar Momente lang nichts zu hören.

Dann hörten sie Brontos Stimme aus der Ferne: »He, Herbie, wo bist du? Hast du dich verlaufen?«

- Seite 2 -

Als ich einmal an einem Frühlingstag im Jahr 1949 mit dem kleinen Leiterwagen nach Schnorrenberg geschickt wurde, wo ich bei der Verwandtschaft des Bauern einige Ballen Sackleinen abholen sollte, schien besonders schön die Sonne. Den Weg genoss ich sehr, und trotz des großen Gewichts fand ich auch den Rückweg nicht so beschwerlich, wie man hätte meinen können. Die Verwandten sind immer freundlich. Sie gaben mir ein süßes Brot für den Weg. Mit ihnen verstehe ich mich ohne Worte.

Während ich in der einen Hand die Deichsel hielt, aß ich das köstliche Brot mit den Rosinen aus der anderen. Ich befand mich gerade auf halbem Wege zurück nach Kamberg, da hörte ich plötzlich eine laute Stimme. »He, Mädchen!«, rief ein Mann und winkte. Ich erschrak und ließ das Brot fallen, und am liebsten hätte ich gleich Reißaus genommen, weil ich mich vor Fremden fürchte. Auch der Bauer hatte mir eingeschärft, ich solle mich nicht mit Männern abgeben, die ich nicht kenne!

Dann war aber der Mann sehr freundlich, und er kam mir kein bisschen zu nah. Er zeigte mir einen schwarzen und silbernen Photographierapparat und fragte mich, ob er wohl ein paar Bilder von mir und dem Leiterwagen machen dürfe. Irgendwann habe ich ihm dann mit einem Nicken zu verstehen gegeben, dass es mir nichts ausmache. Während ich voranging, photographierte er mich von allen Seiten und sprach dabei die ganze Zeit sehr freundlich mit mir.

6. Kapitel

Eine Kiste voll mit alten Fotoapparaten und einer Menge an kleinteiligem Zubehör brachte am Nachmittag die Arbeit ins Stocken. Sie benötigten fast drei Stunden, bis sie alles erfasst hatten. Bronto versicherte Herbie, Onkel Moll lege bei solchen Dingen großen Wert darauf, dass alles einzeln erfasst wurde.

»Da verstecken sich manchmal echte Schätze drunter. Der Onkel Moll, der kennt sich aus. Der ist schon fünfzig Jahre in dem Geschäft. Wusstest du, dass er eigentlich damals zu *Bares für Rares* sollte? Aber dann haben sie doch den komischen Eifel-Waldi aus Krekel genommen. Der Onkel Moll hätte das viel besser gemacht.«

»Was hat seine Frau eigentlich für eine Krankheit?«

»Och, die arme Tante Moll hat alles Mögliche. Rheuma und Arthritis oder wie das mit den Knochen heißt. Sie ist auch gegen ganz viele Sachen allergisch. Bei Bienenstichen wird es ganz gefährlich, deshalb gehen die zwei auch im Sommer nicht mehr so oft auf Flohmärkte. Am schlimmsten aber ...« Bronto senkte die Stimme und guckte sich nach allen Seiten um, als könnte jemand sie belauschen. »Am schlimmsten war der Krebs vor ein paar Jahren. So schlimm, dass es um ein Haar aus gewesen wäre mit ihr. Aber sie ist ganz plötzlich gesund geworden. Ein richtiges Wunder, sagt der Onkel Moll. Lag aber bestimmt nicht an der komischen Heilpraktikerfrau, zu der sie immer geht.« Mit einem laut ratschenden Geräusch zog er den Paketbandabroller über die oberen Klappen des Pappkartons, in den sie vor ein paar Stunden mit großer Vorsicht mehrere Porzellan-Services gepackt hatten. »So, die vier Kisten können wir runterbringen. Wenn Onkel Moll kommt, brauchen wir sie nur noch einzuladen.«

Jeder von ihnen trug zunächst einen Karton. In dem von Herbie klimperte es unüberhörbar. Hier schien Bronto seine Verpackungskünste weniger gewissenhaft angewandt zu haben.

Julius kicherte. *Meißen lässt grüßen. Du erinnerst dich doch an die Stempel unter den Tassen und Tellern? Ob der Graf sich wohl freut, wenn du gleich auf der Treppe aus seinem 52-teiligen Service ein 894-teiliges machst?*

Auf den steinernen Stufen tastete sich Herbie sehr vorsichtig Fuß auf Fuß vorwärts. Dass ihm Bronto schnaufend dicht auf den Fersen folgte und sogar mit dem Karton in seinen Rücken stieß, machte die Sache nicht einfacher, und er war heilfroh, als er schließlich an der Eingangstür angekommen war.

»Es regnet nicht mehr«, schnaufte Bronto. »Wir können sie gleich raustragen.«

Sie quälten sich mit ihrer Fracht umständlich durch die Eingangstür und die Steinstufen hinunter, dann ging es weiter zum unteren Parkplatz. Dort stellten sie ihre Kisten an einer etwas geschützten Stelle ab, wo die Nässe des Platzes sie nicht beschädigen konnte.

»Das ist jedes Mal ein Murks«, murrte Bronto und kratzte sich an seinem langen Hals. »Jedes verdammte Stück müssen wir einzeln hier runterschleppen. Kein Fahrstuhl, keine Rampe für eine Sackkarre. Ich wüsste mal gern, wie die Ritter das früher gemacht haben.«

Ja, da fragt man sich, wie die wohl ihre Limokästen rauftransportiert haben? Oder die Mülleimer runter? Julius grunzte vergnügt.

»Wenn einem blaues Blut durch die Adern fließt, dann muss man nicht viel schleppen«, erklärte Herbie.

»Blaues Blut?« Bronto kniff die Augen zusammen. »Blut ist doch rot.«

Herbie wandte sich um und sah ihn unsicher an. »Nicht dein Ernst, oder?«

»Doch, klar, Blut ist immer rot, das weiß ich. Jedenfalls bei uns in Deutschland.«

Farbe hin, Farbe her, ich fürchte, bei unserem Freund zirkuliert das Blut nicht überall. Vor allem im Oberstübchen müssten mal die Leitungen entlüftet werden.

Herbie setzte an, Bronto zu erklären, dass die Bezeichnung von den bläulich schimmernden Adern der vornehm bleichen Adeligen herrührte, aber sein Gegenüber war mit seinen Gedanken schon wieder woanders.

»Onkel Moll müsste bald kommen. Wir holen die anderen beiden Kartons, und dann räumen wir oben rasch auf.« Er guckte zum Burgturm hinauf. »Sollen wir mal da rauf? Ich weiß, wo der Schlüssel zum Zugang liegt.«

Herbie schauderte es allein bei dem Gedanken. »Nie im Leben.«

»Hast du Höhenangst?«

»Ich habe keine Angst vor der Höhe, eher weil es von da oben so tief runtergeht.«

Als Motorengeräusch laut wurde, wandten sie die Köpfe um und blickten zum Tor hinüber.

»Wenn man vom Teufel spricht«, sagte Bronto grinsend, aber als er erkannte, dass das nicht Onkel Molls türkisfarbener Transporter war, der da vor ihnen auf dem Vorplatz ausrollte, sondern ein mattgolden lackierter A-Klasse-Mercedes mit Kölner Kennzeichen, sackten seine Mundwinkel nach unten. »Auweia«, murmelte er. »Die haben uns gerade noch gefehlt. Komm, lass uns schnell reingehen.« Er zupfte Herbie am Ärmel und wandte sich eilig um.

Aber Herbie starrte fasziniert das Fahrzeug an, das nun so zum Stehen gekommen war, dass man den absurden, giftgrün lackierten rechten Kotflügel sehen konnte.

Julius spitzte die Lippen. *Ein Angeberauto mit Ersatzteilen vom Schrottplatz. Das sagt aber so einiges über seinen Besitzer aus.*

»Wer ist das denn?«, fragte Herbie, aber als er sich umblickte, begriff er, dass Bronto bereits wieder den Weg hinaufgelaufen und ins Gebäude verschwunden war.

Im selben Augenblick öffnete sich die Beifahrertür des Wagens, und eine grellbunte Gestalt kam herausgeklettert. Die High Heels harmonierten nicht mit dem Kopfsteinpflaster, und so wie die paillettenbesetzte Handtasche sich im Sicherheitsgurt verhedderte, verfing sich der Seidenschal mit dem Leopardenmuster im Türgriff.

»Hallo, Hallöchen! Warten Sie«, rief die Frau und befreite sich umständlich. Ihr rheinischer Tonfall war unüberhörbar. »Nicht weglaufen! Hallo, warten Sie!«

Der bizarre Auftritt lähmte Herbie, sodass er unfreiwillig Folge leistete.

»Sie da, Sie! Mein Guter, mein Bester!«

Sie klang wie ein aufgeregt zwitschernder Vogel, als sie auf ihn zugestöckelt kam und hektisch mit der behandschuhten Linken winkte. Ihr Alter war schwer zu bestimmen, dazu war einfach viel zu viel Farbe im Spiel. Das Haar war feuerrot, der Mantel königsblau, die Schuhe orange. Die riesigen, gelben Ohrringe sahen aus wie Ananasscheiben. Herbie schätzte sie auf Mitte bis Ende fünfzig.

Ein Gesamtkunstwerk. Später Picasso oder früher Dalí, würde ich sagen.

Der Mann, der jetzt mit deutlich gedrosselter Geschwindigkeit aus der Fahrertür stieg, hatte das dünne, schulterlange Haar zurückgekämmt, und mit der Brille, deren Gläser absurd groß und getönt waren, hätte er Schweißarbeiten machen können. Er trug eine petrolfarben glänzende Steppweste, und Herbie wusste, dass seine Füße in Cowboystiefeln steckten, noch bevor er sie überhaupt sehen konnte. Lässig kaute er Kaugummi und blickte an der Fassade der Burg hinauf. Er hielt ein blinkendes Edel-Smartphone ans Ohr, mit dem man wahrscheinlich ähnlich viel anstellen konnte wie mit einem asiatischen Thermomagic. Er beendete gerade ein Gespräch in breitestem Rheinisch. »Also mach et jut, Jung! Bis baldrian!«

»Sie sind neu, was?«, flötete die Frau und streckte Herbie eine Hand entgegen, an der mehr Ringe steckten als es Finger gab. »Ich bin die Allegra. Ihren Kollegen, den Bronto, habe ich ja gerade noch gesehen. Und der Herr Moll ist wohl wieder mal unterwegs.« Sie blickte sich suchend auf dem Platz um. »Hm, ja, kein Auto da, der wird unterwegs sein. Also ich bin Allegra von Fahrenfels, und Sie sind der ...?«

»Der Herbie.«

»Der Herbie, soso.« Sie deutete auf die Kartons. »Nicht mehr? Ist das etwa alles für heute?«

Ihr Begleiter tippte respektlos mit der Spitze seines Cowboystiefels gegen eine der Kisten. Als es im Inneren leise klirrte, sagte er: »Schon wieder Porzellan, was? Man könnte meinen, das ganze Gemäuer ist vollgestopft mit Porzellan.« Er klopfte Herbie lässig auf die Schulter. »Guck nicht so kariert, Junge. Die Allegra ist die Cousine vom Vico, also vom Grafen. Und ich bin der Bernhard. Wir kommen ab und zu mal gucken, ob wir behilflich sein können.«

Julius rümpfte die Nase. *Nichts an seinen Gesten oder seiner Gestalt vermittelt den Eindruck, als könnte er jemals irgendwie bei irgendwas behilflich sein.*

»Der gute Vico hat sich ja total zurückgezogen«, hauchte die Frau und reckte den Hals, um in eines der Erdgeschossfenster blicken zu können. »Hat sich in sein Schneckenhaus verkrochen, der Ärmste. Haben Sie ihn schon gesehen? Ist er da? Was rede ich, natürlich ist er da. Er geht ja überhaupt nicht mehr vor die Tür, der Arme. Wir können es immer noch nicht fassen, dass er das alles aufgeben will. Sein Heim ... das Anwesen seiner Ahnen ...« Sie seufzte theatralisch und legte ihm die Hand auf den Arm.

Vorsicht, vielleicht färbt sie ab.

»Ja schon, wir sind uns vorhin kurz begegnet«, sagte Herbie ausweichend. Er hatte das Gefühl, das Gespräch beenden zu müssen, löste sich von ihr und ging langsam wieder die Treppe hinauf. »Hören Sie, ich muss so langsam wieder zurück zu Bronto, weil wir nämlich gerade dabei waren, zu ...«

»Natürlich, natürlich!« Sie wedelte mit den Händen. »Husch, husch, husch, zurück an die Arbeit. Wir begleiten Sie. Wollen doch mal sehen, was da so alles eingepackt wird.« Sie hakte sich bei Herbie unter und blickte auf ihre Füße, um mit ihren Designerpumps die Treppenstufen nicht zu verfehlen. »Und vielleicht können wir ja auch ein paar Takte mit meinem Cousin reden. Wissen Sie, der Bernhard, der hat ein Busunternehmen in Köln-Bickendorf, Hostert Reisen. Und der interessiert sich sehr für den alten Benz, der in der Remise steht.«

»Ein Mercedes?«

»Wussten Sie das nicht? Ein 170 S Cabrio. Oh, ich kann Ihnen sagen, ein Traum von einem Oldtimer. Fahrtüchtig und top gepflegt.«

»Ich meine ja nur, vielleicht kann ich da was vermitteln«, schaltete sich Bernhard ein. »Bevor er am Ende in die falschen Hände gerät.«

Ja, in seine zum Beispiel. Julius lachte hohl. *Er würde ihn golden lackieren, mit perlmuttfarbenen Radkappen.*

»Das Gefährt wäre ein richtig geiler Blickfang im Schaufenster von meinem Betrieb! Dann bliebe es quasi in der Familie!« Er lachte ölig.

»Und der Vico freut sich sicher auch, uns wiederzusehen«, zwitscherte Allegra.

Sie waren bereits ein paar Stufen mit ihm hinaufgestiegen, als plötzlich eine scharfe Stimme die kühle Herbstluft durchschnitt: »Ich fürchte, das wird er nicht.« Frau Kratz war in der offenen Eingangstür aufgetaucht und blickte mit versteinerter Miene auf sie herunter. »Graf von Fahrenfels möchte keinen Besuch empfangen. Ich denke, das wissen Sie sehr gut.«

»Na, hören Sie mal!«, empörte sich Allegra. »Immerhin bin ich seine Cousine!«

»Bedaure, aber die Anweisungen des Herrn Grafen sind eindeutig. Er empfängt Besuch nur nach vorheriger Anmeldung.«

»Ja, aber seine Familie ...«

»*Gerade* die Familie. Verzeihen Sie, Frau von Fahrenfels, aber das waren seine eigenen Worte.« Frau Kratz' Wangenmuskeln zuckten.

Allegra von Fahrenfels entfuhr ein erzürnter Aufschrei. Sie wollte bereits voranstürmen und hätte sich sicherlich mit Gewalt an der Wirtschafterin vorbeigedrängt, wenn ihr Begleiter sie nicht zurückgehalten hätte.

Er packte sie unsanft am Arm. »Nee, komm Mäuschen, das musst du dir nun wirklich nicht gefallen lassen.«

Vor lauter Farbe sieht man gar nicht, ob Mäuschen auch zornesrot werden kann.

Sie ließ sich nur widerwillig die Treppe wieder hinunterführen und stöhnte allenthalben dramatisch auf.

»Du meine Güte, wir waren damals bei ihm, als dieses furchtbare Unglück geschah, und wir haben ihn getröstet, und ich habe seine Hand gehalten! Immer wieder haben wir ihm unsere Hilfe angeboten, denn ich bin ja schließlich seine letzte noch verbliebene Verwandte. Und das ist jetzt also der Dank für all unsere Güte!« Als sie sich noch einmal umwandte und sah, dass Frau Kratz inzwischen wieder ins Haus verschwunden war, verebbte ihr lautstarkes Lamento von einem Moment auf den nächsten. »He, du!« Ihre Hand schnellte nach vorne und fasste Herbies Ärmel. Sie zog ihn ruppig zu sich heran und zischte mit leiser Stimme: »Der Drickes. Los, schick mir mal den Drickes raus. Ich muss ihn unbedingt sprechen.«

Herbie stutzte. »Der Drickes? Tut mir leid, aber der arbeitet gar nicht mehr für die Molls.«

»Was? Wieso denn das?« Ihre dramatisch umtuschten Augen weiteten sich.

»Keine Ahnung, wirklich. Ich bin erst seit heute hier.«

Mit einem erzürnten Laut stieß sie ihn von sich und stakste schnaubend über das bucklige Pflaster zum Auto zurück. Ihr Tonfall und ihre Ausdrucksweise landeten auf der Stelle in der untersten Schublade. »Scheiße, Bernhard, los, mach hinne!«, keifte sie. »Die können uns doch alle am Arsch lecken, die elenden Pisser!«

Gute Güte. Julius runzelte pikiert die Stirn. *Eben noch überkandidelte Von und zu, jetzt auf einmal abgehalfterte Bordsteinschwalbe.*

Auf den letzten Metern brach ihr zu allem Überfluss ein Absatz ab, und ihre Flüche schallten durch den Burghof.

Als wenige Momente später der Wagen mit aufheulendem Motor gewendet wurde, verfehlte er nur knapp einen Mauervorsprung, und Herbie ahnte, wie es zu dem Verlust des goldenen Kotflügels gekommen war.

Herbie stand für einen Moment stumm da und blickte ihnen hinterher. Als sie den Vorplatz verlassen hatten, schloss sich augenblicklich das große Metalltor.

»Ogottogott, Julius, was war das denn?«

Sie hätte gerne ihr Stück vom Kuchen, aber sie merkt offenbar, dass ihr nicht eine einzige Rosine bleiben wird.

»Aber ich denke, der Graf ist der Letzte seiner Sippe. Nach ihm läuft alles ins Leere, hat Onkel Moll gesagt.«

Weißt du denn, um wie viele Ecken sie mit ihm verwandt ist? Vielleicht ja nur verschwippt oder verschwägert, eine dahergelaufene Beute-Adelige.

»Du wirst recht haben.« Herbie nickte. Dann wanderte sein Blick an der Fassade der Burg hinauf. Um die Zinnen des mächtigen Turms, die aus dunklerem Stein gemauert waren als der Rest, kreisten die unvermeidlichen Krähen. »So was will man eigentlich auch nicht erben«, murmelte er und deutete auf das Schieferdach eines der Nebengebäude. »Guck mal, da regnet es doch garantiert rein. Und die Fenstereinfassungen bröckeln auch überall ...« Er verstummte abrupt, als er hinter einem der Fenster das Gesicht des Grafen erkannte. Unsicher schielte er zur Seite und bemerkte das breite Grinsen von Julius.

Ätsch, wieder mal erwischt.

Als er wieder nach oben sah, erkannte er die blasse Hand des Hausherrn. Er konnte es im Dämmerlicht zuerst nicht richtig ausmachen, aber dann verstand er, dass der Graf ihn mit einer lockenden Bewegung aufforderte, zu ihm nach oben zu kommen.

Julius gluckste vergnügt. *Na, dann mal hopp, hopp zur Audienz bei seiner Pestilenz!*

7. Kapitel

Auf dem Weg zu den oberen Gemächern vibrierte Herbies Handy. Ein Blick aufs Display zeigte ihm, dass Köbes einen neuen Anlauf machte. Den konnte er jetzt überhaupt nicht gebrauchen.

Vielleicht hat er alles verkauft und braucht von dir Nachschub?

»Kann er gerne alles haben. Aber nicht jetzt.«

Es kostete ihn einige Mühe, das Zimmer zu finden, von dem aus der Graf ihn beobachtet hatte. Als er glaubte, die Tür gefunden zu haben, wollte er gerade anklopfen, als Bronto mit den beiden Kartons am Ende des Gangs auftauchte und rief: »Halt, nein! Geh da nicht rein!«

»Warum nicht?«

»Das ist das verbotene Zimmer.«

Darin versteckt Ritter Blaubart seine ermordeten Ehefrauen.

»Verboten?«

Bronto hatte ihn jetzt erreicht und senkte die Stimme. »Es gibt das private Zimmer vom Graf im zweiten Stock, zu dem haben wir natürlich keinen Zutritt. Das wird erst ganz zum Schluss geräumt, sagt er, ist ja verständlich.« Er starrte auf Herbies Hand und den gekrümmten Zeigefinger, den dieser immer noch zum Anklopfen erhoben hatte. »Aber das hier, das ist das Zimmer seiner verstorbenen Frau. Wer da reingeht, kriegt richtig Ärger, sagt Onkel Moll.«

Trotzdem klopfte Herbie an, und es dauerte nur wenige Sekunden, bis von innen ein kaum hörbares »Herein« zu ihnen durchdrang.

Er sah Bronto noch einmal in die Augen, dann drückte Herbie die Klinke hinunter und trat ein.

Es war, als würde er mit einem einzigen Schritt eine andere Welt betreten. Hier in diesem Zimmer war nichts so, wie es in irgendeinem anderen Winkel der Burg vorzufinden war. Die Wände waren mit stilisierten Bambusstangen und Blättern in blassen Grün- und Grautönen tapeziert. Fast wirkte es, als befände man sich in einem exotischen Wald. Nur einige wenige, großflächige Leinwände mit abstrakten Formen in rötlichen Farben sorgten für kräftige Akzente. Die Sitzmöbel waren groß und ausladend, mit mittelbraunem Kunstleder gepolstert.

Der Graf stand schweigend am Fenster und hatte ihm den Rücken zugewandt. Ein graugrüner Vorhang umrahmte ihn wie ein filigranes Urwald-Gespinst.

Herbie machte mit einem Räuspern auf sich aufmerksam und ließ derweil den Blick schweifen. Eine Wand des Raumes wurde fast vollständig von einem Bücherregal aus hellem Holz bedeckt. Darin standen großformatige Bücher, offenbar hauptsächlich Bildbände, einige von ihnen wurden frontal präsentiert. Asien, Rom,

Grönland, Japanische Gärten, Märchen aus Tausendundeiner Nacht ... Ein besonders großes Fach war fast ausschließlich mit Stapeln von Notenheften gefüllt. Drei Akustik-Gitarren standen auf Stativen beim Fenster, auf einem Beistelltisch neben dem Sofa lagen mehrere Flöten unterschiedlichster Art, einige davon orientalisch aussehend, zwei herkömmliche Blockflöten, eine seltsam gewunden aus Metall. Gleich daneben ruhten auf einem silberglänzenden Ständer weitere Notenblätter. Herbie las einen skandinavisch klingenden Titel, konnte aber nicht erkennen, für welches Instrument das Stück komponiert worden war.

»Ich habe gesehen, dass Sie vorhin da unten Bekanntschaft mit dieser Irren gemacht haben, Herr Feldmann«, sagte Victor Graf von Fahrenfels und wandte sich langsam zu ihm um.

Herbie konnte die tiefen Furchen, die sein Gesicht durchzogen, jetzt deutlicher erkennen als vorhin im schwachen Licht des Flurs. »Sie meinen Ihre Cousine?«

Der Graf stieß einen verächtlichen Laut aus. »Ja, so bezeichnet sie sich gerne! Sie ist die Tochter eines angeheirateten Cousins dritten Grades.«

»Sie trägt denselben Nachnamen wie Sie.«

»Aber nicht den Adelstitel! Nein, nein, das ist keine Blutsverwandtschaft. Sie ist eine gewöhnliche Schmarotzerin. Dass ich die Burg ausräume, macht sie überaus nervös. Sie hat Ihnen auch sicherlich gesagt, sie sei meine letzte noch verbliebene Verwandte.«

»So in etwa, ja.«

»Wenn sie blutsverwandt wäre, entspräche das den Tatsachen, aber so ist es nicht. Es gibt keine echte Verwandtschaft mehr. Meine Familie ist verkümmert, verödet, zu einem Nichts zusammengeschrumpft.« Er deutete mit einer einladenden Geste auf einen der braunen Sessel. »Nehmen Sie Platz.«

Herbie zögerte.

»Sie sind verunsichert, weil man Ihnen gesagt hat, dass es das Zimmer meiner verstorbenen Frau ist, nicht wahr?« Er lächelte sanft. »Das stimmt. Es ist Flores Arbeitszimmer. Ich ziehe es vor, von ihr als von meiner *Frau* zu sprechen, obwohl wir noch nicht vermählt waren. Meine *Gefährtin* hätte es noch besser getroffen. Gefährten sind stets an unserer Seite. Sie sind untrennbar mit uns verbunden, nicht wahr?«

Julius grunzte. *Wer wüsste das wohl besser als du?*

Herbie fühlte sich alles andere als wohl in dieser unerwarteten Situation. »Ich weiß nicht ... Eigentlich müsste ich noch ... Herr Moll kann jeden Moment kommen, und da sollte ich ...« Er wusste ja nicht einmal, wie er den Grafen ansprechen sollte.

Julius hatte natürlich sofort einen Vorschlag: *Euer Durchlocht, das scheint mir zu passen. ...*

Herbie hatte im Laufe der Jahrzehnte gelernt, die Albernheiten seines Begleiters zu ignorieren, und doch unterliefen ihm mitunter kleine Fehler: ein Zucken des Kopfes, ein winziger Laut, ein Blinzeln ...

Was immer es in diesem Moment gewesen sein mochte, der Graf registrierte es sofort und lächelte freudig erregt. »Er ist da, nicht wahr? Ihr Freund ist bei Ihnen, jetzt, in diesem Moment!«

Herbie nickte zaghaft.

Ja natürlich, ich bin da, Euer Merkwürden, in voller Pracht!

»Darf ich wohl nach seinem Namen fragen?«

Herbie war für einen Moment versucht, ihm eine Lügengeschichte aufzutischen, aber er brachte es nicht übers Herz. »Julius«, sagte er.

»Wie haben Sie ihn verloren?«

Verloren? Mich? Ich bin ein Gewinn!

Als Herbie angestrengt nach einer passenden Story suchte, die etwas hermachte, hob sein Gegenüber abwehrend die Hand. »Nein, nein, ich will Sie nicht bedrängen. Vielleicht erzählen Sie es mir ja irgendwann von sich aus.«

»Ihre Frau hieß Flore, habe ich gehört«, versuchte sich Herbie an einer eleganten Überleitung zu einem anderen Thema.

Das Gesicht des Grafen wurde ernst. Er ließ sich auf dem Sofa nieder, beugte sich leicht nach vorne, legte die Unterarme auf die Knie und faltete die Hände. Mit gesenktem Kopf begann er zu erzählen: »Das Alleinsein überfällt einen nicht von einem Tag auf den anderen. Es schleicht sich heran, leise, heimlich, ohne viel Aufhebens zu machen. Ich war schon einmal verheiratet, müssen Sie wissen. Vor fast vierzig Jahren. Sophia und ich waren sehr jung. Sie war von Stand, eine geborene von Thaelheim, alter, preußischer Adel, und alles deutete darauf hin, dass wir im Rahmen unserer Möglichkeiten sehr glücklich werden würden. Aber sie ertrank bei einem Badeurlaub in San Remo. Eigentlich konnte Sophia tauchen wie eine Nixe, aber es gab ein Unglück mit ihrer Sauerstoffflasche. Es dauerte eine schrecklich lange Zeit, bis sie gefunden wurde. Dieses Hoffen und Bangen und die tagelange Ungewissheit haben mich schier in den Wahnsinn getrieben.« Er schauderte und fasste sich mit beiden Armen um die Schultern. »Die Familie hat mich damals aufgefangen. Meine Eltern haben mich voll und ganz gefordert, mich, den einzigen Sohn, haben sie regelrecht mit Arbeit überhäuft, um mich vom Grübeln abzuhalten. So eine Burg, wissen Sie, die verlangt Aufmerksamkeit, die will unterhalten werden. Sie sind ja heute offenbar zum ersten Mal hier, aber Sie können sich vielleicht schon vorstellen, was so ein Stammsitz an Verpflichtungen mit sich bringt.« Er blickte unvermittelt auf und zog die Augenbrauen in die Höhe. »Oh, Verzeihung, ich habe Ihnen noch gar nichts zu trinken angeboten. Ich bin es nicht mehr gewohnt, Gastgeber zu sein. Was darf ich Ihnen kommen lassen?«

Herbie hob abwehrend die Hand. »Danke, nichts, wirklich.«

Hihi, was für ein schöner Gedanke: Frau Kratz serviert euch Ahoi-Brause, zündet die Kerzen an und parfümiert ein wenig die Luft. Julius hatte inzwischen ungeniert auf dem freien Sessel Platz genommen und imitierte die Haltung des Grafen, was Herbie sehr irritierte.

»Ist es warm genug? Haben Sie es bequem?«

»Danke, alles bestens.«

»Wo war ich stehen geblieben? Ach ja, meine Familie ...«

Julius schüttelte sorgenvoll den Kopf. *Was soll das denn werden? Ein Therapiegespräch? Und da nimmt er ausgerechnet dich?*

»Es gab da durchaus ein paar Frauenbekanntschaften, verstehen Sie mich nicht falsch. Man nimmt ja doch gesellschaftliche Anlässe wahr, und es gibt da auch in

Adelskreisen immer wieder die ein oder andere passende Partie ... Das klingt schaurig, aber so ist es nun mal. Das ist immer die Basis aller Überlegungen. Aber es hat sich nichts entwickelt. Wie gesagt, unser Familiensitz hat mich sehr in Anspruch genommen. Zum Glück, kann ich nur sagen, zum Glück.« Kurz hielt er inne, als müsste er sich in Erinnerung rufen, wie es weiterging mit dem, was er erzählen wollte. »Und dann kamen die nächsten Jahre der Verluste. Mein Vater starb 2003, meine Mutter vor vier Jahren ... Tja, und dann steht man plötzlich alleine da. Der Letzte, der von einem uralten Adelsgeschlecht übriggeblieben ist, hier in diesem kalten, steinernen Gemäuer mit dem undichten Dach. Einsam und allein.«

Och, er hat doch die Krähen, die Kellerasseln und den ein oder anderen Holzwurm.

»Verstehen Sie das bitte richtig: Ich liebe diese Burg. Sie wurde im 12. Jahrhundert von meinen Vorfahren errichtet, im Dreißigjährigen Krieg fast völlig zerstört und wieder aufgebaut. Sie wurde mit Blut verteidigt und ist das weithin sichtbare Symbol einer einstmals stolzen Familie. Was hätte ich dafür gegeben, Verwandtschaft zu haben, eine Familie! All das hier hätte ich so gerne mit jemandem geteilt. Jetzt will ich all das nur noch loswerden.«

Es sprudelte aus ihm hervor wie ein Wasserfall, den man angestaut, und der sich mit einem Mal Bahn gebrochen hatte. Herbie erkannte, dass Graf Vico von Fahrenfels zu lange geschwiegen, dass er alles mit sich selbst ausgemacht hatte.

»Als meine Mutter gestorben war, kamen die gesundheitlichen Probleme. Das Herz, die Gelenke ... mein ganzer Körper schien mit einem Mal seinen Dienst zu versagen. Ich war 65, und da werden Sie sagen, dass das doch kein Alter sei. Sie haben recht. Ich war kein gesunder Mann. Eigentlich war ich 65 Jahre alt, aber ich fühlte mich wie 165. Und dann machte ich eine Kur in der Schweiz. Eine Klinik am Thuner See im Berner Oberland. Da kenne ich mich gut aus. Meine Eltern und Großeltern haben dort schon gekurt.« Er blickte auf und lächelte. »Und dann änderte sich mit einem Schlag alles, als ich sie kennenlernte. Flore.«

»Flore – ein außergewöhnlicher Name.«

»So außergewöhnlich wie sie selbst. Eigentlich hieß sie Florentine. Ihr Vater war Italiener, ihre Mutter Schwedin, sie ist in New York aufgewachsen ... eine aufregende Mischung. Sie war Musiktherapeutin.«

»Ich verstehe.« Herbie deutete vage in die Richtung der verschiedenen Musikinstrumente.

»Ganz richtig. Flore *war* Musik. Alles an ihr. Musik war in ihr und um sie herum, wo immer sie ging und stand.«

»Sie war offenbar sehr vielseitig. Flöte, Gitarre. Was ist das da hinten? Ein E-Piano?«

»Ja, nur ein kleines. Wir hatten einen herrlichen, alten Bechstein-Flügel gekauft, der in den Salon kommen sollte. Eine komplizierte Sache. Um ihn an Ort und Stelle zu bringen, hätten wir einen Teil des Daches öffnen müssen. Aber dann habe ich den Kauf noch rückgängig machen können, nachdem ... nachdem ...« Er schluckte schwer und presste die Lippen aufeinander.

Ein peinlicher Moment der Stille entstand, den sich noch nicht einmal Julius mit einem albernen Witzchen zu unterbrechen wagte.

»Und welches Instrument verbirgt sich darunter?«, fragte Herbie und deutete auf einen mit einem blassgrünen Tuch verhüllten Gegenstand in einer anderen Zimmerecke. Was sich dort befand, musste die Ausmaße eines kleinen Damenschreibtischs haben. Am unteren Ende war ein gedrechseltes hölzernes Bein zu erkennen. Es schien älterer Bauart zu sein. Herbie vermutete ein Spinett oder etwas Ähnliches.

»Das ist das Geschenk, das ich Flore an dem Tag machte, an dem ich Sie gebeten habe, meine Frau zu werden.« Der Graf erhob sich und strich geradezu zärtlich mit der flachen Hand über den gerafften Stoff, bevor er ihn fortzog und ein eigentümliches Gerät enthüllte.

Was als Erstes ins Auge fiel, war etwas, das aussah, als hätte jemand einen großen Stapel immer kleiner und kleiner werdender, ineinander gestapelter Glasschüsseln in die Horizontale gelegt und mit einer Stange durchbohrt. Das Ganze ruhte wie eine Art Grillspieß auf einem kunstvoll verzierten hölzernen Gestell mit vier Beinen.

»So was habe ich noch nie gesehen«, staunte Herbie. »Was ist das?«

»Flore hatte schon auf allen Instrumenten gespielt, die man sich nur denken kann. Geige, Orgel, Fagott, Bongos und Akkordeon. Nur von einem hat sie immer geträumt: von einer Glasharmonika.«

»Die ist vermutlich sehr selten?«

»Sehr, sehr selten. Dieses Exemplar hier ist russischer Bauart, neunzehntes Jahrhundert. Sie funktioniert ein bisschen wie eine alte Nähmaschine, man bringt sie mit dem Pedal zum Rotieren, und dann entlockt man dem sich drehenden Glas mit den Fingern Töne.« Er strich sanft mit dem Finger über die Holzoberfläche des Trägergestells. »Auf jede dieser 44 Glasschalen kommen bei der Herstellung bis zu hundert einzeln geblasene Stücke, bevor der richtige Ton getroffen wird. Dieses Gerät ist ein Wunderwerk. Flore hat geweint und geweint, als ich es ihr geschenkt habe. Sie hat vor Aufregung richtig gezittert, als sie es ausprobiert hat. Es sind Töne, wie Sie sie nie zuvor gehört haben.« Seine Stimme brach. Vorsichtig legte er das Tuch wieder über das Instrument.

»Das Gerät hat sicher ein Vermögen gekostet.«

»Sie können mir glauben, dass es mir das wert war. Immerhin hat sie es einmal in ihrem Leben spielen dürfen.«

»Nur einmal?«

Wortlos und gemessenen Schrittes ging der Graf zum Fenster und winkte Herbie zu sich. »Schauen Sie, dort unten, hinter dem Tor, sehen Sie die Zufahrt, die sich den Berg heraufwindet?«

Herbie war an seine Seite getreten und folgte der Richtung, in die sein Finger deutete. Die Dämmerung brach langsam herein. Zwischen den fast kahlen Bäumen hindurch konnte man den schmalen Weg erkennen, der halbwegs von nassem Herbstlaub bedeckt war. Über ihn waren sie am Morgen hier heraufgefahren, und über ihn würden sie nachher auch wieder hinunterfahren.

»Es ist die einzige Zufahrt zur Burg?«

»Ganz genau. Es gibt keine andere. Über diesen Weg kam sie am Abend heraufgefahren, mit dem Kuga. Sie kam immer sehr gut mit diesem Wagen zurecht. Überhaupt war sie eine hervorragende Fahrerin. Sehen Sie, dort hinten, die Kurve, in der am oberen Rand die Hainbuchen noch ihre Blätter haben. Erkennen Sie die Kurve, die ich meine?«

Herbie nickte.

Mit einem Mal hatte der Graf ein Handy in der Hand. Es erschien Herbie völlig absurd, dass er jetzt darauf herumtippte. Anscheinend suchte er etwas. »Ungefähr in dieser Kurve muss sie sich befunden haben. Dort ist es geschehen. Das Auto ist von der Straße abgekommen und die Böschung hinuntergestürzt. Es hat sich überschlagen.

»Aber warum?«, fragte Herbie leise. Er starrte aus dem Fenster, und er konnte sich ungefähr vorstellen, was geschehen war. »Warum hat sie die Gewalt über das Fahrzeug verloren?«

»Nur wenige Momente, bevor es passiert ist, hat sie mir das hier geschickt.« Er tippte auf die Handytastatur.

Plötzlich war die schwache, hohlklingende Aufzeichnung einer Frauenstimme auf einer Mailbox zu hören: »Ich bin's, mein Schatz. Es sind nur noch ein paar Meter, dann bin ich da.« Im Hintergrund waren Motorengeräusch und leise Musik zu hören und etwas, das der gleichmäßige Takt eines Scheibenwischers sein mochte. »Wenn du das noch rechtzeitig hörst, drück schnell den Toröffner. Wenn nicht, leg mir doch bitte ein paar Handtücher zurecht, denn ...«

Ein unterdrückter Aufschrei ertönte. Dann Stöhnen, Ächzen, ein lautes Rumpeln, das Geräusch des Motors änderte seine Tonhöhe. »Zur Seite!«, erklang wieder die

Frauenstimme. »Verdammte Scheiße, fahr da weg!«, schrie sie. »Setz zurück, du Idiot!«

Dann wurde das Poltern lauter, der Motor heulte auf, sie schrie ... Die Aufzeichnung brach ab.

Herbie starrte auf das Mobiltelefon in der Hand des Grafen. Ein eisiger Schauder rieselte ihm den Rücken hinunter.

Vor seinem geistigen Auge sah er ein Fahrzeug. Er erkannte keine Farbe, kein Modell, er sah nur Räder, die in der Luft rotierten, Laub, das aufgewirbelt wurde, Scheinwerfer, deren Lichtkegel ziellos zwischen den Bäumen hindurchjagte. Er konnte es sich nur zu deutlich vorstellen.

»Es war der Abend des Tages, an dessen Morgen ich ihr einen Heiratsantrag gemacht habe. Der Abend ihres Todes.«

Der Blick des Grafen wanderte wieder durch das Fenster hinunter zu der Stelle, an der sich das Drama ereignet hatte.

»Es ist bizarr, dass dies das einzige Zimmer ist, aus dessen Fenster man den Ort des Geschehens sehen kann. Und das auch nur, weil das Laub von den Bäumen gefallen ist, so wie auch letztes Jahr zu dieser Zeit.« Er stützte sich am Fensterrahmen ab und zog grimmig die Mundwinkel nach unten. »Man hat keine fremden Reifenspuren gefunden, was wahrlich kein Wunder ist nach so einer Regennacht. Und angeblich hat man Alkohol in ihrem Blut nachgewiesen. Sie tun so, als wäre es der hundsgewöhnliche Unfall einer Betrunkenen. Für mich hört sich das nicht an, als wäre sie betrunken gewesen. Ich habe das außer der Polizei noch nie jemandem erzählt. Sie fragen sich sicher, warum ich gerade Sie einweihe?«

Herbie zuckte mit den Schultern und wusste es doch längst.

Der Graf lächelte. »Nun, weil Sie auch jemand sind, der mit jemandem spricht, an dessen Anwesenheit sonst niemand glaubt.«

Also ich kann sie hier nirgends sehen, so viel steht schon mal fest. Julius drehte sich einmal um die eigene Achse.

»Sie ist hier, Herbie Feldmann. Meine über alles geliebte Flore ist hier bei uns im Raum ...«

Der Graf tippte wieder auf seinem Handy herum und präsentierte Herbie nun eine Fotografie.

Die junge Frau hatte ein über und über mit Sommersprossen bedecktes Gesicht mit einer kleinen, leicht nach oben gewölbten Nase. Sie zeigte ein einladendes Lachen, das Herbie fast zu hören glaubte. Ihre blauen Augen waren in überbordender Fröhlichkeit halb zusammengekniffen, und ein Schwall rötlichblonder Locken, durch die das Sonnenlicht drang, umwirbelte ihren Kopf. Es war ein Bild unbändiger Lebensfreude.

»Ein schönes Lachen«, sagte Herbie.

»Ja, nicht wahr. Sie zitierte immer gerne ihre Lieblingsschriftstellerin Anne Lamott: ›Lachen ist Heiligkeit mit Sprudel drin.‹«

»Das passt zu ihr. Sie sieht auf dem Bild sehr lebensfroh aus.«

»Sie ist hier, und sie sagt mir das, was sie mir jeden Tag sagt, seit sie nicht mehr unter den Lebenden weilt. Ich wünschte, Sie könnten es jetzt gerade hören. Sie sagt ...«

Seine Stimme kam jetzt stockend, so als spreche er langsam mit jemandem im Chor: »Es war kein gewöhnlicher Unfall.«

Herbie zögerte, bevor er das aussprach, was ihm durch den Kopf ging: »Für mich hört sich das an, als wäre ihr jemand entgegengekommen. Jemand, der sie geblendet und ihr den Weg versperrt hat.«

»Genau das sagt sie auch«, flüsterte der Graf.

- Seite 3 -

Zu meiner Überraschung tauchte eines Tages der freundliche Photograph wieder auf, der mich mit dem Leiterwagen abgelichtet hatte. Ich war gerade mit den Kühen auf Rotheck, wo der Bauer ein kleines Stückchen Weide hat, auf dem schon recht früh die Sonne scheint, wenn im Bachtal noch der Nebel steht. Er ist ein feiner Herr mit einem kecken Strohhut, der alt genug war, um mein Vater sein zu können. Auch an diesem Tag trug er seinen Apparat bei sich und erzählte mir von den schönen Bildern, die er bei unserer letzten Begegnung gemacht hat. Er ist ein Fremder, aber ich fasse Vertrauen zu ihm und seiner sanftmütigen Art. Dass ich ihm auf seine Fragen nicht antwortete, schien ihn nicht zu bekümmern.

Mit seinem Photoapparat streifte er den lieben langen Tag durch die Gegend und machte Bilder von Bäumen und Felsen und auch von mir und den Kühen. Ich schämte mich ein wenig, da ich Kleider trug, die arg schmutzig waren. Als hätte er meine Gedanken gelesen, schlug er vor, er könne einmal Bilder im Sonntagsstaat von mir machen und mich nach dem Hochamt abholen, und ich verwehrte ihm diesen Wunsch nicht.

Als ich die Kühe später nach Hause trieb, begleitete er mich noch ein Stück am Schwalenbach entlang, bis wir an eine Stelle kamen, wo er sein Auto abgestellt hatte. Das war ein prächtiger, dunkelblauer Wagen, der nur so blitzte und funkelte, und der sogar ein Dach aus Stoff besaß, das man zusammenfalten konnte. Hier, so schlug er vor, könnten wir uns zum Spaziergang treffen.

8. Kapitel

Am Abend schleppte sich Herbie völlig entkräftet von der Bushaltestelle durch die Dunkelheit zu seiner Wohnung am Graf-Mirbach-Platz hinauf und gähnte ohne Unterbrechung. Im Bus war er immer wieder eingenickt.

Du brauchst dringend Urlaub, mein Bester. Julius trabte munter neben ihm her. *Eine Reise nach Gähnemark oder nach Schlafghanistan. Ein kleiner Trip nach Matratzedonien oder Schnarchentinien ...*

»Ich brauch vor allen Dingen Urlaub von dir.«

Ach, das sagst du doch jetzt nur so.

Schon an der Haustür fing ihn seine Vermieterin, die alte Frau Schnichels, ab. »Wir wollten uns noch mal für das schöne Gerät bedanken, Herr Feldmann«, sagte sie und knetete dabei nervös ihre Hände. »Mein Mann und ich kommen zwar nicht mit der ausländischen Beschreibung parat, aber das kriegen wir schon noch hin. Man soll ja auch ganz prima Eierlikör mit diesen Apparaten machen können.«

Ihr Mann drängte sich jetzt durch die Wohnungstür an ihre Seite. Auch er machte einen nervösen Eindruck, redete aber gleich Klartext: »Ja, aber trotzdem ist das nicht in Ordnung, dass die ganzen Kartons da oben auf dem Treppenabsatz gelagert werden.«

»Ich weiß, ich weiß. Es ist ja nicht für ewig. Ich verspreche Ihnen ...«

Was versprichst du ihnen? Da bin ich aber mal gespannt.

»Und jetzt hat Ihr Freund noch mehr gebracht. Das geht nicht, Herr Feldmann. Bei aller Liebe, das geht nicht.«

Herbie schrak auf und eilte die Treppe hinauf. Was ihn dort erwartete, verschlug ihm die Sprache. Nur noch ein schmaler Durchlass erlaubte den Zugang zu seiner Wohnung. Der Rest des Flurs war mit Thermomagic-Kartons gefüllt.

»Man kommt gar nicht mehr auf den Dachboden!«, rief der alte Schnichels von unten.

Genau in diesem Moment vibrierte Herbies Handy. Es war eine SMS von Köbes: *Die Polizei war heute bei mir, aber keine Panik! Stelle die Dinger nur vorsichtshalber für ein paar Tage bei dir unter.*

Herbie stieß einen unterdrückten Fluch aus.

»In ein paar Wochen müssen wir doch den Weihnachtsschmuck da runterholen«, tönte es von unten.

»Ja, ja, ich regle das!«, rief Herbie verärgert und warf die Wohnungstür hinter sich zu.

Julius seufzte, ließ sich auf dem Fernsehsessel nieder und legte die Füße auf den Hocker. *Machst du mir den Fernseher an? Läuft nicht heute das Promi Big Brother?*

Herbie brummte etwas Unverständliches und drückte den Knopf auf der Fernbedienung. Wenig hoffnungsfroh warf er einen Blick in den Kühlschrank. Ob der Rest Gulaschsuppe noch genießbar war, schien mehr als fraglich, und die halbe Pizza von Massimo sah auch nicht mehr sehr vertrauenswürdig aus. Er entschied sich für einen Joghurt und vermied einen Blick auf das Verfallsdatum.

Er setzte sich neben Julius auf das Sofa und starrte auf den Bildschirm, ohne zu erkennen, was sich da abspielte. Seine Gedanken waren bei den zurückliegenden Erlebnissen des Tages.

Unter normalen Umständen hätte er bei dem Job längst das Handtuch geworfen. Wie viel unbezahlte Zeit er allein verplemperte, um hin und her durch die Eifel zu karriolen! Aber die Begegnung mit dem Grafen hatte seine Neugier geweckt. Der Mann litt unter dem Verlust seiner Frau wie ein Hund. Diese ganze dramatische Geschichte hatte irgendwie etwas Künstliches an sich, etwas Inszeniertes. Der Adlige im fortgeschrittenen Alter, die junge, quirlige Lebensgefährtin, die ihm neuen Lebensmut gibt und ihm bei einem tragischen Unfall entrissen wird.

Ein Autounfall.

Ein Fahrzeug, das die Böschung hinabstürzt, in der Dunkelheit zwischen den Baumstämmen zu Tal rast ... Nässe, Splitter, berstendes Blech, brechende Äste ...

Als er am Nachmittag die Aufnahme auf dem Handy des Grafen gehört hatte, war kurz ein Gedanke aufgeblitzt. Ein Gedanke an seine eigenen Eltern, die bei einem ähnlichen Unglück zu Tode gekommen waren.

Er seufzte auf. Das war lange her. Seither hatte er nur noch seine grässliche Tante.

Und mich.

Herbie lutschte den Löffel ab und blickte zur Seite.

Julius hatte sich vom Fernseher abgewandt und betrachtete ihn forschend. *Das Ganze interessiert dich, nicht wahr?*

»Ja, schon. Aber zunächst mal ist es nur ein Unfall. Sagt die Polizei jedenfalls. Solche Dinge passieren nun mal.«

Du glaubst doch längst was anderes. Ich kenne dich.

Herbie wackelte unsicher mit dem Kopf. »Ja, ja. Aber wie soll ich denn jetzt noch herausfinden, was sich damals zugetragen hat? Und warum sollte der Graf eigentlich ausgerechnet mich in seine Geheimnisse einweihen? Er kennt mich doch gar nicht.«

So unglaublich das klingen mag, wahrscheinlich wegen mir. Julius hatte die Hände über dem feisten Bauch gefaltet und drehte selbstzufrieden Däumchen. *Weil du mich hast, hält er dich für vertrauenswürdig. Damit ist er wahrscheinlich der Einzige auf diesem Planeten.*

Herbies Handy klingelte. Die Nummer war unterdrückt.

»Mist, das ist garantiert Köbes«, hauchte Herbie. »Ein Trick.« Rasch tauschte er einen Blick mit Julius, dann ging er ran. »Was soll das?«, blaffte er in den Apparat. »Reicht es nicht, dass ich die ganzen dämlichen Dinger hier rumstehen habe, die mir keiner abkaufen will? Musst du deine Hehlerware jetzt auch noch hier deponieren?«

Am anderen Ende war es still. Dann kam zögernd eine Männerstimme: »Herr Feldmann? Sind Sie das?«

»Äh ... ja?«

»Hier ist Vico von Fahrenfels. Bitte entschuldigen Sie, dass ich Ihren Feierabend störe.«

»Kein Problem. Macht gar nichts.« Herbie setzte sich automatisch kerzengerade auf und wechselte einen erstaunten Blick mit Julius.

»Ich habe Ihre Telefonnummer von Herrn Moll. Er dachte, das sei kein Problem.«

»Ist es auch nicht, wirklich. Was kann ich für Sie tun?«

»Unser heutiges Gespräch beschäftigt mich noch immer sehr. Ich möchte Ihnen morgen etwas zeigen. Den Platz, an dem es geschehen ist. Da gibt es etwas ...« Der Graf verstummte, und Herbie wartete einen Moment ab. »Würden Sie mir wohl noch einmal Gehör schenken?«

»Aber sicher. Morgen in der Mittagspause ginge das durchaus.«

»Da ist noch etwas.«

Der Mann am anderen Ende sprach stockend. Er legte sich umständlich die Worte zurecht, das merkte Herbie.

»Ja?«

»Nun, Herr Moll sagte mir, Sie seien zurzeit ohne fahrbaren Untersatz. Die Anfahrt hierher sei für Sie wohl überaus aufwendig, meint er.«

»Hm, ja, das ist richtig.«

»Was halten Sie davon, Zahnbürste und Schlafanzug mitzubringen? Noch sind nicht alle Zimmer ausgeräumt. Das würde für Sie doch einiges erleichtern, nicht wahr?«

»Zweifellos.«

»Wunderbar, dann ist es abgemacht. Sie sind für die nächsten Tage mein Gast. Ich wünsche Ihnen eine gute Nacht.«

Herbie musste erst Luft holen, bevor er antworten konnte. »Das wünsche ich Ihnen ebenfalls.«
»Und ... äh ... Herr Feldmann ...«
»Ja?«
»Einen Gruß an Ihren Freund.«
»Werde ich ausrichten.«
Ein reizender Mensch. Julius klatschte in die Hände. *Na, das sind doch mal famose Aussichten: Wir schlafen beim Grafen!*

* * *

Am nächsten Tag wiederholte sich für Herbie die morgendliche Prozedur. Es war finster, der Bus war voller Schulkinder, die Müdigkeit steckte ihm noch in den Knochen.

Während der ganzen Fahrt versuchte er, die beiden großen Pakete auf seinem Schoß halbwegs in der Balance zu halten. Er würde die Dinger verschenken, allesamt! Diese elenden Thermomagics brachten ihm nichts als Ärger ein. Tante Moll würde schon mal einen der Apparate kriegen, und Frau Kratz gleich auch noch einen. Vielleicht stimmte das die grantige Wirtschafterin ein wenig milder.

Julius war skeptisch. *Glaubst du wirklich, sie wird Freude daran haben? Was soll die griesgrämige Xanthippe denn damit zubereiten? Miesmuscheln, Sauerkohl oder Brechbohnen?*

»Mir doch egal«, knurrte Herbie leise. »Einen Versuch ist es jedenfalls wert.«

In einem Kaff, das aus dreieinhalb Häusern und einer Straßenlaterne bestand, rammte ihm einer der einsteigenden Schüler den Ranzen frontal ins Gesicht. Zwei Dörfer weiter ließ sich ein unrasierter Opa im nassen Regenmantel neben ihm nieder, der ein Gesicht wie ein Wanderrucksack hatte und so penetrant nach Schweiß roch, dass die Busscheibe neben ihm beschlug.

Der Gedanke daran, durch eine Unterkunft in der Burg für die nächsten Tage um diese Tortur herumzukommen, gefiel Herbie besser und besser.

Als er schließlich in Hellenthal ausstieg, hing das Weihnachtspapier, in das er die Kartons zum Schutz vor neugierigen Beobachtern eingewickelt hatte, völlig in Fetzen. Dazu regnete es, sodass der Rest auch noch aufweichte.

Bei den Molls saß man noch gemütlich am Kaffeetisch und tat so, als hätte man alle Zeit der Welt. »Setz dich zu uns!«, rief Onkel Moll munter. Und Bronto stieß ein paar grunzende Laute aus, die ebenfalls einladend klangen, aber wegen seines vollen Munds nicht einmal ansatzweise zu verstehen waren.

Die Stube war überheizt, an den Wänden mit der piefigen, bräunlichen Brokattapete hingen große Stickbilder in kernigen Holzrahmen. Auf allem, was sich als Stellfläche anbot, standen Kerzenleuchter, Porzellanvasen und geschnitzte Nachtwächterfiguren.

Julius blickte sich aufmerksam um und nickte anerkennend. *Doch, doch, sehr stilsicher. Ich hatte schon Chrom, Glas und Neonlampen befürchtet.*

Tante Moll kriegte sich gar nicht mehr ein vor Freude, als Herbie ihr den schlabbrigen Karton mit dem technischen Wunderwerk aus Ostasien überreichte. »Eine Freundin von mir hat so was Ähnliches«, schwärmte sie. »Sie sagt, damit kann man ganz prima Eierlikör machen!«

Scheint ja der letzte Schrei zu sein.

Bronto konnte Eierlikör offenbar nicht viel abgewinnen. »Bah, das schmeckt doch wie schlechtgewordener Pudding.«

Tante Moll umarmte Herbie, der sich gerade auf einem Küchenstuhl niedergelassen hatte, so fest mit ihren kurzen, fleischigen Armen, dass ihm beinahe die Luft wegblieb. Ihre Perlenkette baumelte ihm durchs Gesicht. Dann zwang sie ihn, noch etwas zu essen, bevor es an die Arbeit ging. Während er versuchte, Rührei und Schinkenbrot, einen geschälten und geviertelten Apfel und zwei Rosinenbrötchen mit selbstgemachter Erdbeermarmelade zu bewältigen, schwärmte sie vom Grafen von Fahrenfels, und Herbie hörte aufmerksam zu.

Sie erzählte, auf welche Weise sie und ihr Mann zum ersten Mal in Kontakt mit der Burg getreten seien. »Wir hatten eine Taschenuhr bekommen, in deren hinterem Deckel der Name Nikolaus Erhard Friedrich von Fahrenfels eingraviert war. Und da haben wir uns ein bisschen kundig gemacht und uns schließlich an den Grafen gewandt. Oh, der hat sich vielleicht gefreut! Gerhardchen, weißt du noch, wie sehr der sich damals gefreut hat?«

»Oh ja, wahnsinnig gefreut hat der sich!«

»So richtig gefreut!«, bestätigte Bronto und trank schlürfend an seinem Kaffee.

Ob der sich wohl gefreut hat? Julius kicherte.

»Wir haben früher im Westerwald gewohnt, der Onkel Moll und ich. Gerhardchens Familie war schon im Antikhandel tätig, und meine Mutter kam ursprünglich aus der Eifel. Irgendwie hat es mich wieder hierhingezogen, und als hier das Haus und der Laden zum Verkauf standen, da haben wir gar nicht lange überlegt. Der Onkel Moll tut mir jeden Gefallen ... na ja, fast jeden.« Sie lächelte verträumt.

»Und die Uhr gehörte einem Verwandten des Grafen?«, fragte Herbie und wischte sich den Mund mit der Papierserviette ab.

»Ja, ganz genau. Und zwar seinem Opa! Den hat er wohl sehr gern gehabt, und er war uns wirklich sehr, sehr dankbar. Wir haben uns auf Anhieb gut verstanden, doch, doch, das muss man schon sagen. Und er hat uns dann gebeten, ihm ein paar passende Ausstattungsstücke für die Burg zu besorgen. Ein paar Möbelchen und so, nichts Großes. Unter uns ...«, sie knuffte Herbie in die Seite, »ich glaube, er wollte sich mit dem Geschäft nur für die Sache mit der Uhr revanchieren.«

»Ja, das war wohl so«, stimmte ihr Mann zu. »Eigentlich gab es in der Burg schon genug von allem. Bilder, Möbel, Wandteppiche und Antiquitäten ohne Ende.«

»Ein Traum«, schwärmte Tante Moll. »Man fühlt sich dort oben wie in ein anderes Jahrhundert zurückversetzt.«

Erzähl ihr, dass du heute Nacht beim Grafen zu Gast bist, und sie kippt aus den Pantinen vor Neid.

»Und weißt du noch, wie der Graf damals aus der Kur zurückkam und dieses reizende Wesen mitgebracht hat?«

»Ach ja, die Flore«, sagte Onkel Moll schwärmerisch. »So ein furchtbar liebes Mädchen. Und sie hat ihm noch mal richtig neuen Schwung verpasst, dem vertrockneten Eigenbrötler.«

»Sie war zwar ein bisschen jung für ihn, aber ...« Sie winkte lachend ab. »Wo die Liebe hinfällt, sag ich immer!« Dann wich mit einem Mal das Lächeln aus ihrem Gesicht. »Am Nachmittag, bevor sie starb, sind wir uns zufällig in Euskirchen begegnet. Mein Gerhardchen und ich essen immer ein Stückchen Kuchen im Café Kramer. Sie kam vom Einkauf und wir vom Arzt, und da hat sie uns ein Gläschen Sekt ausgegeben. Sie hat uns erzählt, dass der Graf um ihre Hand angehalten hat. Sie war so glücklich. Und am Abend ist es dann passiert. Heute ... also nach all dem, was geschehen ist, hat der Graf sich wieder völlig zurückgezogen. Vorbei sind all die Pracht und Herrlichkeit.«

Onkel Moll seufzte. »Damals haben wir ihm noch beim Einrichten geholfen, und heute sind wir dabei, wieder alles auszuräumen. Es ist ein Trauerspiel. Der Graf will alles loswerden. Alles! Zum Glück haben wir gute Kontakte und haben auch schon ziemlich viele Sachen für ihn verkaufen können. Natürlich ist es immer von Nachteil, wenn man alles auf einmal verkaufen will. Das macht in den interessierten Kreisen schnell die Runde, und wenn erst mal bekannt ist, dass da irgendein Zeitdruck herrscht, gehen die Preise ganz fix in den Keller.«

»Aber du machst das schon, was, mein Gerhardchen?« Tante Moll kniff ihren Mann liebevoll in die Wange. »Du sorgst schon dafür, dass er nicht über den Tisch gezogen wird, was?«

Onkel Moll nickte stolz. »Bei uns ist das alles in den besten Händen! Erst gestern bin ich einen großen Ölschinken losgeworden. Fritz von Wille, *Frühling bei Reif-*

ferscheid. Ist zwar nicht mehr groß in Mode, hat sich aber doch einigermaßen gelohnt.«

Eine Frage brannte Herbie schon seit dem Vortag auf den Nägeln, und während er jetzt mit der flachen Hand die Brötchenkrümel auf der Tischdecke zusammenschob, stellte er sie und bemühte sich, es möglichst beiläufig klingen zu lassen: »Ist es eigentlich wahr, dass der Drickes ein paar Ölbilder beiseitegeschafft hat?«

Von einem Moment auf den nächsten war es totenstill, und alle starrten ihn an.

Gratulation, mein Bester. Julius applaudierte. *In Sachen Diplomatie macht dir wirklich keiner was vor.*

Niemand sagte ein Wort. Erst jetzt war die Schlagermusik aus dem Radio zu hören, die die ganze Zeit im Hintergrund gedudelt hatte.

Bronto guckte gequält von einem zum anderen und erhob sich langsam. Die Situation war ihm offenbar sehr peinlich. »Müssen wir jetzt nicht so langsam los?«, fragte er schließlich leise.

Auch Onkel Moll stand auf und räusperte sich vernehmlich. Seine Frau brachte ihm die Jacke, und während er hineinschlüpfte, knurrte er grimmig: »Das Thema Drickes vermeiden wir, so gut es geht. Der Kerl hat geglaubt, sich alles rausnehmen zu können. Er hat allen Ernstes gedacht, dass ein paar kleine Bilder, die auf einmal nicht mehr da sind, ja gar nicht auffallen. Aber da hat er sich getäuscht. Wir sind ja nicht doof. Frau Kratz hat ihn gesehen, wie er nach Feierabend noch mal zurück zur Burg gekommen ist – angeblich, weil er seine Thermoskanne vergessen hat.«

»Pah!«, machte Tante Moll verächtlich. »Der hatte doch gar keine Thermoskanne. Der trank doch immer nur Cola!«

»Ja, und da musste ich nur meine Listen durchgehen, und da hatte ich ihn schon erwischt. Es waren insgesamt fünf Bilder. Zwei ganz kleine …«

»Miniaturen!«, rief Bronto dazwischen, stolz darauf, dass er einen Fachbegriff beitragen konnte. »Schöne, bunte Blumensträuße!«

»… und zwei mittlere Formate. Ein Genrebild aus einem Eifeldorf und ein Kupferstich von Lüttich. Die sind jetzt weg. Die hat der für einen Appel und ein Ei vertickt, der Mistkerl. Da musste ich ihn natürlich direkt rausschmeißen. Der hatte immer irgendwelche krummen Dinger am Laufen. Ständig maggelte der mit irgendwelchem Kram. Einer wie der versaut uns noch unseren guten Ruf! Frau Kratz achtet seither peinlich darauf, dass das Tor verschlossen ist.«

Bronto stülpte sich eine Wollmütze über den kleinen Kopf. »Jedenfalls bin ich nicht traurig, dass der Drickes weg ist. Der hatte immer mit ganz komischen Leuten zu tun. Wisst ihr noch, als sein Vetter in den Knast gekommen ist? Der, der die alten Papiere gefälscht hat?«

»Ja, ja.« Onkel Moll winkte ab.

»Der sitzt jetzt schon zwei Jahre, weil er Notenblätter von Mozart und Bach und all solchen Leuten nachgemacht hat.«

»Ist gut jetzt!« Onkel Moll schlug auf den Tisch. »Wir haben mit Drickes und seinen Bekanntschaften nichts mehr zu tun!«

Herbie fiel noch etwas ein: »Allegra von Fahrenfels, also die Cousine vom Grafen ...«

»Was ist mit der?«, fuhr Tante Moll auf und sah ihn mit zusammengekniffenen Augen an.

»Die doofe Kuh«, maulte Bronto in seine Kaffeetasse. »Die tut immer so, als wäre ich nicht ganz richtig im Kopf.«

»Die hat mich gestern nach Drickes gefragt.«

Herbie erntete eine wegwerfende Handbewegung von Tante Moll, deren Armreifen laut klimperten. »Wundert mich nicht, dass die mit dem was zu schaffen hat. Wie Onkel Moll schon sagt, die Bilder sind weg. Was diese verschlagene Hexe erst mal in die Finger kriegt, ist im nächsten Moment zu Geld gemacht. Nur gut, dass die später mal nichts erbt!«

9. Kapitel

Ob das zweite Küchenwundergerät der Beschenkten ähnlich viel Freude bereitete, wie es zuvor bei Tante Moll der Fall gewesen war, konnte man nicht auf Anhieb erkennen. Frau Kratz jubelte möglicherweise innerlich. Ihre freudlosen Züge jedenfalls sahen unverändert aus wie aus Flüssigbeton gegossen.

»Vielen Dank«, sagte sie gefasst. »Ich wüsste allerdings nicht, womit ich das …«

»Nehmen Sie es einfach als kleines Zeichen meiner Wertschätzung«, säuselte Herbie, der alles wollte, nur nicht den verdammten Apparat wieder mit nach Hause nehmen. »Sie haben hier doch jeden Tag so viel Arbeit, da kommt Ihnen vielleicht so ein Hilfsgerät gelegen.«

»Ich weiß gar nicht, ob unser Stromnetz so etwas aushält. Eigentlich ging es mit dem Schneebesen immer ganz gut.«

»Sie werden sehen, das wird Ihnen ganz neue Möglichkeiten eröffnen. Damit können Sie alles zubereiten. Alles!«

Bah, du klingst wie ein schmieriger Vertreter.

Herbie setzte hinterher: »Auch Eierlikör soll man damit ganz hervorragend herstellen können.«

»Eierlikör?«

War da etwa ein Funkeln in ihren Augen? Zuckte es da um ihre Mundwinkel?

Sie räusperte sich. »Der Herr Graf hat mich gebeten, Ihnen ein Zimmer herzurichten. Leider haben wir nicht mehr viel Auswahl. Haben Sie großes Gepäck?«

Herbie schwenkte seinen REWE-Einkaufsbeutel aus Jute. Sie warf einen skeptischen Blick darauf.

Alles drin, was er braucht: ein Kamm, die November-Unterhose und sein Kuscheltier.

»Herbie, kommst du?«, rief Onkel Moll im Treppenhaus.

Frau Kratz holte ihren Schlüsselbund hervor und sagte: »Gut, ich zeige Ihnen dann rasch das Zimmer, und dann können Sie an die Arbeit. Ich kann mir kaum vorstellen, dass Sie fürs Nichtstun bezahlt werden.«

Sie marschierte vor ihm her und schloss eine Tür im Dachgeschoss auf. Der Raum dahinter war nicht so winzig wie Herbie es befürchtet hatte, aber dafür umso finsterer. Nur ein mickriges Erkerfensterchen ließ ein wenig Tageslicht herein. Das Zimmer war spartanisch eingerichtet. Ein Metallbett, ein schmuckloser Schrank aus dunklem Holz und ein Waschbecken. An den Wänden hingen ein verschossenes Pferdeposter und ein Abreißkalender aus dem Jahr 1998.

Eine kuschlige Kemenate.

»Das ist eins der alten Dienstbotenzimmer«, erklärte Frau Kratz. »Wie gesagt, die Auswahl ist nicht mehr sehr groß.«

»Es ist ja nur für ein paar Nächte«, sagte Herbie mit einem kraftlosen Lachen. »Immerhin ein Bett.«

»Früher standen sechs hier drin.« Sie nestelte den Schlüssel vom Schlüsselbund und gab ihn ihm. »Zwei Türen weiter gibt es eine Dusche und eine Toilette.«

Ich möchte wetten kaltes Wasser, Kernseife und ein Plumpsklo.

Herbie bedankte sich und schloss beim Hinausgehen ab, ohne zu wissen warum.

»Ich finde schon zum Salon«, sagte er und deutete nach links. »Hier lang, stimmt's?«

Nein, rechts!

»Nein, geradeaus«, schnarrte Frau Kratz.

»Meinte ich ja auch.«

Er bog nur noch zweimal falsch ab, bevor er den Salon erreichte, in dem Onkel Moll und Bronto bereits mit der Arbeit begonnen hatten. Sein kurzes Wegbleiben schien sie nicht weiter zu beschäftigen. Herbies Erklärung, nachdem sie alle in Hellenthal den Wagen bestiegen hatten, hatte ihnen zwar ein Stirnrunzeln entlockt, aber nicht zu weiteren Fragen geführt. Onkel Moll betrachtete ihn zwar zwischendurch ab und zu leicht verunsichert, aber Bronto schien ihn nicht für seltsamer zu halten als sich selbst.

Während der Fahrt den Berg hinauf hatte er aufmerksam das Gelände rechts und links der Zufahrt betrachtet. Dort, wo sich der Unfall nach der Erzählung des Grafen ereignet hatte, war oberflächlich nichts mehr zu erkennen. Er war sich sicher, dass der Graf ihm bei nächster Gelegenheit noch mehr darüber erzählen würde.

Sie beschäftigten sich mit einem Konvolut unterschiedlichster Waffen. Langläufige, historische Vorderlader und klobige Handfeuerwaffen, die nur noch als Dekorationsgegenstände dienten, aber auch mehrere Jagdgewehre und zwei Pistolen. Bronto machte Faxen und zielte auf die ausgestopften Vögel auf einer Kommode.

»Wirst du das wohl sein lassen!«, herrschte Onkel Moll ihn an. »Nachher passiert noch was!« Und während er sich wieder seinem Fotoapparat widmete, murmelte er verärgert: »Wie ein Kleinkind. Man hat Augen zu wenig bei dem Kerl!«

Später schickte Onkel Moll sie in einen angrenzenden Raum, in dem mehrere zusammengerollte Teppiche gelagert wurden. Sie räumten eine ausreichend große Fläche des Bodens frei und rollten jeden einzelnen von ihnen auseinander. Onkel Moll fotografierte sie. Dann schleppten sie alle hinunter zum Transporter am Fuße der Burg. Es fiel Herbie schwer, mit Bronto Schritt zu halten, dessen Laune sich merklich verschlechtert hatte.

»Ich hab doch nur so getan, als würde ich schießen«, brummte er. »Ich kann das doch gar nicht. Das knallt doch so. Manchmal ist der Onkel Moll echt streng mit mir.«

Um halb eins schallte der Gong durchs Haus. Es war Zeit für das Mittagessen. Schon im Flur kam ihnen ein köstlicher Duft entgegen.

Als sie in die Küche gingen, fanden sie dort nicht nur Frau Kratz vor, die mit den Kesseln hantierte. Auf einem der Stühle lümmelte ein schlecht rasierter, schlaksiger Kerl von vielleicht 25 Jahren. Er hatte strähniges Haar, das ihm in die Stirn fiel, und unzählige Aknenarben. Einen Arm hatte er über die Rückenlehne gehängt, mit der anderen Hand hielt er ein Handy und tippte mit dem Daumen darauf herum. Er steckte in einem zerknitterten T-Shirt und einer Motorradhose.

Respekt! Dass man sich auf einen gewöhnlichen Küchenstuhl so hinfläzen kann, ohne dabei komplett unter den Tisch zu rutschen ...

Sie hatten kaum Platz genommen, als Frau Kratz auch schon das Essen auf den Tellern verteilte. Herbie fiel eine Art ungehaltener Hektik an ihr auf. Ihre Hand zitterte, und der Löffel stieß laut gegen das Porzellan.

Ohne aufzublicken, erwiderte der junge Kerl ihre Begrüßungen mit einem kaum hörbaren, genuschelten Laut, der sich keiner europäischen Sprache zuordnen ließ.

»Sprich deutlich, Philipp!«, zischte Frau Kratz aus dem Mundwinkel.

Das also war ihr Sohn.

Er schob seinen Teller demonstrativ weg. »War schon in Kall bei McDonald's.«

Onkel Moll, Bronto und Herbie sahen einander peinlich berührt an. Frau Kratz wandte sich ab und hantierte ungewohnt geräuschvoll in der Spüle.

»Hach, lecker! Saure Bohnen mit Speck«, schwärmte Onkel Moll und brach damit das eisige Schweigen. »Das habe ich ja schon ewig nicht mehr gegessen.«

Dem stimmte Herbie zu und probierte. Es schmeckte wirklich besonders gut. Hatte Frau Kratz ihm etwa eine besonders große Portion auf den Teller getan? Es sah ganz so aus.

Ich würde sagen, du hast den spröden Panzer geknackt. Julius hielt beide Daumen hoch und zwinkerte ihm zu.

Sie aßen schweigend. Die Anwesenheit von Phil hemmte sie in ihrer Unterhaltung, die sie während der Arbeit zuvor noch so munter geführt hatten.

Irgendwann warf Phil sein Handy auf den Tisch und streckte sich ausgiebig. Ohne einen von ihnen anzusehen, schob er geräuschvoll den Stuhl zurück und erhob sich. Dann schlenderte er zu der Anrichte, nahm sich eine Banane und schälte sie. Sein Blick fiel auf Herbies Präsent, und während er weiterkaute, begann er an dem zerfledderten Weihnachtspapier herumzuzupfen.

»Hej, Thermomagic«, sagte er schmatzend. »Die sind sauteuer, die Dinger. Wo haste den her?«

»Hat man mir geschenkt«, sagte Frau Kratz knapp und räumte die Bananenschale hinter ihm weg.

Die Geheimwaffe des Panzerknackers. Er weiß, was Hausfrauen brauchen.

»Boah, Geschenk, echt?« Es klang eher verächtlich als anerkennend. »Ist wohl deine Abfindung, was?«

»Ach was! Rede keinen Stuss.« Sie packte den Karton und trug ihn durch eine Tür in den Nebenraum.

Als sie wieder zurückkehrte sagte er: »Ab übermorgen stelle ich übrigens meine Kiste bei 'nem Kumpel unter. Dann muss ich gucken, wie ich mit was anderem über den Winter komme. Da ist so ein Fiat in Schleiden, ziemlich günstig, sogar mit Winterreifen. Dafür fehlt mir aber noch ein bisschen was.« Damit stellte er eine unausgesprochene Frage in den Raum.

Seine Mutter ließ Spülwasser ins Becken ein und beantwortete sie mit einer Gegenfrage: »Was ist mit der Arbeitsstelle, von der du vorige Woche sprachst?«

»Mal gucken«, murmelte er desinteressiert. »Ich fahre nächste Woche mal hin.« Er lehnte sich lässig gegen die Küchenzeile und verschränkte die Arme. Dann guckte er ihnen eine Weile ungeniert beim Essen zu und sagte irgendwann grinsend: »Bronto, weißt du eigentlich, warum die Saurier ausgestorben sind?«

»Philipp, lass das«, sagte seine Mutter scharf, ohne von ihrer Tätigkeit aufzublicken.

»Ist doch nur'n Witz. Na, warum sind sie ausgestorben?« Er erhielt keine Antwort, erwartete aber auch keine. »Urzeitkrebs!«, rief er und lachte bellend. »Geiler Witz, Bronto, oder? Kannst du doch vertragen.«

Bronto starrte stumm auf seinen Teller und führte die Gabel immer schneller zum Mund.

»Langsam. Iss langsamer, Bronto. Schaufel nicht so schnell in dich rein. Und nicht so viel.«

Wieder kam schneidend scharf die Stimme seiner Mutter: »Philipp!«

»Ist doch wahr. Guck mal, wie der spachtelt. Wenn der auf der Waage steht, wird seine ganze Handynummer angezeigt!« Wieder lachte er laut. Sein Adamsapfel tanzte auf und ab.

Bronto fuhr plötzlich in die Höhe, sodass sein Stuhl umkippte. Herbie sah, wie er die Hände zu Fäusten ballte. Sein Gesicht war puterrot und die Nasenlöcher angriffslustig gebläht.

Auch Onkel Moll sprang auf. »Reg dich nicht auf, Junge. Das lohnt sich nicht.«

»Ich mach dich platt!«, schnaubte Bronto. »Du Doofmann. Ich hau dich kaputt!«

Phil steigerte sich immer mehr in ein hysterisches Lachen hinein, was Bronto nur noch weiter anstachelte.

»Sofort aufhören!«, rief Frau Kratz und fuhr herum. »Ihr seid doch keine kleinen Kinder!«

Herbie fasste Bronto bei der Schulter und versuchte, ihn zur Tür zu dirigieren. »Lass gut sein, Bronto. Komm, wir gehen an die frische Luft.«

»Kaputt hau ich den! In lauter kleine Stücke!«

»Gute Idee, Herbie!« Onkel Moll ruderte mit den Armen. »Bring ihn raus, da kann er sich abkühlen.«

»Kaputt! Kurz und klein hau ich den!«

»Komm Bronto, los, komm!«

Mit großer Mühe schaffte es Herbie, den Riesen durch die Tür zu schieben. Er fasste ihn energisch beim Arm und führte ihn den Flur entlang. Wenn er nicht falsch lag, ging es hier zur Eingangstür.

Da vorne rechts!

»Jetzt nicht, Julius!«

Ich meine ja nur. Kleiner Spaß.

Aber Herbie war nicht nach Späßen. Er hatte seine liebe Not, Bronto daran zu hindern, zurück in die Küche zu laufen und handgreiflich zu werden. Irgendwann hatte er es geschafft. Sie stolperten durch die Tür ins Freie.

»Das macht der jedes Mal, der Blödmann. Der lacht mich immer aus! Der ist voll gemein!« Bronto trat wütend gegen das schmiedeeiserne Geländer.

»Was hat er denn gegen dich?«

»Keine Ahnung. Der ist einfach nur doof.«

Möglicherweise hat er da ja sogar recht.

Sie gingen den Weg zum Parkplatz hinunter, und je mehr sie sich von dem Gebäude entfernten, umso mehr legte sich Brontos Aufregung.

»Ständig macht der doofe Witze über alles und jeden.« Bronto lehnte sich mit dem Rücken gegen den türkisfarbenen Transporter und guckte schwer atmend in den milchig grauen Himmel. »Mit der Flore hat er auch immer so blöde Witzchen gemacht.«

Herbie horchte auf. »Er hat sich über die Frau vom Grafen lustig gemacht?«

»Ja, immer wenn keiner in der Nähe war ... außer mir. Immer so versaute Andeutungen. Aber die konnte sich gut wehren. Die hat immer zurückgeschossen, und am Ende war *sie* immer die, die *ihn* ausgelacht hat.«

Herbie blickte zu dem großen Metalltor hinüber, das auf der gegenüberliegenden Seite des Platzes in die Umfassungsmauer eingelassen war. Es stand offen, vermutlich weil Phil Kratz erst vor Kurzem angekommen war.

Er blickte auf die Uhr. Fünf nach eins. Es blieb ihm noch ein wenig Zeit, bis die Mittagspause zu Ende war. »Komm, Bronto, lass uns ein paar Schritte gehen, bevor wir wieder raufmüssen.«

»Hm, ja, vielleicht ist der blöde Heini dann wieder weg.« Schwerfällig setzte sich der Riese in Bewegung und folgte ihm.

- Seite 4 -

Als ich am Sonntag mit klopfendem Herzen den Platz erreichte, an dem wir uns verabredet hatten, wartete er bereits ganz geduldig bei seinem Automobil. Ich war sehr aufgeregt, da dies doch eine Unternehmung war, die der Bauer nie geduldet hätte, wenn er davon gewusst hätte. Aber der feine Herr hatte sich mir gegenüber bisher überaus korrekt und von sehr zurückhaltender Art gezeigt. Ich hatte längst jegliche Angst vor ihm verloren.

Wie versprochen zeigte er mir die Photographien, die er an den anderen Tagen von mir gemacht hatte. Ich war ganz beglückt, da sie unsagbar schön waren. Ich sah mich mit einem Mal so ganz anders, als ich mich je in einem Spiegel betrachtet hatte. Er hatte mit seiner photographischen Kunst eine wunderschöne Frau aus mir gemacht. Keine Worte hätten je das sagen können, was ich ihm gegenüber an Dankbarkeit empfand.

Als er dann weitere Photographien im feinen Kleid von mir machte, war ich mittlerweile schon recht selbstsicher und zeigte ihm durch seine Kameralinse keck mein strahlendstes Lächeln.

Später erreichten wir auf unserem Spazierweg die Panzersperren im Tal, und da schaute er mit einem Mal ganz finster, und wir kehrten rasch um. Er hat an diesem Tag keine weiteren Photographien von mir gemacht, aber er versprach mir, mich bald wieder zu treffen.

10. Kapitel

Als sie zwischen den weit geöffneten Torflügeln hindurchgingen, lag vor ihnen der Weg, der vom Tal heraufführte. Die einzige Zufahrt, wie ihm der Graf versichert hatte.

»Wie war diese Flore denn eigentlich so?«

Auf Brontos Gesicht breitete sich ein sanftes Lächeln aus. »Die war ein Engelchen. Immer freundlich und gutgelaunt. Und die konnte so schön Musik machen. Manchmal, wenn ich mit Onkel Moll und dem Drickes hier war, um Sachen zu bringen, habe ich sie gehört. Klavier und Flöte und all so was. Ich mag total gerne Musik, weißt du?«

Herbie versuchte sich das Gesicht der jungen Frau ins Gedächtnis zu rufen, das ihm der Graf am Vortag gezeigt hatte, die rotblonden Haare, das strahlende Lachen ... »Da vorne ist sie verunglückt, stimmt's?« Er wies mit dem Finger den Weg hinunter. Dort war die Kurve zu sehen, die man vom Zimmer der Verstorbenen aus sehen konnte.

Bronto nickte langsam. »Onkel Moll sagt, dass sie von unten raufgefahren kam. Sie hatte was getrunken. Tante Moll sagt immer, dass man niemals was trinken darf, wenn man Auto fährt. Sie schimpft immer, wenn Onkel Moll bei der Kundschaft mal zu einem Schnäpschen eingeladen wird.«

Herbie ging unbeirrt weiter. Teilweise konnte man zwischen den Bäumen hindurch die weiter tiefer liegenden Serpentinen sehen. Drei Mal ging es im Zickzack den Berg hinauf, wenn er bei der Anfahrt richtig aufgepasst hatte. In einiger Entfernung erkannte er im Tal das Dach eines Gebäudes, das sich zwischen den Bäumen duckte. Auf der Fahrt waren sie dem Prethbach nie so weit gefolgt, sondern waren jeweils vorher abgebogen.

»Was ist das da für ein Haus?«

»Das ist ein altes Gehöft mit ein paar Fischteichen. In dem Haus wohnt der Hannes Scholzen. Der ist auch der Jagdhüter vom Grafen. Ein lustiger Kerl, bei dem Onkel Moll manchmal Forellen kauft.« Bronto beantwortete brav alle seine Fragen, offenbar ohne sich auch nur einen einzigen Gedanken darüber zu machen, warum er sie stellte. »Ich mag keinen Fisch. Also keinen toten. Lebendig finde ich die schön. Magst du Fische?«

»Doch, schon …«, murmelte Herbie abwesend und ließ den Blick weiter schweifen.

Ein Wanderweg schlängelte sich aus dem Tal zwischen den Stämmen hindurch den Berg zu ihnen herauf. Das Laub hatte ihn fast völlig bedeckt, und nur einige Wegweiser mit kryptischen Nummerierungen ließen seinen Verlauf erahnen. Auf der anderen Seite des Weges führte er weiter den Berg herauf. Herbie vermutete, dass er dort oben aus dem Wald heraus zu einem der nächsten Dörfer führte. Nach Hahnenberg, Wahld oder Hescheld.

Er trat näher an die Böschung heran und guckte in die Tiefe. Das Gelände fiel ausgesprochen steil ab.

Na, da wird dir mulmig, was?

»Sie ist mit dem Auto auf dem nassen Laub gerutscht und hier vorne zwischen den Bäumen runtergestürzt«, sagte Bronto leise. »Ich war sehr, sehr traurig, als ich das gehört habe.«

Herbie folgte dem Weg, den das Fahrzeug genommen haben musste.

Ein Jahr lag zwischen der schrecklichen Katastrophe und dem friedlichen Bild, das sich ihm heute präsentierte. Die Natur, die sich bereits auf den Winter vorbereitete und sich langsam in sich selbst zurückzog, verlor nach und nach die letzte Farbenpracht, die sie ein paar Wochen zuvor noch einmal mit letzter Kraft aufgeboten hatte. Das verblassende Laub hatte alles bedeckt, was noch von dem Unfall übrig war. Und doch glaubte Herbie dort unten Zeugnisse des Geschehens erkennen zu können. Etwa zehn Meter entfernt sah er Schäden an der Rinde einiger Fichten.

Herbie traute sich. Er verließ unvermittelt den Weg und stieg die Böschung hinunter. Er rutschte und schlitterte. Die nassen Blätter machten den Abstieg ausgesprochen schwierig.

»Was machst du denn da, Herbie? Was suchst du da unten?«

Statt einer Antwort rief er: »Bin gleich wieder da!«

»Wir müssen aber bald zurück an die Arbeit!«

»Nur einen kleinen Moment, Bronto!«

Ein paar Meter rutschte er mehr, als dass er kletterte. Und schließlich erreichte er die vernarbten Bäume. Es gab keinen Zweifel, hier war das Unfallfahrzeug vorbeigeschrammt. Er tastete über die zerfurchte Borke. Die Wunden waren nicht mehr frisch, aber es würde noch lange dauern, bis die Natur sie halbwegs ausgelöscht haben würde.

Herbie fuhr mit den Füßen im Laub hin und her. Er wirbelte Blätter auf und schob Zweige und kleine Äste zur Seite.

Suchst du etwa Pilze? Julius schien der Abstieg nicht die geringsten Schwierigkeiten bereitet zu haben.

»Ich suche eigentlich nicht Bestimmtes«, murmelte Herbie leise. »Was soll ich nach einem Jahr schon noch finden ...«

Er hielt plötzlich inne und bückte sich. Ein kleiner, leuchtend roter Splitter bildete einen starken Kontrast zu dem sattgrünen Mooskissen, auf dem er lag. Er hob ihn auf und nickte bedächtig. Dann blickte er zu Bronto hinauf, der nervös von einem Fuß auf den anderen trat und auf ihn wartete. Ein hübsches Stück, das der Wagen hier herunter zurückgelegt hatte.

Der Aufstieg war mühsamer als erwartet. Es dauerte eine Weile, bis Herbie keuchend oben ankam und festen Boden unter den Füßen hatte. Er drehte sich einmal um die eigene Achse. Dort oben war das Tor. Wenn er die Tonaufnahme auf dem Handy richtig deutete, war ihr an dieser Stelle ein Auto entgegengekommen. Ein Auto mit aufgeblendeten Scheinwerfern.

In welchem Ausmaß hätte die junge Frau betrunken sein müssen, um sich das hier im Nirgendwo an einem stockfinsteren Herbstabend einzubilden und bei einem riskanten Ausweichmanöver ihr Leben zu riskieren?

»Was hast du denn da?« Bronto zeigte auf Herbies Hand.

Er präsentierte die Scherbe. »Rücklicht oder Blinker.«

Bronto nickte und wies den Hang hinunter. »Guck, da unten sind damals zwei Bäume umgestürzt. Die haben da quer über der Fahrbahn gelegen.«

Tatsächlich erkannte Herbie in der Entfernung im Gestrüpp zwei Baumstümpfe, die ihm bis jetzt nicht aufgefallen waren, weil die Vegetation ihre zersplitterten Oberflächen schon halb erobert hatte. Einer von ihnen hing schief in der Erde, sodass ein Teil der toten Wurzeln in die Luft ragte. Dem Umfang nach mussten es zwei mächtige Bäume gewesen sein.

»Die lagen über der Straße?«

Bronto nickte. »Quer drüber. Polizei und Feuerwehr kamen von unten erst gar nicht durch.«

Du siehst aus, als würdest du angestrengt nachdenken. Es überrascht mich immer wieder, wenn das passiert. Was ist denn so Besonderes an ein paar umgekippten Bäumen? Julius zog die Stirn kraus.

Herbies Gedanken kreisten im Ungenauen, bevor sie sich schließlich auf einen Punkt fokussierten. Es war im Grunde genommen von verblüffender Logik, und es war von enormer Bedeutung für das Unfallgeschehen: Wenn von unten niemand den Weg mehr hatte heraufkommen können, dann konnte im Umkehrschluss natürlich auch niemand mehr von oben den Weg hinunterfahren.

»Los, los, los, jetzt aber schnell«, drängelte Bronto, und sie kehrten im Laufschritt zur Burg zurück.

Kurz vor dem Tor hörten sie, wie im Innenhof ein Motor gestartet wurde, und wenige Momente später raste ein Motorrad auf sie zu.

Oho, der missratene Sohn fliegt aus.

Sie sprangen rechtzeitig zur Seite, aber als Phil gerade an ihnen vorbeiraste, riss Bronto unerwartet die Arme zu einer wilden Drohgebärde hoch, brüllte kurz auf und machte einen Satz auf ihn zu, als wollte er ihn umstoßen.

Das Motorrad geriet für einen kurzen Augenblick ins Schlingern, fing sich aber sofort wieder. Wütend schüttelte Phil die behandschuhte Faust und knatterte unbeirrt weiter die Auffahrt hinab. Kurz darauf war er auch schon um die Kurve verschwunden.

»He, he, he, bist du verrückt, Bronto? Der hätte mit seiner Kiste umkippen können!«, ereiferte sich Herbie.

»Ja stimmt, hätte er. Warum passieren solche Unfälle bloß immer den Falschen?«, knurrte der Riese und setzte seinen Weg zum Gebäude fort.

Mit einem quietschenden Geräusch setzten sich hinter ihnen die beiden metallenen Torflügel in Bewegung und schlossen sich.

Hui, ich dachte zuerst, das Riesenbaby wäre die Harmlosigkeit in Person, aber wenn man ihn reizt ...

Auf dem Weg zu ihrer Arbeitsstätte kamen sie am »verbotenen Zimmer« vorbei. Bronto bekam gar nicht mit, dass Herbie stehen blieb, sondern stapfte immer noch wütend voran und verschwand durch die Tür in den Salon.

Du willst lieber noch ein bisschen quatschen, was?

Herbie klopfte zaghaft.

Zuerst war nichts zu hören. Er sagte leise: »Herr Graf?«

Arbeitsscheues Subjekt!

Schließlich wurde die Tür geöffnet, und er blickte in das blasse Gesicht des Hausherrn, das im Türspalt erschien.

»Herr Feldmann.«

»Nennen Sie mich bitte Herbie.«

»Nur wenn Sie mich im Gegenzug Victor nennen. Oder besser Vico, diesen Namen bin ich gewohnt.«

»Vermutlich haben Sie beobachtet, was ich gerade vorhin getan habe? Draußen? Bei den Serpentinen?«

»Ja, in der Tat. Ich habe Sie mit diesem Möbelpacker den Weg hinuntergehen sehen.«

»Ich wollte es mir mit eigenen Augen ansehen.«

Die Tür öffnete sich jetzt ein wenig mehr. Auch die Augen des Grafen weiteten sich. Er starrte Herbie fragend an. »Und?«

Er zögerte einen Moment, bevor er zugab: »Mittlerweile bin ich derselben Meinung wie Sie.«

»Kein Unfall?«

»Kein Unfall.«

Jetzt wurde die Tür vollends geöffnet, und der Graf trat auf Herbie zu. Er legte ihm würdevoll die Hand auf die linke Schulter. »Oh, Sie glauben gar nicht, wie sehr mich das erleichtert, Herbie.«

»Hm ja, aber es wird Sie wahrscheinlich nicht freuen, zu hören, dass jemand dafür verantwortlich gewesen sein muss, der am Abend hier in der Burg war.«

Im Gesicht des Grafen zuckte es. Er presste die Lippen aufeinander und kniff die Augen zusammen. »Können Sie wohl für mich herausfinden, wer das getan hat?«

»Aber ich bin doch kein Detektiv. Ich kann so etwas nicht.«

Klar kannst du das. Du bist die Neugier auf zwei Beinen, und du gehst allen Leuten mit deiner penetranten Fragerei auf den Senkel.

»Nun, das darf bezweifelt werden. Seien Sie mir nicht böse, Herbie, aber ich habe ... nun ja ... ein paar Erkundigungen eingeholt. Keine Sorge, das klingt schlimmer als es ist. Ich habe ein bisschen herumgefragt. Sie sind kein gar so unbeschriebenes Blatt, wie man hört. Es hat in der jüngsten Vergangenheit einige Vorfälle hier in der Eifel gegeben, bei denen Sie sehr wohl tätig geworden sind, wenn auch nicht offiziell.«

»Aber das ist schwirig, weil ich doch eigentlich für Herrn Moll arbeite. Und da ist ja so viel, was ich erst mal wissen müsste.«

»Herrn Moll lassen Sie mal meine Sorge sein.«

»Ich weiß wirklich nicht ...«

»Glauben Sie mir, ich habe nichts unversucht gelassen, die Wahrheit herauszufinden. Die Polizei konnte mir nicht helfen, und der ein oder andere professionelle Ermittler hat mich auch enttäuscht. Sie scheinen mir anders zu sein. Sie sind offenbar jemand, der den Dingen wirklich auf den Grund geht.«

So kann man es natürlich auch ausdrücken.

»Tun Sie es für meine verstorbene Frau.« Er zückte seine Brieftasche.

»Herr Graf, ich ...«

»Wie hoch ist Ihr Stundenlohn, Herbie? Sie sollen wissen, dass ich mir Ihre Tätigkeit durchaus etwas kosten lasse.«

»Nein, bitte, darüber sprechen wir später! Wissen Sie, für mich kommt das alles sehr überraschend. Aber gut, wir werden sehen. Ich müsste zuerst mal ein paar Leute befragen, und ich brauche vorab jede Menge Informationen. Zum Beispiel wer sich an diesem Abend alles hier in der Burg aufhielt.«

Der Graf warf einen Blick in die Richtung des Salons. Unschlüssig wand er sich im Türrahmen hin und her. Es war zu spüren, dass er all das eigentlich viel lieber in aller Ruhe bei einer Tasse Tee besprochen hätte.

»Herbie!«, rief Onkel Moll irgendwo in der Ferne. »Wo bleibst du? Die Arbeit wartet!«

Dann steckte am Ende des Gangs Bronto den Kopf durch die Tür des Salons. Er wollte gerade ebenfalls nach Herbie rufen, als er erkannte, dass er im Begriff war, ein wichtiges Gespräch zu unterbrechen. Er schloss den Mund und zog den Kopf zurück.

»Nun gut«, sagte Graf von Fahrenfels. »Wir klären das sofort. Kommen Sie!« Er schloss die Tür hinter sich und steuerte den Salon an.

»Ich habe ja noch nicht mal ein Auto.«

»Kein Problem. Sie nehmen meinen Land Rover.« Er fasste in seine Hosentasche und holte einen Schlüssel mit einem ledernen Anhänger hervor. »Der müsste eigentlich vollgetankt sein. Ich bin seit Wochen nicht mehr damit gefahren. Ziehen Sie los, sobald Sie das Gefühl haben, einen roten Faden gefunden zu haben. Fragen Sie, wen auch immer Sie fragen müssen. Suchen Sie sich Ihre Informationen zusammen.« Er ergänzte den Anhänger um einen zweiten Schlüssel. »Und hiermit kommen Sie ins Gebäude.«

Herbie trabte neben ihm her. »Na gut, die wichtigste Frage wäre, wie gesagt: Wer war an diesem Abend da?«

Der Graf blieb stehen und zögerte nicht lange mit der Antwort: »Das kann ich Ihnen genau sagen. Wir hatten nämlich ein Treffen. Kein besonders erfreuliches, nebenbei bemerkt.« Er kratzte sich am Kopf und stieß einen amüsierten Laut aus. »Es ist wirklich verrückt, dass Sie mich ausgerechnet jetzt darauf ansprechen.«

»Wieso?«

Sein Gegenüber bedeutete ihm mitzukommen. Sie stiegen die Treppe zum zweiten Stock hinauf.

Aha, jetzt nimmt er dich mit in seine Einsiedlerklause.

Herbie stimmte Julius wortlos zu. Bronto hatte am Vortag eine Andeutung gemacht, in welcher Ecke der Burg das Zimmer des Grafen lag, und genau in diese Richtung bewegten sie sich jetzt. Vor einer Tür blieb der Graf stehen, zog einen Schlüssel hervor und schloss auf. Als Herbie ihm folgen wollte, gebot er mit der erhobenen Hand Einhalt und verschwand hinter der Tür, die er gleich wieder schloss.

Wahrscheinlich hat er das Bett nicht gemacht, die Haschpfeife und die Pizzakartons liegen rum, und die Nackedeiposter an den Wänden sind ihm peinlich.

Es dauerte nur Sekunden, bis der Graf wieder erschien und Herbie einen Brief hinhielt. »Sie war an diesem Abend hier.«

Der Brief war an den Grafen persönlich adressiert und auch bereits geöffnet worden. Herbie erkannte eine Frauenhandschrift und las den Absender. »Wer ist Helene Pützer?«

»Das ist Leni, unsere Heimatkundlerin. Sie wohnt in Ramscheid. Wie gesagt, es war eine kleine Versammlung an jenem Abend. Eine Art Planungsgespräch.«

»Was wurde denn geplant?«

Sag ich doch, du fragst den Leuten ein Loch in den Bauch.

»Meine verrückte Cousine war mit diesem halbseidenen Busunternehmer hier. Allegra quasselte dauernd von einer ›Event-Location‹. Das war ihr großer Plan. Bustouren hierher, mit allerlei Ritterhokuspokus, mit Mittelalterhochzeiten und all diesem Klimbim. Nichts für mich. Ich hatte vorsichtshalber meinen Jagdhüter Scholzen als Unterstützung dazugeholt.«

»Den mit den Fischteichen?«

»Genau den. Der hielt das natürlich auch alles für ausgemachten Mumpitz. Und er wiederum hatte an diesem Abend Leni Pützer mitgebracht – was strategisch vielleicht nicht unklug war, aber ansonsten schätze ich es nicht sehr, wenn sie hier in der Burg … Nun ja, sie ist mir aus der Entfernung am liebsten.« Der Graf schloss ab, und sie gingen wieder die Treppe hinunter.

Herbie hielt immer noch den Brief in den Händen.

»Nur zu, schauen Sie rein.«

Herbie holte ein zusammengefaltetes Blatt Papier hervor. Darauf waren nur ein paar handschriftliche Zeilen vermerkt. Er hatte Mühe, sie zu entziffern, und griff nach dem Lichtschalter, aber der Graf hielt ihn zurück.

»Vorsicht! Nicht die Schalter in diesem Flur! Das ist alles marode. Vor zwei Wochen habe ich mir einen Stromstoß eingefangen, der sich gewaschen hat.« Er zog den Vorhang ein wenig weiter auf und schob Herbie näher ans Fenster.

Lieber Vico, es gibt ein paar neue Karten mit alten Flurbezeichnungen, die du dir unbedingt mal anschauen solltest. Fändest du es nicht auch schön, wenn du endlich mal wieder auf ein Tässchen Kaffee bei mir vorbeikommen würdest? Wir haben uns schon so lange nicht mehr gesehen.

Liebe Grüße
Leni

»Ich werde den Teufel tun und dahinfahren.«

»Und warum nicht?«

»Sie bildet sich ein, wir wären die engsten Freunde, aber das sehe ich etwas anders. Sie ist ziemlich distanzlos. Das kann ich momentan nur sehr schwer vertragen.«

»Gut«, resümierte Herbie. »Da waren also Sie, Ihre entfernte Cousine mit ihrem Begleiter Bernhard, diesem Kölner Busunternehmer, außerdem Herr Scholzen und Frau Pützer.« Er tippte jeweils seine Fingerspitzen an.

Solltest du dir nicht mal langsam ein paar Notizen machen, Inspector Barnaby?

»Wir saßen im Salon und warteten alle auf Flore. Die hatte nämlich ganz andere Pläne, und ich schätze, sie hätte denen ganz hübsch den Kopf gewaschen, wenn sie ... wenn sie ... na ja, Flore kam eben nicht.«

»War Frau Kratz hier?«

»Ja natürlich, sie war da und hat die Gäste bewirtet. Sie wohnt ja hier im Westflügel.«

»Auch ihr Sohn?«

»Er wohnt zwar hier, aber ich glaube nicht, dass er an dem Abend hier war. Er schläft wohl meistens bei irgendwelchen Kumpels in den umliegenden Dörfern, wenn ich das richtig verstehe. Nein, ich glaube nicht, dass er hier war. Ach ...!« Der Graf blieb abrupt stehen. »Den hätte ich ja fast vergessen: Dieser ehemalige Mitarbeiter von Ihnen ... also der Gehilfe von Herrn Moll, der schneite auch herein, weil er einen Anhänger abholen sollte, den Herr Moll tagsüber abgestellt hatte. Heinz-Peter Virnich.«

»Der Drickes?«

»Ja, so wird er wohl genannt. Er wohnt in Hollerath.«

»Ich weiß. Der Drickes, so so.«

Julius musterte Herbie amüsiert. *Na schau, und nun weiß du auch schon, wo du mit deiner nervtötenden Fragerei weitermachen kannst, was? Virnichs Drickes – ständig kommt irgendwie dieser Typ ins Spiel.*

»Er war aber nach ein paar Minuten schon wieder weg. Frau Kratz hat ihn wieder rausgelassen. Sie achtet immer auf das Tor.«

»Das heißt, ohne ihre Hilfe hätte sowieso niemand rausfahren können?«

»So ist es.«

»Hm, verzwickt.«

Einen Moment lang herrschte Stille zwischen ihnen. Der Graf blickte Herbie intensiv in die Augen.

»Erlauben Sie mir die Frage, warum Sie zu der Auffassung gelangt sind, dass nur jemand in Betracht kommt, der an jenem Abend auf der Burg war?«

Herbie zögerte. »Es scheint mir dafür noch etwas zu früh. Ich kann Ihnen nur sagen, dass ich langsam beginne, etwas klarer zu sehen.«

»Sie werden herausfinden, was geschehen ist, Herbie. Ich spüre das!« Er fasste ihn mit beiden Händen bei den

Schultern und lächelte ihn dankbar an. »Sie können sich nicht vorstellen, wie beglückt ich bin, dass endlich etwas geschieht. Ich glaube fast, der Himmel hat Sie geschickt!«

Julius prustete verächtlich. *Vom Hehler zum Heiland in nur fünf Tagen ...*

»Ich werde mir redlich Mühe geben ... Vico.«

Dann öffnete der Graf die Tür zum Salon und rief: »Sagen Sie, Herr Moll, könnten Sie sich wohl vorstellen, dass Ihr Mitarbeiter mir in den nächsten Tagen mit ein paar kleinen Gefälligkeiten zur Hand geht?«

- Seite 5 -

Eine ganze Woche verging, ohne dass der noch einmal aufgetaucht wäre. Meistens musste ich im Stall arbeiten und der Bäuerin im Haus helfen, aber an den wenigen Tagen, an denen ich bei den Tieren auf der Weide war oder Besorgungen in Rescheid erledigen musste, hielt ich nur Ausschau nach ihm.

Ich wusste nicht, wer er ist und wo er wohnte. Zwar erzählten die anderen auf dem Hof, dass seit einiger Zeit einer von der Burg unterwegs sei, um Photographien zu machen, aber ich kann mir beim besten Willen nicht vorstellen, dass einer von adligem Geblüt sich mit mir einfachem Mädchen würde abgeben wollen.

Am Sonntag konnte ich schließlich nicht mehr anders und kehrte an den Platz unten am Schwalenbach zurück, an dem er bei den letzten Malen sein Auto abstellt hatte. Und mein Herz schlug wie wild, als ich ihn wieder dort stehen sah. Ich hoffe, es klingt nicht zu selbstgefällig, wenn ich vermute, dass er mich ebenso vermisst hatte wie ich ihn. Er nannte mich sein »stilles Eifelmädchen« und umarmte mich herzlich.

Dann überraschte er mich mit einer Einladung auf einen Ausflug in seinem Automobil. Für mich tat sich der Himmel auf, als wir über die Lande brausten. Die Felder und Bäume rasten an uns vorüber, und der Wind spielte mit meinem Haar. Wir fuhren an einen kreisrunden See, von dem er behauptete, ein leibhaftiger Vulkan würde unter der Wasseroberfläche schlummern — bereit, jederzeit wieder Feuer zu spucken. Ich glaubte ihm diese abwegige Geschichte, so wie ich ihm alles glaubte, was er mir erzählte.

11. Kapitel

Leutselig, wie er war, machte Onkel Moll nicht viel Aufhebens und stellte Herbie vorerst vom Dienst frei. Seine Frau, so erklärte er, komme ohnehin am vor ihnen liegenden Wochenende mit auf die Burg, weil eine Aufgabe warte, bei der nur eine sachkundige Frau helfen könne. Angrenzend an den Dienstbotentrakt gab es einen geräumigen Dachboden, in dem mehrere gewaltige Kleiderschränke standen. Wenn man sie öffnete, drang ein intensiver Geruch von Mottenkugeln daraus hervor, der einem den Atem nahm. Tante Molls Aufgabe würde es sein, die Kleider in drei verschiedene Kategorien zu sortieren: die, die historischen Wert hatten und möglicherweise für Museen von Interesse waren, die, die im Internet von Sammlern oder Filmausstattern gesucht werden würden, und schließlich die, die nur noch für den Altkleidercontainer taugten.

Onkel Moll seufzte bei dem Gedanken an die aufwändige Sortiererei, und Bronto erklärte mit roten Bäckchen, dass da auch »ganz viel Frauenunterwäsche« dabei sei.

Als der Graf gegangen war, hatte Onkel Moll Herbie ernst in die Augen geguckt und gefragt: »Du machst doch nichts, wovon ich etwas wissen müsste, oder? Es ist nämlich ein blödes Gefühl, wenn man irgendwann feststellen muss, dass einen die Angestellten betuppen und in die eigene Tasche wirtschaften. Ist mir gerade erst passiert, wie du weißt.«

»Keine Sorge, es sind nur ein paar private Erledigungen. Sie wissen doch, dass der Graf ein bisschen Unterstützung gebrauchen kann.«

»Wir nehmen dem armen Mann so viel Arbeit ab wie möglich. Sogar den Makler haben wir ihm besorgt.«

»Ich soll für ihn ein paar Einkäufe erledigen«, log Herbie, um den Alten zu beruhigen. »Sachen, mit denen er nicht gerade Frau Kratz beauftragen möchte.« Er kniff verschwörerisch ein Auge zu.

»Ach so, klar. Netter Zug von dir. Du schienst mir ja auch von Anfang an ein vertrauenswürdiger Bursche zu sein. Scheint der Graf wohl auch so zu sehen. Der arme Kerl. Er traut sich ja selbst gar nicht mehr vor die Tür.« Onkel Moll war beruhigt und widmete sich wieder seinem Fotoapparat.

Bronto sortierte derweil die Inhalte mehrerer Kommodenschubladen auseinander und brachte ihm jeweils die Einzelstücke: alte Füllfederhalter, Brillen, Taschenmesser und ein paar Meerschaumpfeifen.

»Das heißt, ich kann jetzt gehen?«

Onkel Moll guckte auf die Uhr. »Gut, dann zahle ich dir für heute nur den Vormittag.«

»Geht in Ordnung.«

Bronto führte ihn zur Remise, worum ihn der Graf gebeten hatte. Es machte ihnen Mühe, das große hölzerne Schiebetor zu öffnen, das halb von dicht wucherndem Knöterich bedeckt war. Nur wenig Licht drang ins Innere des Gebäudes. Als Erstes sprang Herbie eine alte Kutsche ins Auge.

»Ist schon verkauft. Onkel Moll hat einen Holländer an der Hand, der solche Dinger sammelt.«

»Mir ist der Range Rover lieber«, sagte Herbie. »Ich wüsste auch gar nicht, wo ich jetzt auf die Schnelle ein Pferd herkriegen sollte.«

Eure Rohheit hätte dir doch sicher schnell eins züchten lassen.

Das kantige Chassis des Geländewagens war schemenhaft im Halbdunkel zu erkennen. Er stand an der linken Seite, halb zugestellt von ein paar Kommoden, Stühlen und Schemeln. Skeptisch betrachtete Herbie einen Stapel größerer Möbelteile aus Holz, der ein Öffnen der Fahrertür kaum möglich machte. »Ich werde wohl auf der anderen Seite einsteigen müssen.«

»Ach, die Schrankwände. Warte, kein Problem.« Bronto umfasste den Stapel mit zwei Armen und hob ihn anscheinend mühelos zur Seite. »So müsste es gehen. Onkel Moll nennt mich immer seinen Kran.«

Durch die entstandene Lücke spähte Herbie in den hinteren Teil der Halle. »Irgendwo soll hier ein alter Benz stehen.«

»Oh ja, der ist toll. Da hinten, das ist der Wagen. Ist aber zugedeckt.« Bronto wies in die Dunkelheit. »Warte mal, hier gibt es keinen Strom, aber wir haben so ein Behelfslicht aufgehängt.«

Herbie spähte in die Richtung, in die Bronto gezeigt hatte, und tastete sich langsam voran. Ein großes, buckliges Etwas ruhte unter einer grauen Plane.

An der Decke über ihnen flammten zwei Lampen an einer Querstange auf, nachdem Bronto sich hinter einem Stapel alter Weinkisten an einer Autobatterie und ein paar Kabeln zu schaffen gemacht hatte.

Vorsichtig hob Herbie die Plane an. Ein auf Hochglanz polierter, schwarzer Kotflügel reflektierte das Licht der Deckenscheinwerfer. Als er genauer hinsah, erkannte er, dass es sich eher um ein sehr dunkles Blau handelte.

»Der Graf hängt sehr daran, weil er seinem Opa gehörte. Den hat er sehr gemocht«, erklärte Bronto.

Herbie hob die Plane noch ein wenig mehr an. Ein Kühlergrill erschien, rechts und links flankiert von runden, chromglänzenden Scheinwerfern. Auf der dafür vorgesehenen Fläche war kein Nummernschild angeschraubt.

Mit dem würdest du noch lieber durch die Gegend zockeln, was?

»Tja, ich muss dann wieder hoch«, sagte Bronto. »Kommst du klar?«

»Selbstverständlich, danke.«

Herbie deckte die Plane wieder über den Kotflügel und ging hinüber zu dem Range Rover. Er stieg ein, und während er den Zündschlüssel drehte, löschte Bronto das Licht.

Der Wagen war nicht gerade das neueste Modell. Die Inneneinrichtung war überaus spartanisch, die Sitze zerschlissen, die Rückbank zugunsten eines vergrößerten Laderaums ausgebaut. Als er den Wagen startete, klapperte und rappelte es laut in allen Ecken.

Herbie legte die Hand auf den Schaltknüppel, tastete mit den Füßen nach den Pedalen und ließ den Blick über das Armaturenbrett wandern. Die Nadel der Tankanzeige stand weiter links als erwartet. »Nur noch ein Viertel voll. Na ja, wir machen keine lange Tour.«

Das wird sicher lustig. Julius zupfte pikiert an der Rosshaarfüllung des Sitzes herum, die durch das aufgeplatzte Leder quoll.

Der Motor hörte sich rau und widerborstig an, aber er klang doch kraftvoll, als könnte er es mit allen Tücken Eifeler Feld-, Wald- und Wiesen-Wege aufnehmen. Wahrscheinlich gehörte diese Art Fahrzeug zum Fuhrpark eines jeden Großgrundbesitzers dazu wie, wie die Corvette zum Zuhälter und der Rollator zum Rentner.

In Erinnerung an Flores letzte Worte auf der Mailbox hatte Herbie sich beim Grafen erkundigt, wie viele Toröffner es denn eigentlich gab. Es waren tatsächlich nur zwei Stück. Einer war stets in der Nähe der Eingangstür in einer Kommodenschublade deponiert, und ein anderer hing mit einem kleinen Metallring am Schlüsselbord darüber. Jeder, der die Burg mit dem Auto verließ, nahm ihn mit. Alle anderen waren dann darauf angewiesen, dass Frau Kratz sie ein- und ausließ. Außen am Tor gab es einen Klingelknopf mit einer Sprechanlage.

Herbie hatte mit der Erlaubnis des Grafen die kleine, schwarze Fernbedienung mitgenommen. Weil er in dessen Auftrag in geheimer Mission unterwegs war, genoss er durchaus einige Privilegien, fand Herbie. Er drückte den kleinen Knopf, und das große Metalltor öffnete sich.

»Wenn jeder diesen Drickes kennt, wird ja wohl auch irgendwer wissen, wo er wohnt.«

Du bist ein unverbesserlicher Optimist. Hat das Leben dich nicht eines Besseren belehrt? Julius hielt sich am Haltegriff fest.

»Na, so groß ist Hollerath ja nun auch nicht.«

Herbie fuhr los. Als er kurz darauf über die Serpentinen den Weg hinunter ins Prethbachtal zurückgelegt hatte, wählte er verwegen einen wenig vertrauenerweckend aussehenden Weg auf der anderen Seite des Baches. Zu irgendwas musste der Wagen ja gut sein, fand er. Sein Mut wurde belohnt. Der Weg wand sich den gegenüberliegenden Berghang hinauf, war bucklig und bestand fast nur aus Schlaglöchern, aber es dauerte nicht lange, und sie sahen die ersten Häuser vor sich. Herbies Vermutung nach musste das Hollerath sein, er hatte gewissermaßen die Luftlinie gewählt. Schon bald rollte er wieder über Asphalt, und das Klappern und Scheppern wurde leiser. Der Kanister, der im geräumigen Heck hin und her gerutscht war, kam zur Ruhe.

»Der Drickes?«, fragte eine Frau, die auf dem Vorplatz ihres Hauses Laub fegte. »Was wollen Sie denn von dem?« Ihr Blick war überaus skeptisch.

»Siehst du«, murmelte Herbie aus dem Mundwinkel. »Den kennt hier jeder.«

Und man scheint ihn nicht besonders zu mögen.

»Ich muss ihm was bringen.« Er hatte keine Lust auf Erklärungen.

»Die bauen heute das Martinsfeuer für morgen Abend auf. Da ist der sicher wieder dabei.«

Herbie ließ sich den Weg erklären, gab Gas und fuhr mit röhrendem Motor weiter den steilen Berg hinauf. Er folgte der Beschreibung, aber dann gabelte sich der Weg irgendwann noch ein zweites und schließlich sogar ein drittes Mal, und er wusste nicht mehr, wie es weiterging.

Ein alter Mann im Jogginganzug war dabei, Brennholz unter einem Vordach zu stapeln.

»Zum Martinsfeuer?« Er erklärte ihm den Weg. »Wen suchen Sie denn da?«

»Den Drickes.«

Das Gesicht des Alten verfinsterte sich. »Was wollen Sie denn von dem?«

»Der hat was für mich.«

Als er schließlich den Platz erreichte, auf dem eine Gruppe junger Männer damit beschäftigt war, Hölzer von verschiedenen Größen und unterschiedlicher Beschaffenheit zu einem gewaltigen Kegel aufzutürmen, stellte er den Wagen am Straßenrand ab und bummelte hinüber. Einen kräftigen Burschen mit Vollbart, der eine verrottete Holzbank schleppte, fragte er nach dem Drickes.

»Was wollen Sie denn von dem?«

Vielleicht ist das hier so was wie eine feste regionale Grußformel.

»Ich muss ihn was fragen.«

»Den sehen wir hier nicht mehr so gerne. Der versucht immer, seine alten Reifen ins Feuer reinzumogeln. Das geht nicht, haben wir ihm dieses Jahr gesagt, da hat er gleich wieder Rabatz gemacht. Haben Sie es bei ihm zu Hause versucht? Die vergammelte Hütte am Ende von der Volpertstraße.«

»Wen sucht er denn?«, rief ein schlaksiger Kerl, der eine alte Zimmertür heranschleppte.

»Den Drickes!«

Was will er denn von dem? Julius sagte es zeitgleich mit dem jungen Mann. Ein Zweiklang, der für Herbies Ohren immer besonders irritierend klang.

»Er muss ihm was ausrichten!«

»Der feiert heute mit Frauenkrons Lang Geburtstag.«

»Wo denn?«

»Die sind in der Grillhütte am Weißen Stein. Der Drickes wird bestimmt schon da sein. Wenn das Bier kalt ist und die Koteletts auf den Grill kommen, ist der Drickes immer der Erste.«

Herbie stieg wieder in den Wagen und seufzte. »Also zum Weißen Stein.«

Die grobe Richtung kannte er. Am Ortsrand von Udenbreth gab es die einzige Skipiste des Kreises Euskirchen, aber wie überall sonst auch gab es längst nicht mehr jeden Winter ausreichend Schnee für einen regelmäßigen Betrieb der Anlage.

Eine Reihe von Autos stand auf dem Parkplatz, aber wegen des unfreundlichen Wetters waren kaum Spaziergänger zu sehen. Herbie tippte auf frühe Geburtstagsgäste. Es war viertel nach vier. Als er aus dem Geländewagen stieg, hörte er bereits laute Musik, die von der Grillhütte herüberdrang. Das sechseckige Häuschen aus dunklen Holzbohlen war nur etwa zweihundert Meter entfernt. Ein paar Spielgeräte standen auf dem großen Areal verstreut. Daran angrenzend ragte der riesige Aussichtsturm in die milchige Herbstluft.

Die Partygäste trugen Steppjacken und Parkas, tranken Flaschenbier und warteten darauf, dass die ersten Würstchen fertig wurden.

Julius bummelte ungeniert zum Grill und beugte sich schnuppernd über den Rost.

»Tag zusammen.« Herbie hob lässig die Hand zum Gruß. »Ist der Drickes hier?«

Pass auf, jetzt rufen alle im Chor: Was willst du denn von dem? Julius prustete vor Vergnügen.

Aber ein baumlanger, schlaksiger Kerl deutete mit der Grillzange in Richtung Turm und sagte: »Der ist mal pinkeln.«

Dort, wo er hinwies, tauchte jetzt eine Gestalt in einer feuerroten Winterjacke auf. Der Mann zog den Reißverschluss seiner fleckigen, blauen Latzhose hoch, spuckte noch einmal in hohem Bogen in die Büsche, hob die Bierflasche auf, die er im Gras abgestellt hatte, und kam breitbeinig auf sie zu.

»He, Drickes!«, rief eine junge Frau. »Hier sucht dich einer!«

»Was will der denn von mir?«

Herbie ging auf ihn zu. Auf halbem Wege trafen sie sich.

»Ich bin Herbie.«

»Und ich der Drickes.« Auf der Latzhose war das ausgefranste Logo einer Kfz-Firma mit dem Slogan *Was können wir für Sie tu'n?* zu sehen. »Was willste denn von mir?« Der Mann streckte ihm die Hand entgegen.

Wenn sie feucht ist, kommt das nicht vom Händewaschen.

Drickes war beinahe einen Kopf kleiner als Herbie und sicher zehn Jahre älter. Die kleinen, braunen Löckchen waren von eisgrauen Fäden durchzogen. Sein kräftiges, stoppeliges Kinn ragte über dem dicken Rollkragen hervor, und seine prallen Tränensäcke passten zu der breiten Nase und der rötlichen Farbe seines Gesichts.

»Ich arbeite seit gestern für die Molls.«

Das Lächeln verschwand augenblicklich. Aber nur für einen kurzen Moment, dann kehrte es zurück und wurde sogar noch eine Spur breiter. Drickes klemmte den linken Daumen hinter den Träger der Latzhose. »So so, für Onkel und Tante Moll. Sollst du mich holen kommen? Brauchen sie Hilfe? Ich hab doch gewusst, dass die wieder angedrissen kommen.« Er setzte die Bierflasche an und trank einen großen Schluck.

Julius umrundete ihn. *Hm, er wirkt eher wie der gemütliche Typ, weniger wie einer, der antike Schränke durch die Gegend schleppt, findest du nicht?*

»Die kommen ohne mich nicht zurecht, was?«

»Nein, eigentlich soll ich Grüße von der Cousine des Grafen bestellen. Von Allegra.«

»Von der Bekloppten? Na, danke schön.«

»Sie war immerhin nicht zu bekloppt, um dir ein paar Sachen abzukaufen.«

Drickes guckte kurz zu den Feiernden hinüber und machte dann eine Bewegung mit dem Kopf, weg von der Grillstelle.

Sie wandten sich um und gingen ein paar Schritte Seite an Seite. Julius trottete neben ihnen her und summte leise vor sich hin.

»Okay, was willst du denn wissen?«, fragte Drickes ganz ruhig. »Wollen die Molls jetzt doch ein Fass aufmachen wegen der paar mickrigen Bildchen?«

»Ich denke nicht. Soweit ich das verstanden habe, hat sich das für sie erledigt.«

Drickes blies hörbar die Luft durch die Nasenlöcher. »Würde ich denen auch geraten haben.«

Sie hatten den Turm erreicht. Über fünf Etagen wand sich die Stahltreppe etwa dreißig Meter in die Höhe. Wie selbstverständlich ging Drickes zwei Stufen hinauf und drehte dann seine kleine, kompakte Gestalt zu Herbie um. »Komm, bisschen Höhenluft kann nicht schaden.«

»Ach, ich weiß nicht ...«

Aber Drickes setzte seinen Weg unbeirrt fort. »Die Molls hätten ja noch ein Auge zugedrückt«, plauderte er, während Herbie ihm unsicher folgte. »Die wussten ja, was sie an mir haben. Kannst du mir glauben, ich hab nicht nur Muckis, ich hab auch was in der Birne. Im Gegensatz zu Bronto, das hirntote Hornvieh. Ich kenne jede Menge Leute, die wieder andere Leute kennen. Gerade bei Antiquitäten ist das Gold wert. Onkel Moll hätte mich nie rausgeschmissen, wenn die alte Zicke nicht so ein Theater wegen der Bilder gemacht hätte.«

»Frau Kratz?«

»Ja, genau. Keiner will Ärger mit Frau Kra-atz.« Er grunzte verächtlich. »Dass ich nicht lache. Diese vertrocknete Schabracke mit ihrem verzogenen Panz, die meint, sie könnte auf der Burg alle rumkommandieren. Die wär selber gerne Burgherrin.«

Der Aussichtsturm bestand aus vier gewaltigen Holzpfosten, zwischen denen die Treppe innerhalb der aus einem Gewirr von Stützen und Streben bestehenden Stahlkonstruktion Etage um Etage nach oben führte. Herbie hielt sich beim Aufstieg ängstlich an dem eiskalten Handlauf fest.

»Die Flore, die hätte in den ollen Kasten mal frischen Wind reingebracht. Die war 'ne heiße Nummer. Machte manchmal Yoga oben im Garten. In so engen Klamotten. Mannomann …«

»Ihr habt euch gut verstanden, habe ich gehört?«

Sag mal, mein Guter, kann es sein, dass deine Stimme ein wenig zittert?

»Sagen wir mal so. Die konnte einen Spaß vertragen. War nicht auf den Mund gefallen. Dass die sich mit dem alten Bock abgegeben hat, war echt 'ne Schande.«

Herbie machte eine Pause und zwang sich, ruhig zu atmen. Egal, wo er auch hinsah, sein Blick ging ungehindert zwischen dem Stahl hindurch. Selbst die Treppenstufen bestanden aus einem Metallgitter, das nichts von dem verbarg, was darunter war: viele Meter nichts.

»Können wir mal einen Moment anhalten?«

Gehässig lachend ging Drickes weiter. »Stell dich nicht so an. Du willst was von mir wissen? Dann frag mich doch endlich mal was!« Er trank an seinem Bier, während er die nächsten Stufen hinaufging.

Julius nickte bestätigend. *Das muss ich aber auch sagen. Deine Verhörtaktik ist ja wirklich unterirdisch. Konzentrier dich doch mal!*

Herbie zwang sich, die nächsten Stufen zu bezwingen. Sicher waren sie bald oben. Aber mit Schaudern stellte er fest, dass sie gerade einmal die Hälfte geschafft hatten.

»Guck mal, da hinten!« Drickes zeigte in die Ferne. Die Dämmerung schlich unaufhaltsam von Osten über die Eifelberge heran. »Der Michelsberg! Und weiter hinten, das sind die Hohe Acht und die Nürburg. Siehst du das? Hier muss ich mal Silvester rauf, der Ausblick ist echt der Hammer.« Er rammte Herbie, der innerlich aufschrie, den Ellenbogen in die Seite. »Los, komm weiter.«

Stufe um Stufe fiel Herbie der Aufstieg schwerer. Um seine Panik in den Griff zu bekommen, fokussierte er sich auf all die Fragen, die er sich auf der Fahrt hierher zurechtgelegt hatte. Aber keine davon wollte ihm mehr einfallen. Er hatte Drickes mit seinen Fragen in die Enge drängen wollen. Davon konnte jetzt keine Rede mehr sein.

Die Nacht des Unfalls, die Anwesenden auf der Burg ... Du meine Güte! Julius warf die Arme in die Luft.

Sie waren endlich auf der obersten Etage angekommen. Herbie klammerte sich an das Geländer.

»In der Nacht von Flores Tod warst du auf der Burg«, platzte es schließlich aus ihm heraus. »Mit dem Auto. Stimmt doch, oder?«

Drickes sah ihn einen Moment lang verblüfft an, dann stützte er seelenruhig die Ellenbogen auf den Handlauf und blickte in Richtung Norden. »Das da hinten ist der Steling«, sagte er. »Bei Monschau. Nicht so markant, bisschen flach.« Drickes trank sein Bier aus, streckte den Arm aus, hielt den Flaschenhals nur mit zwei Fingern fest und ließ schließlich los.

Herbie starrte der fallenden Bierflasche hinterher. Sie prallte im Gras auf. Es war kaum zu erkennen.

Dann machte Drickes eine schnelle Bewegung, und im nächsten Moment waren seine Hände an Herbies Nacken und Hosenbund. Er wurde von den Füßen gerissen, Stahl, Wolken, Wald und das rote Gesicht von Drickes wirbelten um ihn herum. Schreiend ruderte er mit den Armen, kriegte schließlich kaltes Metall zu fassen und krallte sich fest. Er hing kopfüber auf der Außenseite des Geländers. Drickes hielt seine Beine wie in einem Schraubstock.

»Los, frag mich was! Warum stellst du nicht deine Fragen, du kleines Arschloch?«

»Ist schon gut!«, greinte Herbie. »Kein Problem, ich hau wieder ab. Ich lass dich in Ruhe!« Schemenhaft konnte er Julius' sorgenvolles Gesicht erkennen. Sein Freund knetete nervös die Hände. Selten nahm er so viel Anteil an Herbies Ungemach wie jetzt.

Drickes' Stimme war rau und aggressiv. »Was soll das mit der Unfallnacht? Wen geht das was an, warum ich auf der Burg war? Wer will das wissen, hä? Wer?«

»Keiner, keiner, keiner!«, wimmerte Herbie. »Ich hab mir nur so ein paar Gedanken gemacht.« Er klammerte sich an die Stangen, sah zwischen ihnen hindurch die klobigen Stiefel, die stämmigen Beine in der blauen Hose, alles auf den Kopf gestellt. Er sah Zipfel der roten Winterjacke und den gewölbten Bauch seines Peinigers und war sich sicher, dass dies das Letzte sein würde, was er in seinem Leben sah.

»Lass das mal schön bleiben mit deiner hinterhältigen Fragerei, hörst du? Ich lasse mir nix anhängen! Wenn ihr mir blöd kommt, packe ich nämlich aus!«

»Schon gut, schon gut!«

Jetzt drangen Stimmen von unten zu ihnen herauf: »Alles okay, Drickes? Macht der Typ Probleme?«

Drickes lachte dröhnend. »Nee Leute, kleine Mutprobe! Alles senkrecht!«

Senkrecht ist kein schönes Wort in diesem Zusammenhang. Selbst Julius' Stimme zitterte jetzt ein bisschen.

»Was kriege ich, wenn ich dich wieder raufhole?« Drickes' Lachen klang überaus garstig.

»Ich habe nichts. Gar nichts.«

»Wie schade für dich. Dann muss ich leider …« Er hielt es für einen besonders lustigen Einfall, den Griff um Herbies Beine für den Bruchteil einer Sekunde zu lockern.

Herbie schrie auf.

»He Drickes, geile Show!«, riefen seine Kumpels von unten und pfiffen auf den Fingern.

»Thermomagic!«, röchelte Herbie.

»Was?«

»Thermomagic. Kennst du doch. Teure Küchengeräte. Etwa dreißig Stück, flammneu, originalverpackt … Vom LKW gefallen.«

»Kein Scheiß?«

Damit schien er bei Drickes genau die richtigen Knöpfchen zu drücken.

»Kannst du morgen haben.«

»Wie viel?«

»Etwa dreißig St…«

»Was sollen die kosten?«, blaffte Drickes. »Und überleg dir gut, was du sagst!«

Herbie musste keine Sekunde lang überlegen. »Nichts! Gar nichts! Die kriegst du für lau.«

Das schien Drickes zu gefallen. Er lachte leise.

Herbies Körper wurde ruckartig hinaufgezogen, aber er konnte das Metallgitter einfach nicht loslassen. Immer wieder fasste er nach, bis er schließlich wieder mit zitternden Knien auf den Beinen stand.

Drickes lachte und zog ihn am Ohr. »Macht munter, was?«

Herbie biss die Zähne aufeinander. Das alles hier war ganz anders gelaufen, als er sich das gedacht hatte.

Was hattest du dir denn vorgestellt? Dass er munter all seine Geheimnisse auspackt? Als Julius missbilligend den Kopf schüttelte, war ihm deutlich anzumerken, dass er seine Erleichterung zu verbergen versuchte.

Herbie tröstete sich mit dem Gedanken, dass er am nächsten Tag einen neuen Versuch starten würde, jetzt, wo er Drickes' Vertrauen gewonnen hatte.

Bewaffnet mit brandheißer Hehlerware. Tolle Taktik.

Drickes kam jetzt ganz nah an ihn heran. Herbie roch seinen bierschwangeren Atem. »Und wenn du dein Versprechen nicht hältst, Freundchen, dann machen wir zwei demnächst mal einen netten, kleinen Ausflug. An der Mosel gibt es nämlich da so eine Hängebrücke, die ist 360 Meter lang und 100 Meter hoch. Die wird dir gefallen.« Sein Kichern klang wie Stiefelabsätze auf Kies.

Herbie winkte entkräftet ab. »Du kriegst deine Küchendinger. Gleich morgen.«

»Bin schwer gespannt.« Drickes klopfte ihm gutgelaunt auf die Schulter, so als wären sie die allerbesten Kumpels. »Ich freu mich drauf. Weißt du, vielleicht kann ich dir dann auch mal einen Gefallen tun. Wenn es um Antikkram geht, bin ich dein Mann. Wenn du mal was brauchst, was noch echter als echt ist. Möbel, Kunstzeug und so, alles mit Holzwürmern und Zertifikaten. Oder auch Papiere – da geht ja auch immer mal was verloren.« Er zwinkerte Herbie verschwörerisch zu.

Nun ja, das war ja zu erwarten bei deinem zwielichtigen Angebot. Er hält dich für einen seines Schlags. Julius' Sorge um Herbies Wohlbefinden schien sich bereits wieder in Luft aufgelöst zu haben.

»Wenn alles läuft, können wir ja öfter mal Geschäfte machen. Der Drickes kennt nämlich für alles die richtigen Leute. Also bis morgen! Ich erkläre dir, wie du meine Bude findest. Dann trinken wir ein Bierchen, wir zwei, und dann sind wir wieder Freunde.«

Julius schüttelte pikiert den Kopf. *Pack schlägt sich, Pack verträgt sich.*

- Seite 6 -

Wir trafen uns erneut, als sich schon die Blätter verfärbten. Obwohl es schon recht frisch war, genossen wir die Fahrt mit offenem Verdeck. Noch immer taten wir all dies im Geheimen und an Plätzen, an denen wir nicht vielen Menschen begegneten. Es war nicht weit vom Losheimergraben, als während unseres Spaziergangs ein fürchterlicher Regen aus den Wolken hervorbrach, und wir hatten unsere liebe Not, das Auto wieder rechtzeitig zu erreichen. Nachdem wir mit Mühe das Verdeck wieder geschlossen hatten, flüchteten wir uns patschnass ins Innere des Wagens. Dort saßen wir bibbernd und lauschten den fetten Tropfen, die auf das Dach und die Scheibe trommelten.

Dann holte er Photographien hervor, die er in fremden Ländern gemacht hatte. Er zeigte mir viele Dinge, von denen ich schon einmal gehört hatte. Den berühmten Eiffelturm in Paris, die Akropolis und einen schiefen Turm in Italien. Er flüsterte mir zu, er würde nichts in der Welt lieber tun, als mit mir an diese Orte zu reisen, und obwohl ich vor Nässe und Kälte zitterte und schnatterte wie eine Gans, war mir mit einem Mal so warm und wohlig wie auf seinen Bildern.

Dann berührten sich unsere Lippen, und ohne es zu spüren, verlor ich jeden letzten Rest von Scheu und gab mich diesem wunderbaren Mann so hin, wie ich es schon oft von losen Mädchen in Geschichten gehört und auch in ein paar Büchern gelesen hatte. Es war nichts Verderbtes an dem, was wir dann taten. Es war ein einziges großes Glück, das uns in diesem Augenblick gemeinsam umfing.

12. Kapitel

Nach Ramscheid fuhr Herbie wie ferngesteuert. Er schnitt die Kurven, und auf der schnurgeraden Bundesstraße, an deren linkem Rand die deutsch-belgische Grenze verlief, fuhr er Schlangenlinien.

Julius, der kerzengerade auf dem Beifahrersitz saß, angestrengt auf die vor ihnen liegende Straße starrte und nur ab und zu in den Rückspiegel sah oder einen schnellen Blick in den Seitenspiegel warf, ermahnte ihn ärgerlich: *Mag sein, dass es dir egal ist, dass da keiner ist, der um dich trauert, wenn du dich hier mit dem Auto um eine Fichte wickelst, aber mir wäre das wirklich höchst unangenehm, denn ich wäre dann ja irgendwie überflüssig.*

Das Erlebnis auf dem Aussichtsturm hatte Herbie enorm zugesetzt. Seine Hände zitterten, und die Gedanken stolperten in seinem Kopf regelrecht übereinander. Dieser Drickes war ein gemeingefährlicher Irrer, dem er buchstäblich alles zutraute.

Als er auf den Ort zufuhr, sah er im schwindenden Tageslicht rechts und links der Straße die Höckerlinien, bestehend aus unzähligen bizarren Betonklötzen in Dreiecksform, Panzersperren aus dem Zweiten Weltkriegs. Der Eifelweg wand sich durch das Dorf, und in der Nähe der Kirche fand er das Haus von Leni Pützer, ein kleines ehemaliges Bauernhaus mit gelblichem Fliesensockel und einem kleinen Fachwerkanbau.

»Der Kerl hat mir eine Scheißangst eingejagt«, murmelte Herbie, als er den Wagen geparkt hatte. Seine Augen blickten ins Leere. »Eine Nahtoderfahrung ersten Ranges.«

Möglicherweise bist du jetzt deine Höhenangst los.

»Könnte durchaus sein«, hauchte Herbie matt.

Vielleicht isst du demnächst sogar noch Rosenkohl.

»Unwahrscheinlich.«

Herbie kreuzte erschöpft die Unterarme auf dem Lenkrad und bettete seinen Kopf darauf. »Du meine Güte, worauf habe ich mich da nur wieder eingelassen, Julius?«, brummte er dumpf. »Weißt du was? Ich habe jetzt keine Kraft, auch noch zu dieser Heimat-Tante zu gehen.«

Kann ich gut verstehen.

Es blieb still dort, wo Herbies Gesicht ruhte.

Hallo? Noch wach?

»Hmmmm.«

Plötzlich dröhnte es wie ein Paukenschlag durch das Innere des Fahrzeugs, und Herbie fuhr mit einem schrillen Aufschrei hoch. Jemand klopfte enthusiastisch gegen die Fahrerscheibe. Herbie starrte in ein ausnehmend heiteres Gesicht. Als die Frau erkannte, dass er nicht der war, für den sie ihn gehalten hatte, wich das begeisterte Strahlen einem Ausdruck peinlicher Bestürzung. Sie hatte erstaunlich große Nasenlöcher und einen kleinen Mund mit schmalen Lippen.

Herbie tastete kraftlos nach dem Türgriff. Er ächzte und stöhnte und schaffte es kaum, die Tür zu öffnen. Als er es schließlich doch zustande gebracht hatte, kippte er fast aus dem Wagen.

»Entschuldigung!«, jammerte die Frau. »Ich wollte Sie nicht erschrecken. Ich dachte, Sie sind der ... also das Auto ... Ich habe geglaubt ...« Sie fuchtelte mit den Händen in seine Richtung und berührte ihn flüchtig an der Schulter. Dann sah sie ihn mit großen Augen an und fragte: »Sagen Sie mal, ist Ihnen nicht gut? Haben Sie getrunken?«

Herbie schüttelte langsam den Kopf und sagte matt: »Ich werde besser wieder fahren. Ein anderes Mal. Wir reden ein anderes Mal.«

»Aber Sie können doch in diesem Zustand nicht fahren!«

»Ach, das geht schon. Es ist ja nur bis zur Burg.« Sein Finger wies irgendwo ins Ungefähre. »Nur durchs Prethtal.«

»Ah! Also ist es doch das Auto vom Grafen! Wusste ich's doch!« Sie fasste ihn jetzt resolut beim Oberarm. »Kommen Sie, junger Mann!«

Lass das nicht zu. Sie will dich womöglich ein bisschen aus dem Dachfenster baumeln lassen.

Aber Herbie war zu schwach, um sich zu wehren.

»Sie trinken zuerst bei mir einen Muntermacher!«, entschied sie und zerrte ihn aus dem Auto. Willenlos folgte er ihr zur halb offenstehenden Haustür.

»Ich habe das Auto erkannt und bin gleich rausgelaufen«, plauderte sie, während sie ihn mit resoluten Bewegungen in den Hausflur schob. »Sind Sie etwa der neue Besitzer der Burg? Man hört ja, dass sich die Kaufinteressenten nicht gerade die Klinke in die Hand geben.« Sie wickelte sich aus einem Patchwork-Umhang, den sie sich offenbar wegen der Abendkühle um die Schultern geworfen hatte.

»Nein, das Auto habe ich mir nur ausgeliehen. Ich bin nur zu Gast bei dem Grafen.«

»Aaaach ja, der Graf, hach!«, säuselte sie. »Und Sie sind der Herr …?«

»Feldmann. Herbert Feldmann.«

»Ich bin die Frau Pützer. Die Leni. Ach ja, der Vico. Ein feiner Mensch. Ein toller Mann. Ganz toll.«

Julius hob die Augenbrauen. *Sie mag ihn offenbar. Sehr sogar.*

Herbie wurde vorangeschubst und dann links durch eine Tür in ein Wohnzimmer dirigiert. Er fühlte sich wie ein Schaf, das in den Pferch getrieben wird.

»Ein Mann mit Manieren. Einer vom alten Schlag. Und er hat ein ganz dezentes Rasierwasser, so was mag ich ja sehr. Seeehr. Mein verstorbener Mann hatte auch immer so ein tolles Rasierwasser. So etwas mit einer feinen Sandelholznote. Aber er hat auch immer stark transpiriert. Das war dann keine so gute Kombination. Tee? Kaffee? Wie kann ich Sie denn wieder munter machen? Ein Sektchen? Prosecco?« Die Worte purzelten aus ihrem kleinen Mund und schienen vorher keinen langen Umweg übers Gehirn gemacht zu haben. Mit beiden Händen zwang sie ihn, auf dem Sofa Platz zu nehmen.

»Ich habe mein ganzes Berufsleben lang in der Apotheke gearbeitet, und ich könnte Ihnen zig Tröpfchen und Tablettchen geben, die Ihnen wieder auf die Beine helfen, aber so ein Piccolöchen hilft doch immer noch am besten!«

»Lieber ein Glas Wass…«

»Ein Wässerchen! Natürlich, hole ich. Das fehlt mir noch, dass Sie hier in meinem Wohnzimmer kollabieren! Man ist ja sogar gesetzlich verpflichtet, jedem, der klingelt, ein Glas Wasser zu geben und ihn auf die Toilette zu lassen. Das heißt, wenn er überhaupt auf die Toilette muss. Oder sie. Frauen natürlich auch.« Während sie durch eine weitere Tür verschwand, hinter der sich offenbar eine Küche befand, quasselte sie ohne Pause weiter.

Herbie, immer noch ganz benommen, sah sich im Zimmer um. Ein riesiges Regal aus hellem Holz nahm eine gesamte Wand ein. Aktenordner, Bücher und Papiere füllten buchstäblich jedes Fach aus. Die restlichen Möbel hatten ihre besten Jahre hinter sich. Die Polster waren verschossen, das Holz zerkratzt. Ein großes, dreiflügeliges Fenster ging auf die Straße hinaus, ansonsten waren die Wände vollständig von gerahmten Kupferstichen und alten Fotografien bedeckt. Eine vor Zetteln überquellende Pinnwand, ein Stammbaum, dessen Namensinschriften Herbie von seinem Platz aus nicht lesen konnte, und ein großes Gemälde einer Burg, das womöglich ein Zehnjähriger fabriziert hatte, hingen über einem Sideboard, auf dem sich weitere Papiere stapelten. Das dargestellte Gemäuer war allem Anschein nach die Burg Fahrenfels.

»Wissen Sie, mit dem Gendern habe ich es ja nicht so. Männer sollte man nicht unbedingt gleichberechtigen!« Das schallende Lachen seiner Gastgeberin mischte sich im Nebenraum unter Gläserklirren und das Zischen einer Sprudelflasche.

Eine gerahmte Schwarzweiß-Fotografie erregte Herbies Interesse. Im Vordergrund war eine junge Frau zu sehen, deren Kleid vom Zuschnitt und vom Muster her auf die Fünfzigerjahre hindeutete. Auch die brave Frisur und die sittsame Haltung sprachen für diese Zeit. Was ihm sofort ins Auge sprang, war aber nicht die Frau, sondern vielmehr der Kühlergrill des Autos, an den sie sich lehnte. Wenn er sich nicht täuschte, war dies derselbe Typ Mercedes, den er zuvor in der Remise gesehen hatte. Man konnte im Hintergrund erkennen, dass das Verdeck geöffnet war. Er wollte gerade aufstehen, um das Bild näher in Augenschein zu nehmen, als Leni Pützer wieder auf der Bildfläche erschien, mit einem Glas Wasser in der Hand. Zuerst sah es so aus, als wollte sie seine Nase zukneifen und es ihm beherzt einflößen, aber sie stellte es vor ihm auf den Couchtisch und ließ sich auf einen Sessel plumpsen.

»Ich sage immer, manche Männer haben so herrlich leuchtende Augen, weil die Sonne durch ihre leere Birne scheint! Nicht schlecht, oder? Ist aus meiner Büttenrede. Nächste Woche ist Sessionseröffnung in der Grenzlandhalle in Hellenthal, da bin ich wieder auf der Bühne. Als *Et Füssje vom Dörp*, mit so einer roten Wuschelperücke, einer Kittelschürze und einem Fernglas. Karneval? Ist das was für Sie?«

»Wenn ich ehrlich bin …«

»Ich sage immer: Widersprich nie einem Mann, warte, bis er es selber tut!« Sie kicherte vor Vergnügen. Ihre Nasenflügel zuckten.

Ich beginne zu ahnen, um welches Thema sich ihre Büttenreden so im weitesten Sinne drehen.

»Trinken Sie! Sie brauchen Flüssigkeit! Um aber noch mal auf den Grafen zurückzukommen. Der hat Charme, der sieht für sein Alter sehr gut aus, und er ist ja so allein, der Vico. Der Arme. Wir duzen uns übrigens. Sie wissen vermutlich, was passiert ist?«

Die Andeutung seines Nickens genügte ihr offenbar. Herbie überlegte verzweifelt, wie er ihren Redeschwall unterbrechen und ihr ein paar Fragen stellen konnte.

»Also alleine war der ja schon vorher viele, viele Jahre lang, damals, nachdem seine erste Frau gestorben ist. Tragisch. Traaagisch.«

»War das seine erste Frau?« Er zeigte auf das Foto der Frau mit dem Mercedes.

»Das? Ach, wo denken Sie hin! Wie alt soll denn der Vico wohl Ihrer Meinung nach sein! Das Bild ist doch aus den Fünfzigern.« Sie war unwillkürlich aufgestanden und hatte die Fotografie von der Wand genommen. »Nein, seine erste Frau war ein ganz anderer Typ. Glänzendes, schwarzes Haar und dramatische Augenbrauen. Ich habe ein Foto in der Fahrenfels-Akte. Soll ich es mal holen?« Sie wies stolz auf das große Regal. »Mein Archiv! Seit ich in Rente bin, habe ich jetzt richtig viel Zeit für meine Leidenschaften.«

»Nicht nötig, danke.«

»Tja, das hier war nur eine arme, junge Frau aus Kamberg. ›Das stille Mädchen‹, sagen wir hier herum immer.

Anna hieß sie. Ein stummes Waisenkind, das irgendwo aus dem Aachener Raum kam und hier in der Eifel auf einem Bauernhof aufgenommen wurde. Wahrscheinlich entfernte Verwandtschaft von ihr. Sie ist irgendwann ins Kloster Maria Trost in Kesselheim bei Koblenz gekommen und dort schon kurz darauf gestorben.« Sie zog eine Heftmappe aus dem Regal und gab sie ihm.

Als er sie pflichtschuldig durchblätterte, fand er mehrere Klarsichthüllen, in denen schwer lesbare Fotokopien steckten. Allem Anschein nach handelte es sich um einen mehrseitigen Brief. Auf dem letzten Blatt las er: »*Und ich wäre Dir eine gute Mutter geworden, wenn ich Dich nicht verloren hätte ...*« und »*... werden wir eines Tages sogar zu dritt sein und am Ende doch gemeinsam in das Ewige Leben eingehen, wenn er erst die große Liebe erkennt, die wir füreinander empfinden.*«

Leni Pützer hatte sich wieder gegenüber von ihm hingesetzt und fixierte ihn mit großen Augen und noch größeren Nasenlöchern. »Traurig, was? Wenn Sie das lesen, kommen Ihnen die Tränen. Ja, was die Leute früher so alles erdulden mussten. Dramen! Draaamen! Und all so was landet irgendwann hier bei mir. Den Brief hat mir vor einiger Zeit ein alter Kollege rübergefaxt, der Dr. Stanek aus Aachen, der war genauso ein begeisterter Sammler wie ich. Ist aber auch schon tot, und alles, was er zusammengetragen hat, ist in alle vier Winde zerstreut.« Sie seufzte schwer und schien einen ungewohnt stillen Moment lang darüber nachzugrübeln, dass ihrer Sammlung irgendwann das Gleiche blühen würde.

Ooooh, ist das schön still, flüsterte Julius.

Aber dann war es auch schon wieder vorbei.

»Du meine Güte, was hat der Vico getrauert, als seine Frau ertrunken ist«, fand sie schnatternd wieder zum Thema zurück. »Es war immer ganz schwer, ihn mal da aus seiner Burg rauszulocken. Aber dann kam ja die Flore – Masseurin war die, glaube ich ... oder Therapeutin ... oder was mit Musik. Jedenfalls hat die ihm gutgetan. Aber unter uns ...« Sie rückte auf die Kante des Sessels vor und senkte die Stimme. »Bisschen jung, oder? Haben Sie die gekannt? Nein?«

»Nein, ich ...«

»Bildhübsch. Biiildhübsch! Da konnte man schon verstehen, dass der Vico sich von ihr um den Finger hat wickeln lassen. Ein Traumfigürchen, und auch gar nicht mal so dumm. Nein, die war clever, die hatte Ideen. Yogakurse wollte die auf der Burg geben, und Musiktherapien und all so was – Ha, Musiktherapeutin war die! Ja, genau, das war es!«

Julius beugte sich zu Herbie hinunter und flüsterte ihm etwas ins Ohr: *Das mit den Fragen kannst du dir abschminken, mein Bester. Die antwortet, ohne dass du überhaupt den Mund aufmachen musst.*

»Das Wichtigste für mich aber war ja, dass sie die Burg renovieren wollte. Und zwar historisch genau! Ja, da konnte ich mich einbringen! Wissen Sie, das ist nämlich mein Spezialgebiet, die Heimathistorie, da kenne ich mich aus.«

»Und deswegen bin ich ja auch ...«

Sie schien keinen Gedanken daran zu verschwenden, warum Herbie bei ihr aufgetaucht war. Sie brabbelte einfach weiter. »Ich hole mir noch einen Kaffee. Das wird eine lange Nacht für mich. Ich habe nämlich spannendes, neues Material von zwei Antiquariaten aus Mainz und Düsseldorf geschickt bekommen, das muss ich noch alles auswerten.«

»Ist darunter auch etwas über die …«

»Burg Reifferscheid, Burg Fahrenfels, die Wildenburg … fragen Sie mich über die hiesigen Burgen, was Sie wollen, ich erzähle es Ihnen. Wussten Sie, dass es schon mal bei Oberpreth eine Burg gegeben haben soll? Oben auf dem Burgkopf, nur ein paar hundert Meter südlich von der heutigen Stelle. Aber nicht so ein massives Gebäude, sondern so ein Palisadenwall mit einem Holzturm und Wassergraben. Wissen Sie, wenn es um die Burg Fahrenfels geht, kennt sich keiner so gut aus wie ich! Also bis auf die Grafenfamilie natürlich. Ich kenne da jeden Stein und jedes Brett! Der Vater vom Grafen, Enno von Fahrenfels, der hat sich nicht so gut um seinen Stammsitz gekümmert, der hatte einfach kein Gespür dafür, was er da besessen hat. Der war zwar gerne hier überall auf der Jagd, aber der hat sich ansonsten lieber auf ihrem Urlaubssitz an der Riviera aufgehalten. Und mit Vico wurde das dann alles anders, als er sich endlich mal um die Burg kümmerte. Aber dann kam ja der Tod von Sophia, und dann war bei ihm auch schon wieder die Luft raus. Es gibt Teile von der Burg, da sind die kompletten Stromleitungen hinüber. Und fragen Sie mich bloß nicht, wo es da überall durchregnet! Wirklich keinen Kaffee?«

»Nein, ich …«

»Einen Schnaps?«

»Nein, ich …«

»Noch ein Wasser?«

»Nein, ich …«

Als sie registrierte, dass er noch gar nicht getrunken hatte, redete sie einfach weiter, verschwand während ihrer Litanei in die Küche und kam mit einer Tasse Kaffee zurück.

»Aber dann kam die Flore. Huiuiui! Die hat angefangen, da endlich mal klar Schiff zu machen. Jetzt gibt es da WLAN und Satellitenempfang! Wenn die hätte weitermachen können ... Na, aber das war plötzlich alles so schnell zu Ende, fürchterlich. Füüürchterlich!« Ihre Stimme wurde dumpf, ihre Lippen noch schmaler, und ihre großen Nasenlöcher weiteten sich noch ein bisschen mehr. »An dem Abend, an dem die Flore verunglückt ist, war ich ja auf der Burg. Der Hannes Scholzen, der Jagdhüter vom Grafen ...«

»Der mit den Fischtei...«

»Der Hannes hat die Fischteiche an der Preth. Der hatte mich zu diesem Treffen dazugeholt. Da ging es um Busreisen, die dieser komische Kerl aus Köln organisieren wollte, dieser ... ja, als was soll ich den denn jetzt bezeichnen? Freund? Partner? Lebensgefährten? Jedenfalls ist der mit der Cousine vom Grafen zusammen, und da haben die beiden komischen Figuren doch tatsächlich den Plan ausgeheckt, dass man auf der Burg ganz prima solche Rittermahle, Bankette und Turniere und all so was machen könnte. Schrecklich! Schreeecklich! Ich habe denen aber mal klipp und klar gesagt, was ich davon halte, nämlich nix. Gar nix!«

»Aber die Flore ...«

»Und die Flore kam und kam an dem Abend einfach nicht nach Hause. Es war uns allen irgendwann fast ein bisschen peinlich. Sie war auch übers Handy nicht zu kriegen. Und nachher habe ich mich dann aber doch so langsam mal verabschiedet, und ich bin meinen Twingo gestiegen – den haben Sie sicher draußen gesehen, den kleinen blauen, den nenne ich immer mein Möpschen – wie früher meinen Mann –, und dann bin ich losgefahren. Die Kratz hat mir das Tor aufgemacht, ich den Berg runter, und zuerst habe ich da gar nichts gesehen, aber als ich da unten um die Kurve kam, lagen da plötzlich die Bäume quer über der Straße, und dann habe ich auf einmal den SUV im Hang liegen sehen, auf dem Dach, total verblötscht, und … Tja, das war das dann. Das war Horror. Hooorror!«

Sie machte unerwartet eine kurze Pause, aber Herbie reagierte zu spät und ärgerte sich über die verpasste Chance.

»Ich würde dem Vico ja so gerne helfen, ihn mal unter Leute bringen. Er braucht ein bisschen Zuneigung und Wärme, ich spüre das. Unter uns …« Ihr Kopf kam jetzt noch näher auf Herbie zu. Sie hing halb über dem Couchtisch. »Aber wirklich nur unter uns: Der Vico und ich, wir kennen uns schon sehr lange und auch sehr gut. Seeehr gut!« Sie zwinkerte ihm verschwörerisch zu. »Bleibt aber unter uns. Vor ein paar Jahren habe ich ihn mal zu der Karnevalssitzung von der KG Blau-Gelb Sieberath mitgeschleppt, dass der mal unter Leute kommt. Der wollte zwar nicht, aber der musste! Das war in Wolfert im Bürgerhaus, weil die ja in Sieberath keinen Dorfsaal mehr haben. Und da ist der Vico aber mal so richtig aus sich rausgegangen. Das wollte der zuerst nicht, aber das war auf einmal so. Und da sind wir zwei uns später ganz schön nahegekommen.«

Das wollte der überhaupt nicht, aber er musste!

»Das bleibt unter uns, nicht wahr. Ich glaube, es hätte nicht viel gefehlt, und zwischen dem Vico und mir hätte es so richtig gefunkt. Also so richtig! Ja, sehen Sie, sooo gut verstehe ich mich mit dem Vico. Wir waren ja schon zusammen in der Volksschule, und wir sind beide hier in der Eifel großgeworden. Das war ja ganz was anderes als mit der Flore. Gaaanz was anderes. Und außerdem ...« Sie schlürfte am Kaffee, und plötzlich verengten sich ihre Augen zu Schlitzen. »Außerdem wollte die nicht nur verhindern, dass der Busreisen-Tuppes da seine Show abzieht, die fand irgendwann dann auch die Sache mit meinen regelmäßigen Burgführungen nicht mehr so toll.« Sie blähte verächtlich die Nasenlöcher. »Das harmonierte angeblich nicht mit ihren Therapieplänen! Ha! Über zehn Jahre habe ich das sehr erfolgreich gemacht. Es gibt ja keinen, der sich so gut in der Geschichte der Burg auskennt wie ich.« Dann lächelte sie mit einem Mal wieder mild. »Nun gut, wir werden sehen. Wenn die Burg wirklich so schwer zu verkaufen ist, wie es alle hier erzählen, bleibt ja vielleicht am Ende doch noch alles beim Alten. Zwar wird da schon einiges ausgeräumt, wie ich beobachten konnte, aber wir werden sehen.«

»Die Firma Moll ist dabei, die ...«

»Ach, kennen Sie die?«

»Ja, ich arbeite für ...«

»Liebe Leute! Liiiebe Leute. Historisch nicht so beschlagen – Trödler eben – aber eben alles immer nur im Rahmen ihrer Möglichkeiten. Dem Grafen haben die mal eine Taschenuhr von seinem Großvater gebracht, die sie irgendwo aufgestöbert hatten. Ein schönes Stück, das die Sammlung wieder komplettiert hat!« Sie riss plötzlich dramatisch die Augen auf. »Wenn Sie was mit den Molls zu tun haben, dann machen Sie unbedingt einen großen Bogen um den Heinz-Peter Virnich, den Drickes!«

»Ach.«

»Der ist ein ganz verschlagener Hund. Der hat mich mal ganz fies übers Ohr gehauen! Mit einem gefälschten Schriftstück zu einem Hexenprozess, das angeblich aus dem 17. Jahrhundert stammt. Aber mit dem Lappen hätte man sich höchstens den Hintern abputzen können. Da hätte ich mich schön mit blamiert. Der Drickes hat jedenfalls kein Geld von mir gekriegt, und ich kann Ihnen sagen, dass ich da wochenlang richtig Angst hatte, denn ich wohne ja allein, und von dem weiß man ja, dass der richtig brutal werden kann.«

»So so.«

Julius nickte bedeutsam. *Sag nicht, sie hätte dich nicht gewarnt!*

»Dessen Vater war schon so. Der hat schon als junger Kerl gewildert. Mit dem Wildern haben die Leute hier rum den alten Fahrenfels immer richtig auf die Palme gebracht. Der griff auch schon mal zum Gewehr, wenn er wieder einen auf frischer Tat erwischt hat.«

Herbie horchte auf. Er wäre über das endlose Geplapper von Leni Pützer beinahe sanft weggedämmert, aber ihre letzten Worte hatten ihn plötzlich wieder aus seinem Schwebezustand zurückgerissen. »Was sagen Sie da?«

Julius, der lässig am Sideboard lehnte, klatschte leise Beifall. *Potztausend, ein ganzer Satz. Ich hätte nicht gedacht, dass du so was noch zustande bringst.*

Leni Pützer nickte mit bitterer Miene. »Einmal, da hat er es übertrieben. Drei Jungs haben überall in seinen Wäldern gewildert, geströppt. Ströppe? Kennen Sie das? Das mit den Drahtschlingen? Jedenfalls sind die Jungens eines Tages im Wald bei Rescheid vom Grafen Enno erwischt worden, und der hat die gejagt. Richtig gejagt! Mit seinem Gewehr! Der hat wie wild um sich geschossen und hat den Männchen damit so eine Angst eingeflößt, dass die in ihrer Panik tief in den alten Bergwerksstollen geflohen sind. Da gab es ja noch nicht das Besucherbergwerk, da lag ja alles brach, denn das Bergwerk war ja schon seit 1940 nicht mehr in Betrieb. Jedenfalls stürzte ein Teil der Grube ein, und die Jungens wurden verschüttet. Einer von denen ist dabei sogar tot geblieben. Das haben die Leute hier in der Gegend dem Grafen nie verziehen.« Sie verstummte, faltete die Hände zusammen und blickte für einen Moment gedankenverloren auf die leere Kaffeetasse. Dann lächelte sie Herbie freudig an. »Sie sind ein guter Zuhörer, wissen Sie das? Wissen Sie ja: Frauen und Kühlketten darf man nicht unterbrechen!«

Herbie rang sich ein schwaches Lachen ab.

»So, jetzt muss ich mich aber an die Arbeit machen. Wie gesagt, das ist noch eine Menge Papierzeug, das ich sichten muss.« Sie klatschte sich auf die Schenkel und erhob sich. »Und warum, sagten Sie noch mal, dass Sie mich besuchen wollten?«

Fast hatte Herbie vergessen, was er sich als Antwort auf diese Frage zurechtgelegt hatte. »Ich soll Ihnen einen schönen Gruß vom Grafen ausrichten. Sie haben ihm geschrieben, dass Sie neues historisches Material für ihn haben?«

Sie strahlte beseelt. »Er hat meine Nachricht gelesen? Der Vico schickt Sie? Das ist aber wirklich schön.«
Schöööön!
Sie machte sich eilends an dem großen Regal zu schaffen und durchsuchte mit flinken Fingern einen Papierstapel. Schließlich zog sie einen braunen Umschlag hervor und reichte ihn Herbie. »Wunderbare alte Landkarten aus dem Hellenthaler Raum, mit ganz vielen alten Flurnamen! Dafür hat er sich schon immer interessiert! Mensch, da freue ich mich aber, dass er sie schickt! Dass er mal ein bisschen Interesse an irgendwas zeigt ... an mir ... also an meinen Sachen! Schade, dass er nicht selber kommt.« Als Herbie nach dem Umschlag griff, den sie ihm reichte, legte sie kurz ihre Hand auf die seine und hauchte: »Er ist noch nicht so weit, nicht wahr?«

»So wird es sein.«

»Das kommt schon noch.« Sie nickte bedächtig, wie um sich selbst zu bestätigen.

»Sicherlich.«

»Hm.«

»Hm.«

An der Haustür sagte sie: »Und wenn er noch was wissen will, kann er jederzeit anrufen. Jeeederzeit. Oder Sie kommen noch mal her. Auf ein Käffchen. Wir haben doch so schön geplaudert, oder?«

- Seite 7 -

Nun kennst Du die Geschichte, mein Kind. Ich musste sie niederschreiben, damit alles ein für alle Male festgehalten ist, selbst wenn niemand da ist, der es jemals lesen wird. Ich will aber das Weitere nicht in all seiner Traurigkeit ausmalen.

Mein Photograph besuchte mich weiter heimlich, ohne dass ich ihm verraten habe, was aus unserem zärtlichen Tun hervorgehen würde. So sehr er mir auch schwor, er werde mich zu sich nehmen, so deutlich spürte ich doch, dass er den Kampf, den er deswegen würde ausfechten müssen, einfach nicht gewinnen konnte. Seine Besuche wurden kürzer, und immer häufiger ging er auf Reisen, die ihm, so wie er beteuerte, aus geschäftlichen Gründen aufgezwungen wurden.

Es dauerte nicht lange, bis der Bauer und seine Frau erkannten, welche Veränderung in mir vorging. Sie waren im Leben erfahren und kannten die Zeichen, mit denen die Natur einen Wandel ankündigt. Damals glaubte ich, dass sie mich in die Ferne verbannten, um mich zu bestrafen. Heute weiß ich, dass sie mich nach Kesselheim schickten, weil sie mich vor der Schmach beschützen wollten, mit der man mich im Dorf belegt hätte.

Ich ging fort, ohne ihn wiedergesehen zu haben. Er wäre mir ein guter Mann und Dir ein guter Vater geworden, wenn ihm dies erlaubt worden wäre, dessen bin ich gewiss. Und ich wäre Dir eine gute Mutter geworden, wenn ich Dich nicht verloren hätte. Aber jetzt folge ich Dir, mein Kind, und wir werden uns wiedersehen, und mit der Hilfe Gottes werden wir eines Tages sogar zu dritt sein und am Ende doch gemeinsam in das Ewige Leben eingehen, wenn er erst die große Liebe erkennt, die wir füreinander empfinden.

13. Kapitel

Die Serpentinen hinauf zur Burg lagen in völliger Finsternis, weil die Wolken wie ein Sargdeckel über dem Land hingen. Es regnete wieder. War ein Jahr zuvor das Wetter ähnlich gewesen? Flores Nachricht entsprechend ja. Wahrscheinlich sogar noch ungemütlicher, stürmischer. Also kein Mondlicht. Was war zu sehen gewesen an jenem Abend? Als Herbie um die letzte Kurve bog und die Stelle passierte, an der es geschehen war, fiel es ihm schwer, sich die Situation bildlich vor Augen zu führen.

»Man kann einen Unfall schwer nachempfinden, findest du nicht auch, Julius? Eine Sache von Sekunden, ein Wimpernschlag! Zack, Peng, vorbei! Es bricht aus dem Nichts über dich herein, und im nächsten Moment ist es passiert. Diesen Überraschungsmoment kann man nur spüren, wenn man ihn selber erlebt.«

Kein Grund, jetzt hier irgendwas nachzumachen.

Herbie betätigte die Fernbedienung, und das Tor schwang nach beiden Seiten auf. Die Autoscheinwerfer schickten ihre Lichtkegel über den Boden des ebenfalls stockfinsteren Vorplatzes.

Willkommen auf Blackwood Castle.

Die Schemen der Burg waren nur zu erahnen. In dem Teil, den Herbie als den Westflügel ausgemacht zu haben glaubte, sah er ein schwaches Licht hinter zwei der Fenster. Schon beim Öffnen des Rolltors wurde er vom immer stärker werdenden Regen völlig durchnässt.

Julius hingegen, dem weder Wolkenbruch noch Schneesturm etwas anhaben konnten, stand mit seinem tadellos gebügelten Dreiteiler und den blankpolierten Schuhen daneben und betrachtete gelangweilt seine Fingernägel.

»Nur gut, dass uns beide niemals jemand zusammen sehen kann«, ächzte Herbie und schlug seinen Kragen hoch. »Neben dir würde ich immer wie der letzte, verlotterte Dämel aussehen.«

Aber dazu braucht man mich doch gar nicht.

Herbie parkte den Range Rover in der Remise an der Stelle, wo er ihn am Nachmittag vorgefunden hatte, und tastete sich danach im Dunkeln wieder hinaus. Beim Weg hinauf zur Eingangstür war die Nässe dann auch endlich in seiner Unterwäsche angekommen.

»Jetzt würde ich gerne ein heißes Bad nehmen, aber das kann ich mir wohl von der Backe putzen.«

Er schloss die Eingangstür auf und war froh, endlich ins Trockene zu gelangen. Während er nach dem Lichtschalter für die Eingangshalle suchte, fragte er: »Was denkst du, haben wir heute schon was Verwertbares erfahren?«

Oh ja! Der Aussichtsturm ist hübsch hoch, und Karneval ist verdammt lustig.

»Na ja, ein bisschen mehr war da schon noch.« Er gab die Suche auf und schaltete seine Handytaschenlampe ein. »Jedenfalls will ich mir morgen unbedingt anhören, was dieser Jagdhüter zu erzählen hat. Eigentlich würde ich ja auch zu gerne mal Frau Kratz auf den Zahn fühlen.«

Auf den behaarten.

»Aber dazu muss ich erst noch etwas mehr Mut sammeln.«

Stell dir vor, sie kommt jetzt gleich aus irgendeiner finsteren Ecke auf dich zugegeistert!

Herbie leuchtete die Treppe hinauf. Die Eingangshalle mit den nackten Steinquadern und der finsteren Holzdecke bot tatsächlich die perfekte Kulisse für einen alten Edgar-Wallace-Film in Schwarzweiß. »Ich würde mich zu Tode erschrecken«, flüsterte Herbie.

Hihi, und dazu müsste sie nicht mal den Kopf unterm Arm tragen.

Zaghaft stieg Herbie hinauf. Seine Schritte hallten von den Wänden wider. In der Dunkelheit hatte er ausgesprochen wenig Vertrauen in seinen eigenen Orientierungssinn, und er hoffte inständig, dass er sein Zimmer fand. Der Weg zu Salon und Küche war ihm mittlerweile geläufig. Er hatte keine Lust, auf dem Küchentisch übernachten zu müssen.

Apropos Küche, vergiss nicht, dass du morgen dein Diebesgut nach Hollerath schaffen musst.

»Auf keinen Fall werde ich das vergessen! Erstens weil ich von Drickes keine aufs Maul kriegen will, und zweitens, weil ich das verdammte Zeug dann endlich los bin! Eigentlich ein kluger Schachzug, oder?«

Doch, doch, sehr souverän eingefädelt. Und das, während du in dreißig Metern Höhe wie eine Fledermaus mit dem Kopf nach unten gehangen hast. Chapeau.

Ein paar Minuten später hatte er das Gefühl, die Tür des Grafen erreicht zu haben. Er blieb stehen und lauschte, aber es war kein Ton zu hören. Als er das Handylicht kurz ausschaltete, war da auch kein Lichtschein, der durch das Schlüsselloch oder unter der Tür durchdrang. Der Graf ging anscheinend mit den Hühnern zu Bett. Insgeheim war Herbie froh, denn für einen Tagesbericht war er eigentlich viel zu erschöpft.

Er tastete sich vorsichtig eine weitere Treppe hinauf und erreichte das Dachgeschoss. Von hier aus war es leicht, ans Ziel zu kommen. Er brauchte nur die Zimmertüren abzuzählen. Der Schlüssel passte, und erleichtert betrat er sein Zimmer.

Es war kalt und kahl, schmucklos und wenig gastfreundlich, aber all das spielte für ihn in diesem Moment keine Rolle. Mit letzter Kraft streifte er seine Kleidung ab, warf sie zum Trocknen über einen Stuhl und schlüpfte in den Schlafanzug. Das Zähneputzen brach er nach der Hälfte der Zeit ab und kroch unter die Bettdecke. Womit er sich auch immer in seinem letzten Gedankengang beschäftigte – als er die Augen schloss, hatte er es schon vergessen.

Das von Julius gehauchte *Schlaf gut, mein Prinz* hörte er schon nicht mehr.

* * *

Etwas riss ihn aus dem Schlaf. Ein hoher, geisterhafter Ton ließ ihn kerzengerade im Bett aufschrecken. Eine Melodie wie aus Eis, schrill, auf- und abschwellend. Eine Tonfolge, die ihn aus einem verstörenden Traum, in dem eine stumme, junge Frau kopfüber am Kirchturm hing, in die kalte Wirklichkeit begleitete. Um ihn herum war alles pechschwarz. Hilflos tastete er um sich und begriff erst nach und nach, wo er sich befand. Er suchte sein Handy, um Licht zu machen, und griff dorthin, wo er die Nachtkommode vermutete. Etwas polterte und fiel zu Boden. Zweifellos sein Telefon, dessen Glasoberfläche ohnehin schon völlig zersplittert war.

Fluchend stieg er aus dem Bett und wagte sich langsam durch die Dunkelheit in die Richtung vor, in der er die Zimmertür vermutete. Schließlich fand er den Lichtschalter, und das funzelige Deckenlicht flammte zuckend auf. Die instabile Elektrik passte zu den unheimlichen Tönen.

Was war das?

Du bist mitten in einem Horrorfilm von Roman Polanski, und das ist die Hintergrundmusik. Irgendwo sitzen Leute, futtern Popcorn und sehen zu, wie der Vampir sich von hinten anschleicht.

»Julius, verdammt, das ist nicht lustig. Wer macht denn um …« Er hatte das Handy aufgehoben. Wie erwartet war nun kaum noch etwas darauf zu erkennen. »Wer macht denn bitte schön um vier Uhr nachts Musik? *Solche* Musik?«

Schätze, da fiedelt der grüne Bogenschütze. Du wirst wohl oder übel nachsehen müssen, um es herauszufinden. Allein. Barfuß. Im Schlafanzug.

Herbie hasste es, wenn sein Begleiter recht hatte. Vorsichtig öffnete er die Tür. Die Töne waren auf dem Gang lauter zu hören als in seinem Zimmer. Aus welcher Richtung kamen sie?

Von links.

Sie kamen von rechts, vom Treppenhaus her. Barfuß tapste Herbie vorwärts. Warum gab es hier keine Lichtschalter neben den Türen oder irgendeine automatische Beleuchtung, die von einem Bewegungsmelder ausgelöst wurde.

»Wenigstens irgendwelche Fluchtweglämpchen«, knurrte Herbie. »Das ist doch Vorschrift, verflixt noch mal. Ritterburg hin oder her.«

Er stieß sich die Zehen an einer vorstehenden Steinplatte, taumelte fluchend voran und wäre beinahe die Treppe hinuntergefallen.

Die sphärischen Klänge schwebten von unten zu ihm herauf. Hätten sie eine Gestalt, wären sie wie Nebelschwaden oder wie diffus schwingende Ströme aus milchigem Licht.

Na los, geh runter!

»Ich will aber eigentlich gar nicht.« Herbie hielt sich am geschnitzten Knauf des hölzernen Treppengeländers fest und rieb sich den schmerzenden Fuß. »Ich kenne diese Melodie irgendwoher!«

Na, mach schon, guck nach. Du bist doch so verdammt neugierig.

»Bin ich nicht«, zischte Herbie, obwohl er wusste, dass Julius schon wieder recht hatte. Und weil das so war, bewegte er sich humpelnd die steinernen Stufen hinab. Die Musik wurde lauter und lauter. Aber sie war gar nicht schrill, nicht verzerrt oder verstörend. Sie war gespenstisch. Was es kein bisschen besser machte.

Und dann stand auf dem Treppenabsatz plötzlich eine Gestalt vor ihm, und Herbie stieß einen Schrei aus.

Frau Kratz hielt einen Kerzenleuchter in der Hand, dessen Flamme im allgegenwärtigen, kalten Lufthauch flackerte. Der Schein leuchtete von unten zu ihrem Gesicht hinauf und verlieh ihr etwas Monströses. »Herr Feldmann«, stöhnte sie. Ihre Stimme klang eigenartig. Sie streckte den Arm nach ihm aus. Ein zitternder Zeigefinger reckte sich ihm entgegen, beschwörend, anklagend.

Herbie wurde von einem namenlosen Grauen gepackt und wich langsam zurück, bis sein linker Fuß ins Leere trat, weil er das Ende des Treppenabsatzes erreicht hatte.

Was ist denn nur mit ihr? Hat sie ein Messer? Ist sie überhaupt lebendig? Julius machte ein leise heulendes Geräusch, das sich unter die Gespenstermelodie mischte. Ah, ich weiß, s*ie will dein Blut!*

»Herr Feldmann!« Ihre Stimme klang kehlig und seltsam undeutlich. »Da vorne ... Lichtschalter.«

Herbie verstand es erst im zweiten Anlauf.

»Licht! Anmachen!«

Er folgte der Weisung ihres Fingers und fand den Schalter. Im Nu war das Treppenhaus hell erleuchtet.

Frau Kratz schwankte hin und her. Sie wirkte schlaftrunken, und als sie versuchte, einen Schritt nach vorne zu machen, stolperte sie und fiel Herbie in die Arme, der so gerade noch den Kerzenleuchter auffangen konnte. Zu seiner Überraschung begann sie zu kichern.

»Ist alles in Ordnung mit Ihnen, Frau Kratz?«

»Der Thermomucks …max …mag … Hicks … issein dollesgeräd!«

Herbie nahm einen intensiven Alkoholgeruch wahr.

»Dakamman ganzpriiiima Eierlikör mitmachn!«

Julius brach in Lachen aus. *Dein kleines Freundschaftsgeschenk war anscheinend ein durchschlagender Erfolg, mein Lieber!*

»Ich hör Musiiik. Huhuhu! Wunnerschöne, leichte Musiiik!« Sie wand sich wie im Tanz hin und her, und Herbie hatte seine liebe Mühe, sie am Umkippen zu hindern. »Hörnsiesieeinschauch?«

Dann erscholl plötzlich in der Ferne ein Schrei. Es war ein langgezogener, gepeinigter Klagelaut, der aus dem angrenzenden Flur kam.

Herbie zwang Frau Kratz, sich auf die Treppenstufe zu setzen, und lief in die Richtung, aus der das Rufen zu hören war. Der Flur war Gott sei Dank hell erleuchtet, und den Schmerz in seinem Fuß ignorierte er, so gut es ging.

Er entdeckte den Grafen, der sich, bekleidet mit einem weinroten Morgenmantel, hektisch am Schloss einer Zimmertür zu schaffen machte. Seine fahrigen Bewegungen begleitete er mit einem unablässigen, halblauten Jammern. Als Herbie ihn schließlich erreicht hatte, erkannte er, dass der Graf verzweifelt versuchte, die Tür aufzuschließen. Seine Hände zitterten so sehr, dass es ihm nicht gelang, den Schlüssel ins Schloss zu stecken.

Es bestand kein Zweifel daran: Die gespenstische Musik kam aus diesem Raum. Es war das Zimmer seiner verstorbenen Frau, das Zimmer von Flore!

»Was ist das bloß für Musik?«, kreischte der Graf. »Was geschieht hier nur? Das Instrument! Es ist die Glasharmonika!«

Herbie entriss ihm den Schlüssel und schloss hastig die Tür auf.

Und im selben Moment, in dem er sie aufstieß und das Licht einschaltete, erstarben augenblicklich die Töne, und knisternde Stille breitete sich aus.

Sie verharrten einen Moment lang wie versteinert inmitten des Raumes und starrten auf das Musikinstrument, das immer noch verhüllt an seinem Platz stand.

Dann stürzte der Graf nach vorne, fiel auf die Knie und ließ die zitternden Hände über das Tuch wandern, ohne es zu berühren. »Die Falten«, flüsterte er. »Sind sie verändert? Sind es mehr geworden? Ist das Tuch ein wenig zur Seite gerutscht?«

»Ich sehe keine Veränderung«, sagte Herbie.

Der Graf drehte sich zu ihm um, und in seinen Augen flackerte das Licht der Erkenntnis auf. »Etwas ist anders!«, hauchte er. »Ich bin nicht allein. Sie haben es auch gehört! Sie auch!«

»Haben Sie das schon öfter gehört?«

»Es ist das dritte Mal seit dem Sommer. Immer wenn ich hereinkomme, hört es schlagartig auf. Nur ich höre es … bis jetzt.«

Seine Augen glänzten feucht, als er sich umständlich wieder aufrichtete. »Ich vermisse sie so sehr.«

Herbie wusste nicht, wie er ihn trösten konnte.

»Anne Lamott hat einen schönen Vergleich gefunden: ›Wie ein gebrochenes Bein, das nie ganz heilt und immer schmerzt, wenn das Wetter umschlägt. Aber man kann lernen, mit dem Hinken zu tanzen.‹ Es wird noch eine Ewigkeit dauern, bis ich wieder tanzen können werde.« Er wischte sich eine Träne aus dem Gesicht.

Auf diese komische Gruselmusik kann man sowieso nicht tanzen.

In diesem Moment ertönte ein Stöhnen, und sie fuhren herum. Frau Kratz lehnte schwankend im Türrahmen. Sie atmete schwer.

»Ist außer uns Dreien noch jemand im Haus?«, fragte Herbie und zupfte nachdenklich an dem Tuch, das die Glasharmonika bedeckte.

»Nurwir... Nurwirdrei... Sie... Sie... ich... unnereierlikör. «

»Frau Kratz!« Der Graf ging mit zaghaften Schritten auf seine Wirtschafterin zu. »Ist Ihnen nicht gut? Sind Sie krank?«

Julius machte mit Faust und Daumen eine eindeutige Gluck-Gluck-Gebärde.

Herbie gab die Geste unverändert an den Grafen weiter.

»Alkohol?«

Sie experimentiert nachts gerne ein bisschen mit Eiern, Kondensmilch und Doppelkorn herum.

»Ich werde Sie in Ihre Wohnung bringen.« Der Graf fasste sie beim Ellenbogen, und sie legte ihm in einer vertraulichen Geste, die sie sich im nüchternen Zustand niemals erlaubt hätte, den Arm um den Hals.

»Es issalles sotraurig«, klagte sie mit weinerlicher Stimme. Das sonst so streng gescheitelte Haar stand ihr wirr und borstig vom Kopf ab. »Ichwillnich! Willnichweg vonnerburg. Ichwillhier eiwfachnich weg, hörnsie?«

»Ja, ja, Frau Kratz, da wollen wir uns bei anderer Gelegenheit in Ruhe drüber unterhalten.« Mit sanfter Gewalt schob er sie in den Flur. Die Situation war ihm erkennbar peinlich.

Sie brach in Schluchzen aus, und der Graf schickte Herbie noch einmal einen verzweifelten Blick über die Schulter zu, während er sie vorsichtig den Flur entlangführte.

»Ichwillnichhierweg, hörnsie? Hörnsie? He!« Mit ihrer freien Faust schlug sie schwach gegen seine Brust.

Julius hob mahnend den Zeigefinger. *Alkohol konserviert alles, ausgenommen Würde und Geheimnisse. Von Robert Lembke, glaube ich.*

Aber Herbies Gedanken waren längst wieder zu dem Geheimnis der nächtlichen Musik zurückgekehrt. Er durchmaß das Zimmer mit großen Schritten und ließ den Blick über die Bilder, die Musikinstrumente und das Regal gleiten, er verfolgte den Verlauf der Stromkabel und schaute unter die Sitzmöbel. »Wäre doch gelacht, wenn ich nicht herausbekomme, was hier für ein mieses Spiel gespielt wird.«

Selten hat einer der großen Detektive bei seinen Ermittlungen so absurd ausgesehen wie du in deinem Frotteeschlafanzug.

Herbie summte während seiner Suche unentwegt die Melodie vor sich hin. Sie kam ihm irgendwie bekannt vor.

Jedenfalls glaube ich kaum, dass sie dazu geeignet ist, dich jetzt wieder sanft in den Schlaf zu wiegen.

»Gut, das verschieben wir mal besser auf morgen«, entschied Herbie. »Wenn der Graf zurückkommt, werden wir das Zimmer sorgfältig abschließen, sodass hier niemand etwas verändern kann. Morgen, wenn es hell ist, werden wir weitersehen!«

Julius legte voller Entzücken den Kopf schief und zwinkerte ihm zu. *Ich mag es, wenn du »wir« sagst.*

14. Kapitel

Als er wach wurde, war es bereits heller Tag. Julius stand am Fenster und klatschte motivierend in die Hände. Sein Kopf wurde von einem wahren Strahlenkranz umtanzt. *Hopphopp, aus den Federn, Bursche! Das Tagwerk ruft mit Macht, aber bei dir trifft es mal wieder auf taube Ohren!*

Draußen schien tatsächlich die Sonne. Ein erfreulicher Tagesanbruch nach mehreren Wochen schlechten Wetters. Herbie sah auf seine Uhr und erschrak. Es war bereits viertel nach zehn!

In aller Eile sprang er aus dem Bett und stolperte aus der Zimmertür, um nebenan die Dusche aufzusuchen. Da wäre er beinahe mit einem wandelnden Wäscheberg zusammengestoßen.

Tante Moll strahlte ihn an. Sie hielt mit beiden Armen einen Wust von Kleidungsstücken umklammert. »Ah, guten Morgen, Junge«, rief sie gutgelaunt und ließ ihre Fracht auf den Boden sinken. Ihre Wangen waren leuchtend rot, und sie pustete sich eine Strähne aus der Stirn. »Beim Grafen hast du andere Arbeitszeiten als bei uns, was?«

»Die Nacht war schrecklich«, knurrte Herbie als Entschuldigung.

»Aha, hat dich etwa ein Gespenst besucht?«

»So ähnlich.« Er blickte an sich herunter und fand, dass er mit dem Schlafanzug keinen allzu respektablen Auftritt hinlegte.

Bitte sie doch, dir einen von den Fummeln zu borgen. Mit Schnürcorsage und Trompetenärmeln würdest du ein schnuckeliges Burgfräulein abgeben.

»Ich bin so gut wie einsatzbereit. Nur noch fix duschen.«

»Schau mal hier!« Sie hielt sich ein wallendes Kleid aus blauem Brokatstoff vor den rundlichen Leib. »Würde ich wohl als Adlige durchgehen?«

Er lächelte schwach. »Ganz bestimmt.«

»Damit könnte ich in Bayreuth auftreten, da würde ich Arien schmettern, dass allen Sehen und Hören vergeht! Ich singe so gern, weißt du. Oder schau mal, das hier!« Sie zog ein weiteres Kleid hervor. Malvenfarbene Seide mit üppigen Goldverzierungen. »Ich als Brünnhilde! Hat doch fast was von einem Brustharnisch. *Flie-hiegt heim, ihr Raaaaben!*« Ihre Stimme hatte sich zu einer Art Sopran gesteigert. Sie brach ab und kicherte. »Hab ich von meiner Mutter geerbt. Die konnte nämlich auch so schön singen wie eine Nachtigall.«

»Sind die Sachen alle echt? Ich meine, wirklich historisch?«

Sie winkte ab. »Da ist auch eine Menge Karnevalsklimbim dabei, aber auch ein paar wunderbare echte Stücke.

Sogar ein paar kostbare Pelze ... nun ja, zumindest das, was die Motten davon übriggelassen haben. Ich habe euch Jungs ja die ganze Zeit beneidet, weil ihr hier alles durchsuchen dürft. Onkel Moll sagte immer, ihr kämet schon ohne mich klar, aber bei den Klamotten darf ich jetzt endlich auch mal ran! Er liebt ja eher die alten Papiere und die Bücher, für mich sind die Textilien immer das Schönste! Na gut, dann mal weiter!« Sie strotzte regelrecht vor Energie. Schnaufend bückte sie sich nach dem gewaltigen Bündel. Stoff raschelte und Kleiderbügel klapperten, als sie davonstapfte. »Sehen wir dich noch, oder bist du weiterhin im Spezialeinsatz?«, rief sie ihm noch über die Schulter zu.

»Ich schaue später mal rein!«

Sie entfernte sich trällernd, und Herbie machte sich auf die Suche nach der Dusche.

Nach einer Körperpflege der etwas rustikaleren Art wagte er sich in die Küche. Der Hunger, der ihn antrieb, war stärker als die Furcht davor, Frau Kratz zu begegnen.

Von ihr war allerdings weit und breit nichts zu sehen. Dafür thronte die neue Küchenmaschine inmitten eines Stilllebens aus Flaschen und Eierschalen auf der Arbeitsplatte.

Herbie stibitzte zwei Scheiben Brot aus dem Schrank und stahl sich davon.

Sein morgendliches Ziel waren die Fischteiche im Tal. Der Graf hatte ihn für den Morgen bei seinem Wildhüter Hannes Scholzen angekündigt. Das passte ihm gut, denn die Übergabe der Küchengeräte an Drickes durfte erst nach Einbruch der Dämmerung stattfinden.

Dreckige Deals im Dunklen. Du entwickelst dich mehr und mehr zur zwielichtigen Type.

»Ich würde das ja auch lieber sofort hinter mich bringen, aber ich will auf keinen Fall am helllichten Tag mit einem Range Rover randvoll mit geklautem Thermomurks gesehen werden.«

Das Handy vibrierte, und Herbie erkannte die Nummer seines Kumpels Köbes. Mit einem entschiedenen Kopfschütteln drückte er das Gespräch weg. Er hustete ein paar Krümel aus und sagte: »Der kann mich mal. Dem habe ich doch den ganzen Schlamassel zu verdanken.«

Er hätte dich sowieso nicht verstanden, solange du ein halbes Pfund furztrockenes Roggenweizenmisch im Mund hast.

Entschlossen ging Herbie den Weg von der Eingangspforte zum Burghof hinunter, voller Neugier, was ihn in der alten Mühle im Tal erwarten würde. Um das schöne Wetter auszunutzen, beschloss er, den kurzen Weg zu den Fischteichen zu Fuß zurückzulegen. Am Nachmittag würde er dann Flores Arbeitszimmer genauer unter die Lupe nehmen. Er hatte also eine Menge Arbeit vor sich.

Mithilfe der Fernbedienung öffnete er das Tor und schloss es auch gleich wieder hinter sich. Das gab ihm das Gefühl, ein winziges bisschen Macht zu haben. Während er den Weg hinunterging, fühlte er, wie seine Lebensgeister langsam zurückkehrten.

Bis zu dem alten Gehöft brauchte er gerade einmal zehn Minuten, obwohl er gemächlich gegangen war. Der Schatten des Berghangs lag zu dieser Zeit noch über dem Hauptgebäude, einem alten Fachwerkhaus mit massivem Bruchsteinsockel. Er überquerte eine alte Holzbrücke und ging zwischen zwei steinernen Torpfosten hindurch, an deren rostigen Angeln kein Tor mehr hing. Auf dem dahinter liegenden Hof blickte er sich suchend um und entdeckte einen Land Rover, ähnlich dem des Grafen. Die Heckklappe stand offen.

»Hallo?«, rief er. Die Sonnenstrahlen, die sich jetzt allmählich über die Baumwipfel kämpften, ließen ihn blinzeln. »Jemand da?«

Als er keine Antwort bekam, schlenderte er auf ein halb offenstehendes Gatter zu. Dahinter entdeckte er die Fischteiche. Er zählte drei Stück. Anscheinend wurden sie von einem künstlich angelegten Seitenarm des Prethbachs gespeist. »Hallo?«, rief er noch einmal.

Lautes Rauschen beherrschte die Szenerie. Der Überlauf der höher gelegenen Becken plätscherte in das große, grünlich schimmernde Karree, das vor ihm lag. Herbie erkannte ein paar undeutliche Bewegungen unter Wasser.

An der Rückwand des Gebäudes waren undeutlich die Überreste eines großen Mühlrads zu erkennen. Die hölzernen Teile, von denen die meisten zerbrochen waren, zierte eine leuchtend grüne Moosdecke.

»Hallo! Jemand zu Hause?«

Mit einem Mal erfüllte dröhnendes Gebell die Luft, und mit wildem Galopp schoss ein zähnefletschender Hund auf ihn zu und sprang schon im nächsten Moment mit den Vorderpfoten gegen seine Brust. Das Tier war von mittlerer Größe, hatte schwarzbraunes Fell und Schlappohren, es bellte ununterbrochen, biss aber nicht zu. Herbie ruderte hilflos mit den Armen, verlor das

Gleichgewicht und stürzte rücklings gegen den Lattenzaun, wobei er sich schmerzhaft den Hinterkopf stieß.

Der Hund thronte auf seinem Brustkorb und kläffte wie von Sinnen. Der Sabber wurde in zähen Fäden durch die Luft geschleudert.

Dass er nicht nur spielen, sondern auch ein kleines bisschen töten will, weißt du schon, oder?

»Hilfe, japste Herbie. »Ist denn hier keiner?«

Ein gellender Pfiff ertönte, und das Vieh ließ sofort von ihm ab und lief schwanzwedelnd in die Richtung zurück, aus der es gekommen war. Von einem Moment auf den nächsten war er der freundlichste Hund aller Zeiten.

»Los, Kumpel, rein hier!«, befahl der Mann, der gepfiffen hatte, und sein Hund sprang fröhlich in das Heck des Wagens. »Haben Sie sich wehgetan?« Er hatte breite Schultern, einen dichten, graumelierten Vollbart und steckte in olivgrüner Kleidung. Er grinste breit. Seine Zähne waren von makellosem Weiß.

»Kaum der Rede wert.« Herbie rappelte sich mühsam auf und rieb sich den Hinterkopf. An seinen Fingerspitzen erkannte er Blut.

»Das gibt 'ne Beule, schätze ich mal!« Der Mann lachte schallend. »Davon stirbt man nicht.«

Aber es könnte die allerletzten Reste von Verstand ausradieren.

Er klopfte Herbie den Staub von den Schultern. »Halb so wild, oder?«

»Hätte schlimmer kommen können.«

»Ich bin Hannes Scholzen. Sie sind sicher der Bursche, den mir Vico angekündigt hat?«

»Herbie Feldmann, genau.«

»Kommen Sie, ich tu Ihnen da was drauf«, sagte er, als Herbie immer wieder seinen Hinterkopf betastete.

»Was drauf?«

»Salbe. Oder wollen Sie doch lieber gleich den Gnadenschuss? Dann hole ich nämlich die Flinte.« Er lachte dröhnend und bedeutete Herbie mit einer einladenden Geste, ihm ins Haus zu folgen. »Und du bleibst, wo du bist, Kumpel!«, rief er seinem Hund zu, der gutgelaunt hechelnd im Land Rover saß.

Die Räume waren klein und verwinkelt. Beim Eintreten mussten sie über einen Berg lehmverkrusteter Schuhe und Stiefel steigen.

»Sie sind der Wildhüter des Grafen?«

»Wildhüter, Gärtner, Hausmeister ... Suchen Sie sich was aus. Früher gab es auf der Burg eine Menge Personal. Heute werde ich für jede lockere Schraube da hochgerufen. Und das Traurige ist, dass man immer nur noch versucht, zu retten, was zu retten ist. Die Elektrik ist eine Katastrophe, die sanitären Anlagen total veraltet.«

Die Wände der Mühle hatten einen rustikalen Rauputz und waren kniehoch voller Schmutzspuren, von den Holzdielen wurden bei jedem ihrer Schritte Haare aufgewirbelt.

»Nicht umgucken«, sagte Scholzen. »Ist ein Männerhaushalt. Meine Freundin wohnt in Koblenz, die kommt nur übers Wochenende, und die paar Stunden, die wir hier zusammen verbringen, will sie nicht mit Putzen verplempern. Ich hab sowieso keine Zeit dafür, und eine Putzfrau finde ich nicht. Aber was soll's, hier wird gelebt, und das darf man ruhig sehen. Kommen Sie, hier ins Wohnzimmer!«

Die Fensterscheiben waren schmutzig, die Vorhänge hingen schief, auf einem alten Ofen stand eine Blechkanne, aus deren Tülle blasse Dampfwölkchen aufstiegen. Ein Korb voller Äpfel, von denen einige schon ziemlich verschrumpelt aussahen, verströmte einen süßlichen Duft.

»Bin gleich bei Ihnen!«

Herbie fand es gemütlich hier.

Klar, es hat rustikalen Junggesellen-Chic. Das ist genau dein Geschmack. Julius rümpfte die Nase. Er machte ein paar Schritte hin und her, fand aber offenbar keinen Platz, an dem er sich niederlassen wollte. *Na, dann bleibe ich eben stehen.*

Scholzen tauchte wieder auf und kramte beim Hereinkommen in einem Schuhkarton herum. »Ah, hier. Die *Alles-wieder-heile-Salbe*. Alte Familienmixtur.« Er pfefferte den Karton auf den Tisch und schraubte eine runde Plastikdose auf. Der Inhalt hatte dieselbe grünliche Farbe wie Scholzens Klamotten.

Julius guckte zunehmend angeekelt. *Wahrscheinlich pürierte Sumpfkröte mit Dachsrotz und Waschbärtalg. Du wirst ihm doch nicht erlauben, dich damit einzukleistern!*

Herbie kam gar nicht dazu, sich zu wehren. Scholzen fuhr mit der flachen Hand in die Dose und schmierte ihm im nächsten Moment eine Portion der Salbe auf den Hinterkopf. Es brannte wie Feuer.

»Brennt bisschen, ist aber völlig ungefährlich. Sie wissen ja, alles in der Natur ist Gift.«

Julius kicherte. *Es kommt nur auf die Doris an.*

Scholzen ließ sich auf einen Sessel fallen, sodass der Staub munter im Sonnenlicht herumwirbelte. »Also, was kann ich für dich tun. Du ist okay, oder? Ich bin der Hannes.«

»Klar. Herbie.«

Scholzen klatschte sich auf die Oberschenkel. »Erzähl. Ich bin ein bisschen knapp mit der Zeit.«

»Vor einem Jahr, da …«

»Oh ja, ja, ja.« Das Grinsen erstarb und die dichten, schwarzen Augenbrauen senkten sich. »Vico sagte mir schon, dass du mich danach fragen würdest.« Er griff nach einer Flasche und nahm ein Glas vom Tisch. Apfelsaft? Selbstgepresst.«

»Klar, gerne.« Außer zwei Scheiben Brot hatte Herbie nichts im Magen.

Scholzen nahm ein milchig schimmerndes Glas vom Tisch, wischte grob mit einem zerfledderten Lappen durch und goss ein.

Herbie nahm es entgegen und trank.

Heidewitzka! Julius warf die Hände in die Luft. *Die Herpesviren feiern Kirmes!*

»Der Abend von Flores Tod. Kaum zu glauben, dass das schon ein Jahr her sein soll. Weißt du, wir haben uns auf der Burg versammelt. An dem Abend passte mir das eigentlich überhaupt nicht. Der November ist nämlich der Jagd-Monat schlechthin. Fast jeden Abend bin ich auf der Pirsch. Aber Vico wollte, dass ich mit dabei bin, weil ich doch mehr oder weniger für das ganze Gelände hier verantwortlich bin. Der ganze Zinnober, den Vicos komische Cousine geplant hat, der würde uns hier gerade noch fehlen.« Er lachte verächtlich. »Die mit ihrem komischen Busfahrerheini, die hatte schon die Dollarzeichen in den Augen. Wochenlang ist die immer wieder hier aufgetaucht und hat fotografiert und geplant. Wo kommt der Parkplatz hin, wo die Dixie-Klos und so weiter. Ich soll doch froh sein, da würde ich Forellen verkaufen wie blöde, hat der Tünnes mit der Clownbrille gesagt. Ich habe gesagt, das will ich gar nicht. Ich will, dass hier das Wild in Ruhe gelassen wird, das will ich. Dem Vico habe ich gar nicht immer erzählt, dass die wieder mal hier rumlungerten. Den hat das immer aufgeregt. Der kann so hilflos sein. Er ist ein feiner Kerl, ein richtig, richtig feiner Kerl ... aber ein Weichei.«

»Sie ... Du hast die Leni Pützer mit zur Burg genommen?«

Scholzen lachte dröhnend. »Die hat denen den Kopf gewaschen, kann ich dir sagen! Tja, und dann haben wir alle auf Flore gewartet ...« Er verstummte. »Aber Flore kam nicht.« Scholzen schüttelte traurig den Kopf. »Sie kam nicht, genau. Flore kommt nie mehr wieder. Die war klasse. Oh Mann, war die klasse.«

Durch die offenen Türen kam kurz das Bellen. Es klang nicht aggressiv, mehr nach einer Erinnerung, dass er auch noch da war.

»Schnauze!«, rief Scholzen laut. »Ich komme gleich!« Er lächelte wieder. »Der freut sich auf heute Abend. Wie gesagt, November. Fast jeden Abend auf dem Ansitz. Morgen Nachmittag soll wieder Regen durchziehen. Danach ist das Rehwild immer besonders aktiv. Willst du mal mitkommen?«

Herbie lehnte dankend ab. »Ach nein, ich bin nicht so für die Jagd.«

»Aber kein Gegner, oder? Nicht so ein Bambiversteher?«

»Nein, das nicht. Es ist nur so, dass ich Angst vor Waffen habe. Man kann so viel Schaden damit anrichten.«

»Das stimmt allerdings. In den falschen Händen sind sie die Pest!« Er sprang auf und machte sich geräuschvoll hinterm Sofa zu schaffen. Als er sich wieder aufrichtete, hielt er plötzlich ein Gewehr in der Hand.

Herbie fuhr zusammen. Instinktiv krallte er seine Finger in die Sessellehnen.

Glückwunsch, die nächste Nahtoderfahrung. Irgendwann gewöhnst du dich daran.

Scholzen machte ein paar langsame Schritte auf ihn zu und strich nachdenklich mit der Hand über den metallenen Lauf. Ob er das tat, um Staub abzuwischen, oder ob es eher eine liebevolle Geste war, konnte man nicht sagen.

»Ja, ja, hat da nix verloren, weiß ich. Normalerweise ist es auch bei den anderen im Waffenschrank, aber ich habe heute Morgen angefangen, es zu reinigen, und dann musste ich raus, weil einer Forellen abholen kam.«

Herbie atmete erleichtert aus, als Scholzen den Gewehrkolben auf den Boden stellte und den Lauf ganz unverfänglich in der Linken hielt. Es fiel ihm nicht leicht, in den vorherigen Plauderton zurückzufallen. »Bronto kommt auch ab und zu her, sagt er?«

Scholzen schnaubte amüsiert. »Ja, der ist 'ne Marke. Steht immer da und guckt ins Wasser, wenn er die Forellen für Onkel Moll holt. Ein liebenswerter Tuppes. So was Leichtgläubiges. Ich hab ihm am Anfang immer erzählt, dass ich die Forellen hiermit erschieße! Hat der mir sogar geglaubt!« Er lachte laut auf.

Und Herbie lachte mit, obwohl er befürchtete, dass sie mit ihrem Geplänkel wertvolle Zeit vergeudeten.

»Tja, irgendwas muss man immer tun, um was auf den Teller zu kriegen. Forellen – Kiemenschnitt, Rehwild – Blattschuss.« Scholzen hob das Gewehr wieder auf, wog es in seinen Händen und betrachtete es nachdenklich. »Wichtig ist, dass man es mit Sinn und Verstand tut. So, wie man es beigebracht bekommen hat.«

Herbie erinnerte sich an etwas, das ihm die Heimatkundlerin am Vortag erzählt hatte. »Der alte Graf ...«

»Nikolaus?« Scholzen blickte auf. »Der hatte mit Waffen nichts am Hut. Der war eher für die schönen Sachen zu haben. Kunst und so.«

»Nein, ich meine seinen Sohn, Graf Victors Vater.«

Scholzens Blick verfinsterte sich wieder. »Enno? Hm, ja, der hatte schon eher Spaß am Schießen. Ein bisschen zu viel Spaß, wenn du mich fragst. Kein besonders netter Zeitgenosse.«

»Da soll sich so eine Geschichte mit drei Jungs ereignet haben, die ...«

Scholzen sah abrupt auf die Uhr. »Oh schade, jetzt muss ich los.«

»Klar, sicher.« Herbie stürzte den Apfelsaft hinunter und erhob sich. »Aber diese Geschichte mit dem Bergwerk, bei der einer der drei ...«

Ohne auch nur im Mindesten darauf zu reagieren, streckte ihm Scholzen die Hand entgegen, die Herbie verwirrt ergriff. »So, also dann! War nett mit dir. Vielleicht sehen wir uns mal wieder.« Scholzen ging nach nebenan, und Herbie hörte leises Gepolter und das Quietschen von Scharnieren. Dann kehrte er ohne die Waffe wieder zurück. »Und versprochen, morgen ist die Beule garantiert wieder weg«, sagte er voller Überzeugung, während sie hinausgingen. »Die Salbe hilft, da kannst du Tante Moll fragen, die ist auch immer für Eifel-Heilmethoden zu haben. Nur mit der Schulmedizin wäre die niemals wieder auf die Beine gekommen.«

»Mache ich bestimmt. Und vielen Dank für die Erstversorgung. Soll ich denn vielleicht wegen dieser Sache mit dem Bergwerk später mal ...«

Aber Scholzen ging auch weiterhin mit keiner Silbe darauf ein. Er zog die Tür hinter sich zu, ohne abzuschließen.

Der Hund begrüßte sie mit einem freudigen Winseln. Selbst Herbie war jetzt offenbar sein allerbester Freund, denn er reckte sich weit aus dem Heck des Land Rovers hervor und schleckte Herbies Hand ab.

»Siehst du, Kumpel kann auch anders.« Scholzen tätschelte dem Hund noch einmal den Kopf und schloss die Klappe. Er kletterte hinter das Lenkrad und ließ den Motor an. »Viele Grüße an Vico. Und wenn du vielleicht doch mal Lust hast, mit auf die Pirsch zu gehen, melde dich ruhig.« Dann rollte er über die hölzerne Brücke davon und war im nächsten Moment auch schon nicht mehr zu sehen.

15. Kapitel

Auch beim Mittagessen tauchte Frau Kratz nicht auf. Als die Firma Moll um halb eins mit kollektivem Appetit in die Küche strömte, fanden sie lediglich Besteck, einen Stapel Teller und einen großen Topf vor. Onkel Moll guckte hinein und meinte verdutzt: »Na ja, aufgewärmt schmecken saure Bohnen ja sogar noch besser.«

Bronto war während des Essens mies drauf, so wie ein Kind, dem man den Kinobesuch gestrichen hat.

»Och Mönsch, Herbie, ich wär so gerne mit zu den Fischteichen gekommen. Ich finde es so schön da. Die Fische sind ganz toll! Manchmal, wenn ich für die Tante Moll Forellen abhole und noch was warten muss, setze ich mich da auf eine Bank und gucke den Fischen zu. Die schmecken zwar nicht, aber die wuseln so rum, wie meine Gedanken.«

»Ja, das hat mir der Hannes erzählt.«

»Wenn die so wuseln, kann ich immer gut nachdenken. Nur vor dem Hund habe ich Angst.«

»Ach was, der ist doch harmlos. Solchen Tieren muss man zeigen, dass man keine Angst vor ihnen hat.«

Julius grunzte verächtlich.

»Läuft es gut zwischen dem Grafen und dir?«, fragte Onkel Moll.

»Allerdings, bestens.«

»Ich hoffe, nächste Woche bist du wieder bei uns.«

»Unbedingt.« Dass er noch keinen blassen Schimmer hatte, wohin ihn seine Nachforschungen führen würden, schob Herbie beiseite.

Frau Kratz blieb verschwunden. Sie glaubten lediglich, zwischendurch das entfernte Geräusch einer Toilettenspülung zu hören.

Nach dem Essen führte ihn sein Weg vor die Zimmertür des Grafen. Sachte klopfte Herbie an und lauschte. Es dauerte nicht lange, bis sich die Tür öffnete. Der Graf erschien ihm Türrahmen, und an ihm vorbei konnte er einen winzigen Blick in das Zimmer erhaschen. Es hatte etwas von einer Klosterzelle, mit dem Unterschied, dass die Wände über und über mit Fotografien bedeckt waren. Im Kloster wäre es der Heiland gewesen, der darauf abgebildet war. Hier waren es die Bilder einer jungen Frau. Flore blickte darauf nachdenklich, fröhlich, verärgert oder albern, sie aß, trank, las, schlief oder schnitt Grimassen in Farbe, Sepia und Schwarzweiß.

Herbie überreichte ihm den Umschlag von Leni Pützer und erntete darauf ein Stirnrunzeln.

»Alte Flurkarten?« Graf Vico seufzte. »Sie sucht ständig einen Vorwand, um Kontakt mit mir aufzunehmen. Traurig ist das, traurig.«

Dann zog der Graf die Tür hinter sich zu. Gemeinsam

gingen sie in das darunter liegende Stockwerk, und Vico von Fahrenfels schloss die Tür zu Flores Arbeitszimmer auf.

»Bitteschön«, sagte er und machte eine einladende Bewegung mit dem Arm. »Schauen Sie sich nur alles in Ruhe an. Vielleicht finden Sie ja, wonach ich schon seit Wochen und Monaten verzweifelt suche. Da ich bislang der Einzige war, der diese Musik gehört hat, habe ich begonnen, an meinem Verstand zu zweifeln. Aber jetzt, da Sie es auch erlebt haben, weiß ich, dass es eine natürliche Erklärung geben muss.«

Herbie nickte nachdrücklich. »Das sehe ich auch so. Wenn dieses Zimmer die Quelle der Musik ist, sollte sich etwas finden lassen. Ich nehme an, nur Sie haben einen Schlüssel zu diesem Raum?«

»Und Frau Kratz natürlich. Sie hat Schlüssel zu jedem Zimmer im Haus.«

Herbie inspizierte das Fenster. Es war verschlossen, und nichts deutete darauf hin, dass man es auf irgendeine Art von außen öffnen konnte. Keine Zugschnur, kein Bohrloch, nichts, was ihm untypisch für ein gewöhnliches Holzsprossenfenster erschien.

Der Graf beobachtete jede seiner Bewegungen. Herbie machte ein wichtiges Gesicht. Es herrschte Stille im Raum, nur ein leises Rauschen des Windes war zu hören.

Dann zerriss von einem Moment auf den nächsten lautes Getöse die Stille. Schwarze Flügel schlugen von draußen gegen die Scheiben, und ein schrilles Kreischen ertönte. Herbie taumelte zurück, und die Krähe, die wie wild mit den Flügeln flatterte, schien ihn mit den bläulich glänzenden Augen hämisch anzublicken, bevor sie wieder mit majestätischem Flügelschlag davonflog. Herbie wandte sich kurz um.

Der Graf stand wie versteinert da und hatte halb abwehrend die Hände gehoben. »Nimmermehr«, flüsterte er entgeistert. »Sprach der Rabe: nimmermehr.«

Auch Herbie brauchte einen Moment, um sich zu sammeln. Vorsichtig machte er einen Schritt nach vorn und schaute noch einmal hinaus. »Gut, an dem Fenster ist nichts Verdächtiges. Verschlossen und nicht von außen zugänglich. Viel zu hoch für eine Leiter.« Er sah hinunter auf den Burghof und das Tor, und auf der anderen Seite des Tales erkannte er jetzt auch einige Häuser, die zu Hollerath gehören mussten. »Tür und Fenster scheiden also schon mal als Zugang aus.« Er bemühte sich, das möglichst souverän klingen zu lassen.

Dem Grafen gefiel das offenbar. »Der verschlossene Raum – die Königsdisziplin im Kriminalfall, habe ich gehört.«

»Wie? Ach so, ja.«

»Sie wissen genau, was Sie tun«, sagte Victor von Fahrenfels anerkennend und setzte sich zu Herbies Überraschung nun mit erwartungsvoller Miene auf das Sofa. »Ich hoffe, es stört Sie nicht, wenn ich Ihnen ein wenig bei der Arbeit über die Schulter schaue.«

Und ob ihn das störte. Aber was konnte er dagegen sagen?

Er hält dich tatsächlich für einen zweiten Sherlock Holmes. Jetzt musst du ihm aber auch eine ordentliche Show liefern.

»Nur zu. Schauen Sie sich um! Ich bin gar nicht da.«

Oh fein, dann sind wir schon zwei!

Herbie seufzte ergeben, verschränkte die Finger ineinander und ließ die Gelenke knacken. »Also gut, dann mal ans Werk.« Wie ging er am besten vor? Welches System bot sich an? Aufteilung des Raums in Planquadrate? Einteilung nach Themengebieten?

Worum geht es denn? Julius blickte ihn intensiv an. *Um Musik! Wie wäre es denn beispielsweise mit den Musikinstrumenten?*

Herbie nickte. Glasharmonikamusik kam nun einmal vorzugsweise aus einer Glasharmonika. Also zog er vorsichtig das Tuch beiseite, das das große Gerät verdeckte, und betrachtete das außergewöhnliche Instrument. Versuchsweise strich er mit dem Finger über einen der Glasränder. Kein noch so leiser Ton erklang.

»Man spielt es natürlich mit feuchten Fingern«, sagte der Graf, erinnerte sich aber sofort daran, dass er hier nur als stummer Beobachter fungierte, und schwieg sofort wieder.

Julius hob mahnend die Augenbraue. *Du wirst doch wohl das teure Stück jetzt nicht mit angelutschten Griffeln befummeln!*

Natürlich tat Herbie das nicht. Er bückte sich, um die Unterkonstruktion zu erforschen. Das Pedal setzte auf seinen Fußtritt hin die Gläser in eine langsame Rotation.

Nirgends entdeckte er etwas, das durch eine Fernsteuerung oder etwas Ähnliches zu bedienen wäre.

Was ist mit den anderen Instrumenten?

Herbie zupfte ein wenig unmotiviert an den Saiten einer Gitarre herum und fand, dass es womöglich an der Zeit sei, ein leises *Aha* zu murmeln, damit seine Tätigkeit ein wenig professionell erschien.

»Aha!« Er zwinkerte dem Grafen zu und nickte mit dem Kopf und wiederholte noch einmal deutlich vernehmbar: »Aha!«

Dasselbe machte er bei der Blockflöte.

Zählst du die Löcher? Und wenn ja, warum?

Die Flöten waren alle gleich unauffällig. Bei näherer Betrachtung waren sie sogar ein bisschen verstaubt.

Herbie äußerte ein halblautes »Soso«.

Dann fiel sein Blick auf das E-Piano. Es war das einzige elektronische Musikinstrument im Raum. Das Steckerkabel war eingesteckt! Vielleicht gab es ja eine Möglichkeit, ein solches Gerät aus der Ferne zu bedienen.

Er drückte den Einschaltknopf, und Lämpchen leuchteten auf. Herbie schlug einen Ton an. Weiße Taste. Klang wie ein Piano, nicht wie eine Glasharmonika. Schwarze Taste. Das Gleiche.

Aber da waren ja noch weitere Knöpfe.

»Oho!«

Der Graf reckte den Hals.

»Was haben wir denn hier?« Herbie wählte einen der zur Auswahl stehenden Sounds. *Strings* – Der reichlich künstlich klingende Ton erinnerte entfernt an ein paar Geigen. *Harpsichord* – Ein Cembalo, jedenfalls halbwegs. Auch *Organ* und *Bass* klangen nicht wirklich wie Orgel und Kontrabass, vor allen Dingen aber überhaupt nicht nach einer Glasharmonika.

Da war noch etwas mit einem Steckerkabel. Im Regal stand eine kleine Musik-Kompaktanlage mit den entsprechenden Lautsprechern. CDs allerdings waren nirgends zu sehen. Er schaltete es ein, und aus den Boxen quasselte ein Radiosprecher.

Weitere offensichtliche Musikquellen gab es nicht. Er drehte sich ratlos einmal um die eigene Achse. Das brachte ihn alles nicht weiter.

Herbie beschloss, die Instrumente erst einmal Instrumente sein zu lassen, und begann sich erfolglos durch die Grünpflanzen zu fingern. Dann betrachtete er aus allernächster Nähe das grünliche Tapetenmuster und die abstrakten Malereien an den Wänden.

Hihi! Die drei Fragezeichen und das singende Gemälde!

Dann widmete er sich den Büchern im Regal. Bildbände. Den ein oder anderen nahm er heraus und inspizierte ihn mit zusammengekniffenen Augen aus verschiedenen Blickwinkeln.

Für Sherlock Holmes wäre das ein Drei-Pfeifen-Problem. Aber ich fürchte, in diesem Fall bist du wohl eher das Problem, du Pfeife.

Der Graf war zunehmend begeistert: »Ihnen fehlt nur noch ein edles Vergrößerungsglas!«

Und sein Yps-Fingerabdruckpulver.

»Hilft er Ihnen eigentlich bei solchen Dingen?«

Herbie wandte sich um und sah ihn fragend an. »Wer?«

»Na *er*!« Der Graf deutete mit Blicken ins Ungenaue. »Hilft er Ihnen, Herbie?«

»Nein!« Herbie drehte sich wieder um und fächerte einige Papiere auseinander. »Tut er überhaupt nicht.«

Es ist alles verloren, was man dem Undankbaren tut!

Bei dem Stapel, den Herbie begutachtete, handelte es sich hauptsächlich um Notenblätter und Zeichnungen. Ein großes Blatt faltete er umständlich auseinander. Es schien der Plan einer Gartenanlage zu sein. Er las Begriffe wie *Zen-Garten*, *Wasserfontäne* und *Bambuspfad*. Soweit er das erkennen konnte, stellte es den Burg-Garten dar, in dem Herbie den Grafen zwei Tage zuvor zum ersten Mal gesehen hatte.

»Flore wollte sich in diesem Sommer der intensiven Neugestaltung des Gartens widmen. Sie hatte tausend Ideen.«

Gedanken-Labyrinth und *Schilfwald der Stille*. Flore hatte offenbar eine genaue Vorstellung davon gehabt, wie sie das Gelände gestalten wollte. Martialische Schwertkämpfe und knusprige Wildschweine am Spieß hätten wohl kaum mit ihrer Planung harmoniert.

Dann fand er eine Klarsichthülle voller Schwarzweißfotos im DIN-A4-Format.

»Fotografien meines Großvaters. Das war sein Steckenpferd, nachdem er mit einer Beinverletzung aus dem Krieg zurückkam. Er war ein Autodidakt, und man kann sicher nicht behaupten, dass er ein großer Fotokünstler war, aber er hat seine Heimat erstaunlich stilsicher eingefangen. Das fand auch Flore, die war ganz vernarrt in seine Werke. Sie wollte die Fotos ganz schlicht rahmen lassen und in Viererberuppen in den Fluren aufhängen.«

Julius gähnte gelangweilt. *Oh Junge, man schläft ja ein, wenn man dir zusieht.*

Es waren thematisch sortierte Bilderserien. Eine Reihe beschäftigte sich mit arbeitenden Männern auf dem Feld, mit alten Landmaschinen und Gerätschaften aus einer anderen Zeit. Eine andere bildete Eifeler Bauernhöfe und Wassermühlen ab. Herbie glaubte, das Haus von Hannes Scholzen erkennen zu können.

Als er sich durch die Fotografien blätterte, kam ihm eine Frage in den Sinn, die ihm seit seinem vormittäglichen Besuch bei Scholzen auf den Nägeln brannte. Er zögerte einen Moment, bevor er den Grafen in dieser heiklen Angelegenheit befragte:

»Ich habe von einem Unglück im alten Bergwerksstollen gehört, das sich in den Sechzigern ereignet haben soll. Stimmt es, dass Ihr Vater etwas mit dieser Sache zu tun hatte?«

Na, du traust dich ja was. Sagen Sie mal, hat Ihr Vater Spaß daran gehabt, auf kleine Jungs zu ballern?

Graf Vico senkte den Blick. Dunkle Gedanken umwölkten von einem Moment auf den nächsten seinen Kopf.

»Oh ja, es stimmt, mein Vater hat damals etwas Schreckliches angerichtet. Er war ein Waffennarr, der in seiner Raserei drei harmlose Jungs in einen finsteren Stollen getrieben hat. Das ist unverzeihlich. Juristisch gab es da nichts, was man ihm nachweisen konnte, aber ehrlich gesagt, hat er auch eine moralische Verantwortung immer weit von sich gewiesen.«

»Ihr Verhältnis zu Ihrem Vater war anscheinend nicht besonders gut?«

»Ich war ein Enkel meines Großvaters, und das von ganzem Herzen. Mein Vater aber war mir immer fremd.« Er blickte mit leerem Blick zu Herbie auf. »Einer der Jungs ist dabei sogar gestorben.«

»Wissen Sie, wie er hieß?«

Sein Gegenüber zuckte mit den Schultern. »Es ist alles so lange her. Ich war erst elf oder zwölf damals. Sie sollten Scholzen fragen. Der müsste es wissen.«

»Ich habe den Eindruck, er meidet dieses Thema.«

»Das wundert mich nicht. Immerhin war er ja einer von diesen Jungs.«

Herbie riss die Augen auf, und Julius entfuhr ein Laut des Erstaunens. Sie blickten sich einen Moment lang überrascht an, was dem Grafen nicht entging.

»Ja, Hannes Scholzen war damals mit dabei. Ein Wunder eigentlich, dass er heute zu meinen loyalsten Freunden gehört, nicht wahr? Der zweite Junge war Matthias Jütten, wenn ich mich nicht irre. Er ist heute, glaube ich, Chefarzt in einem Klinikum in Potsdam. Aber der Dritte ...« Er schüttelte bedauernd den Kopf.

Herbie sah das Gesicht von Hannes Scholzen vor sich. Vom Wilderer war er zum Jagdhüter aufgestiegen. Und das bei der Familie, die ihm damals so übel mitgespielt hatte ...

Er legte die Fotos zurück auf den Stapel und setzte seine Suche fort. Eine große Zeichenmappe aus Karton enthielt zu seiner Überraschung einige bunte, mit Wachsstiften gemalte Kinderzeichnungen.

Jetzt huschte wieder ein sanftes Lächeln über Graf Vicos Gesicht. »Niedlich, nicht wahr? Sie sind von Flore. Aus ihrer eigenen Kinderzeit. Danach wollte sie die Wände in einem Kinderzimmer bemalen. Also wenn es dazu gekommen wäre, dass ...«

»Wollten Sie und Flore Kinder haben, Victor?«

»Zu solchen Planungen ist es nicht mehr gekommen.« Der Graf schluckte schwer. »Aber das hilft Ihnen ja nun alles nicht weiter, wenn es um das Geheimnis der nächtlichen Musik geht, oder?«

Herbie räusperte sich bedeutungsvoll und setzte wieder eine wichtige Miene auf. »*Alles* hilft mir weiter.«

In diesem Moment vibrierte erneut Herbies Handy. Er guckte auf das Display, dann zu Julius, dann zum Grafen und schließlich in der umgekehrten Reihenfolge wieder zurück. Ein Gedanke formte sich, als er den Namen seines Kumpels Köbes las.

»Filmmusik«, murmelte er. Mit einem Mal verfestigte sich in seinem Kopf die Erkenntnis, dass die Melodie, die ihm die ganze Zeit schon so bekannt vorkam, zu einem Filmsoundtrack gehörte!

Eilig nahm er das Gespräch an, und sein Kumpel am anderen Ende schien ehrlich erfreut, ihn zu hören.

»Mensch Herbie, endlich erreiche ich dich! Hör mal, du glaubst es nicht, aber die Thermomagics, die …«

»Später, Köbes, später! Im Moment habe ich hier ein kleines Problem zu lösen.«

Er hielt die Hand vor das Handy und sagte in Richtung des Grafen: »Jemand, den ich auf die Sache angesetzt habe.«

Der Graf hob anerkennend die Augenbrauen.

»Herbie? Hallo? Herbie?«

»Ja, ich bin da. Es geht um die Identifikation einer Melodie. Ich tippe auf Filmmusik.«

»Okay, schick mal rüber.«

»Nein, keine Aufnahme. Ich habe es nur gehört.«

»So was *shazamt* man doch.«

»Man macht was?«

»Vergiss es. Los, summ sie mir mal vor.«

Herbie räusperte sich zuerst ausgiebig, und dann wandte er sich ein wenig vom Grafen ab, um die Peinlichkeit der Situation nicht auf die Spitze zu treiben. Halblaut begann er die Melodie zu summen, so wie er sich ihrer erinnerte.

Julius steckte sich dabei mit gequältem Gesicht die Zeigefinger in die Ohren.

Am anderen Ende ertönte Gelächter. »Sag mal, willst du mich verarschen?«

»Wieso?«

»Harry Potter? Ich meine, geht's noch? Kennt doch wohl jeder.«

Aber natürlich, das Harry-Potter-Thema! Mystisch, geheimnisvoll, wie ein Windhauch aus Tönen, der durch die Räume schwingt ... Dass er da nicht selbst draufgekommen war! Herbie hätte sich fast gegen die Stirn geschlagen. Stattdessen fing er sich und nickte wissend. »Gut, genau das dachte ich mir schon.« Er zwinkerte dem Grafen wieder bestätigend zu. »Sag mal, Köbes, hast du das schon mal auf einer Glasharmonika gehört?«

Köbes brauchte nicht lange zu überlegen. »Gib das bei *YouTube* ein, und du kriegst ein paar Videos zur Auswahl. Aber hör mir jetzt mal zu, Herbie, die Thermomagics, die ...«

Während Köbes ausholte, blieb Herbies Blick plötzlich an der Kompaktanlage und den Lautsprechern hängen. Wieso waren das denn drei Stück?

»Herbie, hörst du mir überhaupt zu?«

Er trat näher an das Regal heran. Einer der Lautsprecher sah anders aus. Er war etwas kleiner und mit abgerundeten Ecken. Außerdem war er nicht mit der Anlage verbunden, wie er jetzt erkannte, sondern besaß ein Steckerkabel – das eingesteckt war. An der Vorderseite des schwarzen Würfels leuchtete ein winziges, grünes Lämpchen, das zeigte, dass er aktiv war.

Oha, das ist unbekanntes Terrain. Deine Musik kommt noch aus einem Kassettenrecorder, und dein Fernseher ist noch aus Bakelit.

Damit hatte Julius nicht ganz unrecht. Die Errungenschaften moderner Unterhaltungselektronik hatten stets einen großen Umweg um Herbie und seine Wohnung gemacht.

»Diese Boxen, Köbes, die, die nicht direkt verbunden sind mit dem Gerät ... also ohne Kabel, die ...«

»WLAN- oder Bluetooth-Boxen?«

»Genau! Womit kann man die wohl ansteuern?«

» Laptop oder ein gutes Handy ... alles Mögliche. Aber hör doch mal zu, die Thermomagics, die ...«

»Ja, ja, später, Köbes. Wir sprechen später!« Und rasch schickte er noch hinterher: »Auch über mein Auto!« Dann beendete er die Verbindung.

Mit großer Geste nahm er die kleine Box aus dem Regal und zog den Stecker aus der Dose. Triumphierend hielt er das Gerät in der Hand und erklärte mit fester Stimme: »Bitteschön. Ganz wie ich das vermutet habe: Die Musik hat eine ganz natürliche Quelle.« Er stellte es direkt vor den Grafen auf den Couchtisch.

»Per Bluetooth? Ich wusste gar nicht, dass Flore so etwas besaß. Bluetooth ... aber natürlich, das könnte es sein.«

Herbie nickte und genoss seinen Triumph.

»Und wer soll die Musik abgespielt haben? Und wieso endet sie jedes Mal auf der Stelle, wenn ich die Tür öffne?«

Julius seufzte gekünstelt. *Jetzt fängt er mit solchen unwichtigen Nebensächlichkeiten an …*

Herbie kratzte sich in einer ratlosen Geste am Kopf. »Hm, ja, das müsste ich natürlich auch noch herausfinden.«

»Das werden Sie! Ich bin mir sicher, dass Sie das herausfinden werden!« Der Graf wendete den schwarzen Würfel hin und her. Mit belegter Stimme fragte er: »Bedeutet diese Bluetooth-Sache am Ende, dass jemand hier aus diesem Gebäude für diesen üblen Scherz verantwortlich ist?«

Herbie nickte mit bitterer Miene. »Ich fürchte, darauf läuft es hinaus.«

Der Graf blickte von unten zu ihm herauf. Zu Herbies Überraschung zeigte sich ein Lächeln in seinen Mundwinkeln. »Es ist ein schrecklicher Gedanke, aber dennoch bin froh. Wir kommen der Wahrheit endlich einen Schritt näher. Machen Sie weiter, Herbie. Suchen Sie bitte weiter!«

16. Kapitel

Victor Albert Emanuel von Fahrenfels wirkte ausgesprochen zufrieden, als er wenig später in den Salon trat. »Bitte nicht stören lassen!«, sagte er vernehmlich. »Ich wollte Ihnen allen nur einmal ein Lob aussprechen. Ihre Arbeit ist vorzüglich, ich bin sehr zufrieden mit dem Fortschritt, den Sie hier machen.«

Alle starrten ihn überrascht an.

Mit einer sanften Geste nahm er Onkel Moll beiseite. »Erinnern Sie sich an die Lupe mit dem Hirschhorngriff, die meinem Großvater gehörte?«

»Aber natürlich. Ein besonders schönes Stück.«

»Denken Sie, Sie finden sie auf Anhieb?«

Onkel Moll verneinte lachend. »Die habe ich doch schon vorletzte Woche verkauft, erinnern Sie sich nicht?« Er bückte sich, um in einem Karton zu kramen. »Aber schauen Sie mal, das hier ist doch auch was Feines.« Er holte ein Vergrößerungsglas aus Messing hervor, dessen Griff mit edel aussehendem, dunkelgrünem Leder überzogen war.

Der Graf reichte es an Herbie weiter. »Bitteschön, für Sie!«

Herbie nahm das Geschenk mit einem schiefen Lächeln entgegen. Peinlich berührt sah er die anderen Anwesenden an, die immer noch in ihrer Arbeit innehielten. Der Graf klopfte ihm auf die Schulter und verließ den Raum.

»Was ist denn los mit ihm?«, fragte Onkel Moll. »So munter war er ja schon seit einer Ewigkeit nicht mehr! Man sieht ihn sonst kaum.«

»Ich habe keine Ahnung.« Herbie sah an sich herunter und suchte erfolglos nach einer Möglichkeit, sein Geschenk einzustecken.

»Und was soll das mit der Lupe?«, fragte Tante Moll. »Geht es um Verträge? Um Kleingedrucktes?«

»Erzähle ich euch noch alles«, versprach er. »Ich muss jetzt los.«

»Mir schenkt er nie was«, maulte Bronto und fuhr geräuschvoll damit fort, Kartons zu falten.

Herbie verabschiedete sich und ging seiner Wege. Julius trabte gutgelaunt neben ihm her.

Es hatte sich zugezogen, aber das Wetter war trocken, und als sie aus dem Eingangsportal traten, blickte Herbie zu den ausgelassen kreischenden Krähen am milchigen Himmel hinauf, die übermütig ihre Kreise um die Zinnen des Burgturms drehten. »Mistviecher«, knurrte er und steckte die Fäuste in die Jackentaschen. »Schreien rum und erschrecken die Leute.«

In der Remise schien der Range Rover schon auf ihn zu warten. Als er den Zündschlüssel drehte, sprang er mit einem fröhlichen Rasseln sofort an.

Sie fuhren den Berg hinunter und passierten die alte Mühle. Er sah das Heck von Scholzens Wagen hinter der Hausecke und fragte sich, wann der Jagdhüter wohl zur Pirsch aufbrechen würde. In spätestens zwei Stunden würde es dämmrig werden. Dann würde es Zeit für Dinge sein, die man besser nur im Dunkeln tat.

Sie fuhren nach Hillesheim. Dort wechselte Herbie nicht nur seine Kleidung, sondern gönnte sich auch eine Pause bei einer Tasse Kaffee. Die Unruhe der letzten Nacht steckte ihm immer noch in den Knochen.

Er ließ sich auf sein Sofa fallen und beschloss, die freie Zeit zu nutzen, um sich all das, was er bis jetzt in Erfahrung gebracht hatte, zu sortieren. In seinem Kopf erschienen Bilder von Musikinstrumenten, vom Jagdhund, dem Aussichtsturm und von umgestürzten Bäumen. Sie wuchsen heran und zerplatzten wie Seifenblasen, nur um gleich den nächsten Bildern Platz zu machen: Bluetooth-Box, Gartenbau-Plan, das Mercedes-Cabrio, grell leuchtende Autoscheinwerfer ... So sehr er sich auch bemühte, es gelang ihm einfach nicht, Ordnung in das gedankliche Chaos zu bringen. Das war ein ernüchterndes Gefühl.

Er betrachtete das Vergrößerungsglas vor sich auf dem Tisch und war beschämt, weil er sich so ein Geschenk doch noch gar nicht verdient hatte.

Der Graf – was für ein seltsamer, weltfremder Mann. Einer, der sich nach jahrzehntelanger Einsamkeit auf das verrückte Abenteuer einer Beziehung mit einer Frau einließ, die er kaum kannte, die weder vom Alter her zu ihm passte, noch von Adel war. Einer, dessen Abenteuerlust jäh endete, als ein grausamer Unfall ihn seines neu gewonnenen Glücks beraubte. Einer, der sich zurückzog und im Begriff war, buchstäblich alles aufzugeben.

Und jetzt ist er einer, der sich schon wieder auf ein Abenteuer einlässt, indem er ausgerechnet den größten greifbaren Einfaltspinsel darum bittet, den Tod seiner Geliebten zu erforschen.

Herbie sah seinen Begleiter mit großen Augen an. »Du willst mich eigentlich nur mal wieder ein bisschen piesacken, aber du lieferst mir die Antwort auf die Frage, die ich mir als Nächstes stellen wollte: Wieso gerade ich?«

Weil der Graf leichtgläubig und vertrauensselig ist.

»So ist es. Eine ganz einfache Erklärung. Und dieses Vertrauen werde ich nicht enttäuschen, Julius!« Er trank seinen Kaffee aus, ging zum Fenster und blickte auf den Graf-Mirbach-Platz hinaus. Die Konturen wurden langsam undeutlicher, die Schatten breiteten sich aus, und der Kranz am Zunftbaum schwang sanft im kühlen Herbsthauch hin und her. »Es wird Zeit, dass wir Drickes aufsuchen. Wenn er erst mal diese verdammten Küchendinger gekriegt hat, wird er vielleicht gesprächiger.«

Er holte den Wagen vom Parkdeck an der Volksbank und stellte ihn direkt vor der Tür ab. Seine alten Vermieter, die ihr Glück kaum fassen konnten, weil das Treppenhaus endlich wieder freigeräumt wurde, wollten ihm helfen, aber er lehnte ab.

Du willst sie nicht zu Komplizen machen, wie löblich.

Mit jedem einzelnen Gerät, das er im Schutze der aufziehenden Dämmerung aus dem Haus trug und im Range Rover verstaute, wurde es ihm leichter ums Herz. Bis auf drei Stück passten alle Kartons in das Heck des Geländewagens.

Und dann hatte er zu allem Überfluss plötzlich eine glänzende Idee, wie er auch noch den verbleibenden Rest ein wenig dezimieren konnte.

»Julius, wann habe ich zuletzt meiner geliebten Erbtante ein Geschenk gemacht?«

Du warst viereinhalb, und das war etwas Selbstgebasteltes aus Kastanien und Zahnstochern. Nein, halt, du warst vierunddreißig und pleite, und es waren Kastanien und Pfeifenreiniger.

»Dann wird es Zeit für eine gute Tat, die mich sicherlich in Tante Hetties Achtung sprunghaft ein paar Stufen nach oben katapultiert.«

Du meinst, du kommst endlich aus dem Keller der Kreisligatabelle raus?

»Garantiert! Bei so viel Großzügigkeit kann sie nicht anders.« Er holte den Wochenspiegel aus dem Altpapier und hüllte einen der Kartons in Zeitungspapier. Dass er dabei instinktiv die Seiten mit den Todesanzeigen gewählt hatte, fiel ihm im Eifer des Gefechts nicht auf. Dann adressierte er das stattliche Paket an seine Tante Hettie und lieferte es unterwegs bei der Hillesheimer Postfiliale ab.

Voller Tatkraft fuhr er weiter in Richtung Hollerath. Mittlerweile genoss er das überaus gute Gefühl beim Verschenken dieser materiellen Last, daher beschloss er, bei den letzten beiden Geräten besonders wählerisch zu sein. Nur ausnehmend liebe Menschen durften in den Erhalt dieser kostbaren Gabe kommen.

Bei der Fahrt über die dunkler und dunkler werdenden, sanft geschwungenen Höhen der Eifel pfiff er leise vor sich hin und bestaunte den Ausblick auf den Nebel, der sich in den Tälern bildete, und die sich auftürmenden Wolken, die das schlechte Wetter mit sich brachten, das für die nächsten Tage angekündigt war. »Bald wird es Winter werden, Julius«, sagte er. »Die Zeit für das gemütliche Zuhause. Ich bin froh, dass ich sie in meiner beschaulichen, kleinen Wohnung verbringen werde und nicht in einer zugigen Burg aus kaltem, grauem Stein.«

Wenn nicht wieder die Heizung ausfällt wie letztes Jahr, oder das Wasserrohr bricht wie vorletztes Jahr.

Als sie eine Dreiviertelstunde später in Hollerath ankamen, war es endlich finsterer Abend geworden.

»Wir werden gleich heimlich wie die Mäuschen alles bei Drickes abliefern, und keiner wird uns dabei beobachten. Vorsichtshalber habe ich noch zwei Flaschen Bier mitgenommen. Vielleicht lockert es seine Zunge ein bisschen, wenn wir auf den Deal anstoßen.«

Julius seufzte fatalistisch und guckte aus dem Seitenfenster. *Du bist nicht nur naiv, du bist dazu auch noch leichtgläubig und erstaunlich leicht zu übertölpeln.*

»Du wirst sehen, Julius, du wirst schon sehen!«

Doch als sie sich dem Dorfzentrum näherten, fuhr Herbie blitzartig der Schreck in die Glieder. Sein kluger Plan, möglichst ungesehen zu der Hütte von Drickes zu kommen, scheiterte völlig unerwartet an einer nicht einkalkulierten jahreszeitlichen Ausnahmesituation.

Zu den breit und bräsig rumpelnden Tönen zünftiger Eifeler Marschmusik wand sich ein riesiger, zuckender

Lichtschein aus unzähligen Quellen durch das Dorf. Von der Pfarrkirche St. Bernhard her kam der St.-Martins-Zug in aller Gemächlichkeit die Kirchstraße heraufgewalzt zu der Bundesstraße hin, wo bereits mehrere Feuerwehrleute mit einer Straßensperre dafür sorgten, dass die singenden Kinder mit ihren bunten Fackeln nicht mit dem Durchgangsverkehr kollidierten.

Hier geht ja nun erst mal gar nichts mehr, konstatierte Julius amüsiert.

»Verdammt! Die machen mir einen fetten Strich durch die Rechnung!« Wütend schlug Herbie auf das Lenkrad und löste dabei unbeabsichtigt die Hupe aus, was einige Passanten und Uniformierte dazu veranlasste, sich ruckartig zu ihm umzudrehen.

Ein paar Meter weiter geradeaus lag die Einmündung der Volpertstraße, die der Fackelzug als Nächstes ansteuern würde, um zum Martinsfeuer zu gelangen. Und genau dort musste auch er hin! Hinter ihm bildete sich bereits eine Schlange aus weiteren Fahrzeugen, und ein Wenden war unmöglich, denn von rechts kamen bereits die ersten Kinder über die Straße. Ein warmer Lichtschein breitete sich über der gesamten Kreuzung aus. Und mittendrin stand Herbie mit dem geliehenen Wagen des Grafen, randvoll mit Diebesgut, dessen asiatische Schriftzeichen man von draußen sicher deutlich erkennen konnte. Jede Menge Leute wuselten plötzlich um den Range Rover herum. Er war mitten im Getümmel!

Herbie stöhnte gequält auf und trat in einer beispiellosen Kurzschlussreaktion kräftig auf das Gaspedal. Der Wagen schoss mitten durch die Kette der Feuerwehrleute hindurch und rammte im Vorbeifahren eine Absperrbake. Menschen sprangen erschrocken zur Seite, Arme wurden wütend in die Luft gereckt, und laute Beschimpfungen waren zu hören.

Ähm, sicher habe ich mich vorhin verhört, als du sagtest, dass du mäuschenstill und in aller Heimlichkeit zu diesem Drickes fahren willst.

»Mann, was hätte ich denn machen sollen? Warten, bis alle Kinder, Väter, Mütter, alle Feuerwehrleute und auch der St. Martin und sogar sein braves Pferd sich in aller Ruhe die Nasen an den Scheiben plattgedrückt und geguckt haben, mit was für Zeug ich hier spazieren fahre?« Er riss das Steuer nach links und schoss in die Volpertstraße. Drickes würde schon ungeduldig auf ihn warten. Das war nicht gut.

Er rumpelte mit dem Geländewagen die Straße entlang, vorbei an gepflegten Neubauten und akkurat hergerichteten Vorgärten. In dem ein oder anderen Fenster leuchteten bunte Martinslaternen. Mäuse, Eulen, Mondgesichter ... alle schienen ihn auszulachen.

Die Besiedelung wurde dünner, zur Linken fiel das Gelände zum Wald hin ab, er erkannte einen Lagerplatz, dann ein paar Heuballen, und als der Asphalt schließlich endete und in zwei unbefestigte Fahrrinnen überging, schien er das Ende der Straße und die baufällige Hütte von Drickes erreicht zu haben, die ihm die Jungs am Vortag beschrieben hatten.

»Eigentlich der ideale Platz, um ungesehen das Zeug auszuladen. Hier beobachtet mich keiner.«

Wenn nicht der gesamte St. Martinszug in seiner Wut kurzerhand die Streckenführung geändert hat und dich verfolgt.

Eine schwach leuchtende Funzel am Eingang des kleinen Gebäudes beleuchtete den Plattenweg. Überall lag Gerümpel herum. In einem Schuppen erkannte er zwei Autowracks mit zersplitterten Heckscheiben und herabhängenden Stoßstangen.

Ich sehe es vor mir: Kleine, wütende Kinder mit brennenden Fackeln und die Feuerwehr mit den Brandäxten. Sie kommen, um dich zu holen, du Verkehrsrowdy!

Herbie versuchte, durch ein Fenster zu spähen. Dahinter war alles dunkel.

Und der Heilige Martin wird mit seinem Schwert heute mal statt des roten Mantels dich zerteilen.

»Verdammt, sei doch wenigstens mal für zwei Minuten still, Julius!«

Er ging zur Haustür, wo ein Zettel auf dem schmutzigen Milchglas klebte. Im Schein seiner Handytaschenlampe las er darauf: *Habe gewartet! Bin jetzt am Feuer!*

Mann, was für eine Sauklaue.

»Oh nein!« Herbie begrub das Gesicht in den Händen. Wenn es mal schieflief, dann aber auch richtig.

Der Kerl wird sicher noch schnell seine Altreifen loswerden wollen.

Herbie lief zurück zum Auto. Jenseits der Wohnhäuser sah er, wie sich die ersten Flammen an einem hölzernen Kegel emporzüngelten, der bislang nur von ein paar Scheinwerfern erhellt gewesen war.

Undeutlich hörte er die herannahende Musik. *Dä hellije Zinte Mäetes, dat woar 'ne joode Mann ...*

Bis zum Feuer waren es seiner Schätzung nach nur knapp fünfhundert Meter. Er würde den Wagen stehen lassen und zu Fuß hinüberlaufen. Er hoffte, Drickes war noch nicht so weit in seiner Feierlaune vorangeschritten, dass er die Übergabe auf einen anderen Zeitpunkt verschieben müsste.

Energisch schritt er aus und versuchte bei seinem Weg über die Wiese, den Pfützen und Kaninchenlöchern halbwegs auszuweichen.

Dä jof dä Kinder Kääzje un stooch se selleve aan ... erklang es in der Ferne aus vielen kleinen Kinderkehlen. Lauter bunte Lichtpunkte purzelten nun nach und nach auf den Platz. Die ersten Laternenträger erreichten das Martinsfeuer, und die Kapelle spielte mit Inbrunst.

Julius fand seinen Spaß daran, jedes Mal, wenn Herbie stolperte, vergnügt *Rabimmel, Rabammel, Rabumm!* zu rufen.

Als Herbie schließlich mit dreckverkrusteten Schuhen in den Lichtkreis trottete, waren die Flammen schon zu einer beachtlichen Höhe hinaufgeklettert und leckten überall an dem trockenen Holz.

Sankt Martin, Sankt Martin, Sankt Martin ritt durch Schnee und Wind ...

Er spürte die Hitze, die ihm entgegenbrandete, und blickte sich um. Ringsum sah er mehrere Feuerwehrmänner, die auf den Sicherheitsabstand zur Brandstelle achteten, und Eltern, die munter schwatzend ihre Kinderwagen vor sich her über den buckligen Platz schoben. Der heilige Martin schwenkte huldvoll sein Pappschwert, und immer mehr Menschen näherten sich von der Straße her.

St. Martin ritt mit leichtem Mut, sein Mantel deckt' ihn warm und gut ...

Drickes war nirgendwo zu sehen. Herbie ging auf eine Gruppe junger Männer zu, um sie anzusprechen, und er war schon auf die Frage vorbereitet, was er denn vom Drickes wolle, als er einen von ihnen erkannte.

»Phil?«, fragte er überrascht.

Der schlaksige Kerl rümpfte seine picklige Nase und blickte ihn mit einem geringschätzigen Ausdruck an. »Du bist doch einer von den Antikdödels aus Hellenthal. Was machst du denn hier?«

»Wollte ich dich auch gerade fragen.«

»Meine Kumpels wohnen hier«, sagte Phil und deutete mit seiner Hand, in der eine Bierflasche hielt, auf die anderen drei. »Und jetzt lass mich in Ruhe und verpiss dich. Reicht mir, dass ich euch Idioten dauernd auf der Burg ...« Er brach plötzlich mitten im Satz ab und weitete die Augen.

Herbie wandte sich um und folgte der Richtung seines Blickes.

Mit einem Mal machte sich überall auf dem Platz Unruhe breit. Alle fixierten einen bestimmten Punkt beim Feuer. Zwischen den Flammen schien sich etwas zu bewegen. Es war kein Holz, das zusammenbrach, kein Brett, das zur Seite kippte, und kein Ast, der sich unter der Hitze verformte. Die Schemen eines sich windenden menschlichen Körpers wurden erkennbar. Dann brach die Gestalt durch die Feuerwand und schwankte auf den freien Platz hinaus.

Schrille Schreie brandeten auf. Hektik breitete sich aus.

Herbie traute seinen Augen nicht. Die Größe, der Körperumfang ... War das eine Latzhose? Die rote Winterjacke von Drickes?

... hat Kleider nicht, hat Lumpen an ...

Seite an Seite mit ein paar anderen stürzte Herbie auf den um sich schlagenden Menschen zu, der gepeinigte Schreie ausstieß. Von irgendwoher kamen Decken, die man versuchte, dem taumelnden Menschen überzuwerfen. Ein Feuerlöscher wurde ausgelöst und pumpte zischend weißen Schaum in die Luft.

Die Gestalt stolperte weiter, mit schwerfälligen, taumelnden Schritten. Und direkt vor dem sich aufbäumenden Pferd brach sie schließlich zusammen.

Sankt Martin zieht die Zügel an, sein Ross, das steht beim armen Mann ...

Herbie warf sich auf die Knie. Jemand versuchte, ihn zurückzureißen, aber er schüttelte die Hände ab, robbte nach vorne und schlug mit hilflosen Bewegungen mit der Decke nach dem verrußten, schwärzlich stinkenden Bündel auf dem Boden, das sich zunehmend kraftloser hin und her wand. Das Gebrüll ringsum war ohrenbetäubend laut. Kommandos wurden gerufen, Befehle gebrüllt, Hufgetrampel und schrilles Wiehern mischten sich unter das frenetische Kreischen und Heulen der Menschen.

Julius behielt wie immer in solchen Momenten die Ruhe. *Spar dir die Mühe. Dem kannst du beim besten Willen nicht mehr helfen.*

Doch plötzlich öffneten sich inmitten dessen, was einmal ein Gesicht gewesen war, die beiden Augen, und das leuchtende Weiß bildete einen brutalen Kontrast zu der versengten Masse ringsherum. Der Blick begegnete dem von Herbie, und dann öffnete sich unter einer letzten Kraftanstrengung auch noch der Mund. Kehlige Laute quollen daraus hervor, unverständlich und nach und nach versterbend.

»Ho...« Ein röchelndes Husten schüttelte ihn. »Ho...«

»Was denn, Drickes, was denn?«, krächzte Herbie verzweifelt und versuchte sich mit einem Ohr dem zerschundenen Mund zu nähern. »Ho – was? Holz? Hollerath?«

»He, Sie! Weg da, Mann!«, kam eine dröhnende Stimme von hinten. »Hier kommt der Sanitäter! Machen Sie sofort Platz!«

»Ho...«

»Hostert!« In seiner Verzweiflung erinnerte sich Herbie an den Busunternehmer. »Meinst du Hostert?«

Zwei Hände packten ihn grob bei der Schulter.

Und dann sah er die verkohlten Finger, die auf das kaum noch erkennbare Logo auf der Brust zukrochen. *Was können wir für Sie tu'n?* Was wollte ihm Drickes mit dieser Geste zu verstehen geben? Er sah den Firmennamen! H ... O ... Was waren da noch für Buchstaben? Vier Stück? Fünf? Ein G? Ein E? Unmöglich, irgendetwas zu erkennen! Er wurde brutal hin und her gestoßen, man riss an seiner Kleidung.

Und dann hatten sie ihn schließlich mit aller Kraft gepackt und drängten ihn mit ein paar ruppigen Stößen endgültig zur Seite. Das Blaulicht eines Rettungswagens flackerte hilflos gegen das Martinsfeuer an, dem man mittlerweile mit mehreren Feuerlöschern zu Leibe rückte.

17. Kapitel

Nichts hätte sich Herbie nach diesem grauenvollen Erlebnis mehr gewünscht als eine Verschnaufpause. Sie hätte gerne zwei Wochen, drei Monate oder vier Jahre dauern können. Eine jüngere Frau, die er nicht kannte, hatte ihm irgendwann zur Stärkung einen Martinswecken und einen Becher heißen Kakao gereicht, das hatte ihn einigermaßen stabilisiert. Als die Polizei am Tatort anrückte, hatte er sich aus seiner Schockstarre gelöst und den Rückzug angetreten. Wenn es noch irgendeine Chance gab, die heiße Fracht aus dem Range Rover zu löschen, dann jetzt.

Seine Klamotten stanken nach Qualm, seine Finger taten ihm weh. An drei Stellen hatten sich Brandblasen gebildet. Er hatte den Weg zurück genommen, auf dem er gekommen war. Quer übers Feld, hin zur Hütte von Drickes. Viel Zeit durfte er nicht verlieren. Die Polizei würde diese Behausung mit Sicherheit in Kürze aufsuchen. Mit dem ganzen Lehm unter den Sohlen hatte er mittlerweile das Gefühl, Tiefseetaucherschuhe an den Füßen zu haben.

Er wählte eine Stelle zwischen den Schrottkarren als neuen Lagerplatz für die China-Ware. Während er die Kartons paarweise vom Auto dorthin trug, grübelte er unentwegt darüber nach, was dort am Martinsfeuer vorgefallen sein mochte. Natürlich konnte es sich um einen Unfall handeln. Vielleicht war Alkohol im Spiel gewesen. Womöglich hatte Drickes unterm Holz seinen Rausch ausgeschlafen. Andererseits hatte er erst kurz vor dem Anzünden des Feuers seine Hütte verlassen. Darauf deutete der Zettel hin, den er Herbie hinterlassen hatte.

Der Zettel, den du vorsichtshalber mal verschwinden lassen solltest, nebenbei bemerkt. Julius sah ihm die ganze Zeit beim Schleppen und Denken zu. *Du weißt, wie gerne ich dir helfen würde, wenn ich könnte.*

Herbie bezweifelte das schon seit jeher.

Dennoch hatte Julius recht. Er ging zur Tür, rupfte den Zettel ab und stopfte ihn in die Jackentasche. »Das war kein Unfall«, konstatierte er. »Der muss gut versteckt gewesen sein unter dem ganzen Brennmaterial, sonst hätten die den doch noch rechtzeitig vor dem Feuer entdeckt. Die machen das schließlich Jahr für Jahr.«

Vielleicht war es ja sogar einer von denen, die das Feuer angezündet haben, der ihm eins über die Rübe gegeben hat.

Herbie musste unwillkürlich an Phil denken. Er blickte kurz zu Julius hinüber, der an die Gartenpforte gelehnt in der Dunkelheit stand.

Der zornige, junge Mann? Möglich ist alles.

»Wir sind uns einig, dass da jemand nachgeholfen hat. Auf die ein oder andere Art und Weise.«

Einig? Wir? Na, ausnahmsweise.

»So, das sind die letzten drei!« Herbie konnte nicht verhehlen, dass sich trotz des Grauens der vergangenen Stunde so etwas wie ein zartes Glücksgefühl in seiner Brust breitmachte.

Er klemmte sich zwei Kartons unter die Arme und wollte damit schon auf die Hütte zugehen, als eine schneidend scharfe Stimme die Stille zerschnitt: »Halt!«

Er erstarrte sofort zur Salzsäule und drehte sich wie in Zeitlupe um. Eine kleine, gebückte Alte mit Pelzmütze und zentimeterdicker Hornbrille stand, auf einen Gehstock gestützt, neben dem Zaun. Ein hechelnder, kugelrunder Hund rollte an seiner Leine mehr um ihre Beine herum, als dass er lief.

Hach, es wäre ja auch zu schön gewesen.

»Sagen Sie mal, was fällt Ihnen denn ein?«

Herbie war zu erschöpft, um mit einer trickreichen Lüge zu reagieren. In seinem Kopf herrschte so eine Unordnung, dass ihm nichts einfiel, mit dem er sich hätte aus der Affäre ziehen können.

Im Hintergrund sah er den rot glimmenden Schein des erlöschenden Martinsfeuers und das zuckende Blaulicht mehrerer Rettungsfahrzeuge und Polizeiwagen. Wenn ihn die Alte jetzt hier festhielt, war er geliefert. Die Sache mit den Thermomagics würde restlos auf seine Kappe gehen. Womöglich würden sie ihm sogar das Ding mit dem toten Drickes anhängen ...

... und am Ende gehst du auch noch für das Kennedy-Attentat in den Knast.

Dann sagte die Alte gedehnt: »Ich bin ja kein Unmensch. Wenn Sie die Dinger wieder dahin zurücklegen, wo Sie sie hergeholt haben, habe ich nichts gesehen.«

Herbie stutzte. »Wohin?«

»Jetzt tun Sie mal nicht so, als wüssten Sie nicht, wovon ich rede! Wir haben Sie ganz genau beobachtet, die Sissy und ich!«, kam es scharf. »Zurück da hinten in den Schuppen mit den Sachen, aber zack, zack!«

In den Schuppen? Zurück? Nur zögernd begriff Herbie, was sie meinte. Gab es hier etwa irgendwo eine versteckte Kamera?

»Na los, zurück damit!«

Dann nickte er zustimmend, drehte sich langsam um und trug die beiden Kartons zum Schuppen und stellte sie zwischen den Autos zu den anderen, die er dort bereits deponiert hatte. Während er das tat, blickte er sich immer wieder prüfend um, um zu schauen, ob sie sich auch keinen Spaß mit ihm erlaubte.

»Gut gemacht«, lobte sie ihn, als er zurückkam. »So, und nun fahren Sie mal hübsch nach Hause, Fräulein. Mit solchen Leuten wie dem Drickes sollten Sie sich nicht abgeben. Und Sie sollten mal Ihr Nummernschild saubermachen. Man kann ja gar nichts mehr erkennen. Was ist das für ein Wagen? Eine Ente? So eine hatte ich auch mal. Ist aber schon ein paar Jahre her. Komisch, irgendwie riecht es hier überall so verbrannt, finden Sie nicht auch?« Sie ruckelte an der Leine. »Komm Sissy, wir gehen jetzt heim.« Dann schlingerte sie mit einem jovialen Winken davon, ihren fetten Hund hinter sich herziehend.

Herbie sprang ins Auto, bevor sie es sich anders überlegen konnte. Den letzten Karton würde er irgendwo in den Müll werfen.

Als er den Zündschlüssel aus der Jackentasche holte, fiel der Zettel heraus. Er hatte sich halb wieder aufgefaltet, und in diesem Moment erkannte Herbie erst, dass er von einem Notizblock stammte. Das quadratische Papierchen trug einen Werbeaufdruck: *Was können wir für Sie tu'n?* Mit seinen schmerzenden Fingern strich er den Zettel glatt. Das Logo über der schlampig hingeschmierten Botschaft bestand aus den vier Buchstaben *HOMA* und dem Zusatz *Kfz-Elektronik*.

Herbies sog scharf die Luft ein. Den letzten Hinweis, den Drickes ihm hatte geben können, hielt er hier in seinen zitternden Händen, an denen rote Brandblasen leuchteten.

»HOMA«, murmelte er. Er kannte keine Firma mit diesem Namen. Weder für Kfz-Elektronik noch sonst was.

Sein Blick fiel in den Seitenspiegel, und er schrak zusammen. Näherte sich das Blaulicht? Hastig startete er den Wagen und fuhr los. Er hatte keine Ahnung, wo ihn der weitere Verlauf des Weges hinführte, aber zurück ins Dorf konnte er auf keinen Fall. Rundherum war nur noch die Finsternis, die sich auf die Wiesen gesenkt hatte. Im Heck des Wagens spielten der letzte Thermomix und der leere Benzinkanister Fangen.

»HOMA«, murmelte Herbie. »HOMA, HOMA ... Das ist doch eine Abkürzung für irgendwas.«

Hose, marginal angesengt?

»Ein Name. Es ist sicher ein Name. Wie HARIBO, HAWESTA oder HANUTA.«

Du meinst, das sind alles Abkürzungen?

»Ja, von Familiennamen. Wusstest du das nicht?«

Alles Familiennamen? HANUTA?

»Das nicht. Das heißt Haselnusstafel.«

Ach.

Es ging im Zickzack über die Felder und dann hinab in den Wald.

Apropos Abkürzung: Probier es da vorne mal links.

Herbie fuhr also nach rechts und beschloss das von hier an bei jeder Abzweigung zu tun. Da gab es doch diese Pfadfinderweisheit, die besagte, dass man dann zwangsläufig irgendwann ...

... wieder am Martinsfeuer landet. Genau.

Aber sein Plan ging auf. Mit einem Mal teilten sich die Reihen der Baumstämme, und die asphaltierte Straße, die quer vor ihnen verlief, schien die erlösende Bundesstraße zu sein. Wenn er richtig lag, war das auf der anderen Straßenseite die Abzweigung nach Unterpreth. Herbie atmete erleichtert auf und hielt den Wagen an. Während er sein Handy herausholte und eine Nummer wählte, ließ er den Motor im Leerlauf vor sich hindieseln.

»Hej, Herbie, alte Kanaille!«, rief Köbes am anderen Ende aufgekratzt. »Super, dass du endlich anrufst!«

»HOMA!«, bellte Herbie ins Telefon. »Kfz-Elektronik.«

»Ist pleite«, kam es prompt von seinem Kumpel, dem Autoschrauber. »Gehörte dem Horst Manteuffel aus Keldenich. Hat aber dichtgemacht vor zwei Jahren. Und ich hätte eigentlich noch drei Päckchen OSRAM-H4-Birnen zu kriegen gehabt.«

Ist OSRAM auch eine Abkürzung?

»Was ist denn mit denen?«, fragte Köbes.

»Hat da mal einer mit Namen Drickes gearbeitet?«

»Ja, ist aber schon ein paar Jahre her. Was willst du denn von dem?«

»Kennst du den?«

»Au ja, das ist eine Arschgeige, um den machst du besser einen Bogen.«

»Wo war denn diese Firma?«

»In Kall, direkt gegenüber vom Recyclinghof. Da ist aber heute nix mehr. Die Halle steht leer, alles dicht. Kannst du kaufen.«

»Super, Köbes, danke. Das hilft mir weiter.«

»So, jetzt ich! Wo wir nämlich gerade von Kaufen sprechen, mein alter Freund Herbie. Sitzt du?«

»Ja, wieso?«

»Halt dich gut fest, jetzt kommt nämlich der Hammer!«

»Ich höre.«

»Aufgepasst! Ich habe den Thermomagic bei EBAY eingestellt!«

EBAY ist vermutlich keine Abkürzung, nicht wahr?

»Ja, und?« Herbie ahnte sofort, dass Ungemach aufzog.

»Du glaubst es nicht! In den letzten sechs Stunden habe ich da jetzt schon volle achtzehn Stück vertickt! Jedes einzelne für sechs-hundert-fünfundsiebzig Ocken! Yiiieeehaaa!«

Herbie schwieg und lauschte dem leisen Tuckern des Motors. Als ein paar Regentropfen fielen, schaltete er den Scheibenwischer an, der ein leise quietschendes Geräusch machte.

Julius summte leise vor sich hin und schnippte ein paar imaginäre Stäubchen von seiner Bügelfaltenhose.

»Herbie, glaub mir, die Kohle rappelt nur so auf mein Girokonto. Das ist doch der absolute Oberhammer, oder? Oder!?!«

Herbie antwortete nicht.

»Hör zu, ich komme morgen früh die Apparillos wieder bei dir abholen, damit ich die verschicken kann! Herbie? ... Herbie?«

Du solltest jetzt ins Bett gehen, mein Bester. Julius' Stimme klang überraschend fürsorglich. *Das war doch alles ein bisschen viel für einen einzelnen Tag, nicht wahr?*

Herbie nickte langsam, sichtlich um Fassung bemüht. Er hätte Köbes zu gerne noch nach dem Zustand seines Autos befragt, aber das würde er jetzt wohl ohnehin abschreiben können. Stattdessen kratzte er nur grob mit den Fingernägeln über das zerborstene Display seines Handys, rief laut: »Ich kann dich nicht mehr verstehen Köbes!«, und beendete die Verbindung.

18. Kapitel

Der Wind hatte aufgefrischt und trug das Glockengeläut von Sankt Gangolfus über die Eifelhöhen davon. Die finsteren Regenwolken wurden als mulmig grüngraue Gebirge über den Himmel getrieben.

Unter den wenigen Besuchern der Messe, die durch das Kirchenportal wieder in den trüben Sonntagmorgen hinaustraten, war auch Leni Pützer. Als sie Herbie mit hochgeschlagenem Jackenkragen am Straßenrand stehen sah, winkte sie freudig und eilte auf ihn zu. »Hallo Herbie, was für eine Überraschung!« Der Wind zerrte an ihrem Regenmantel, und sie fragte eifrig: »Ein Tässchen Kaffee im Warmen? Kommen Sie, wir beeilen uns besser, bevor der Regen losplästert.« Sie zeigte auf den großen Karton, den er sich unter den Arm geklemmt hatte. »Was haben Sie denn da?«

»Ach, nur ein kleines Präsent. Ich bin unterwegs nach Kall und dachte, ich bringe es Ihnen vorher rasch vorbei.«

»Vom Grafen?«

»Nein, von mir.«

»Ach, das ist aber süß. Süüüß!« Sie packte ihn am Arm und zerrte ihn mit sich fort.

Als sie ihr Haus erreichten, pladderten die ersten fetten Tropfen auf den Asphalt.

»Haben Sie die Kirchenglocke gehört? Der Sage nach soll sie von der früheren Burg auf dem Burgkopf stammen. Sie erinnern sich? Ich habe Ihnen davon erzählt.« Sie schob ihn durch den Hausflur und stieß ihn linkerhand ins Wohnzimmer. All das kam ihm sehr bekannt vor. Während sie sich aus Schal und Mantel wickelte, plapperte sie unaufhörlich. »Haben Sie das gehört? Gestern Abend das in Hollerath? Was für eine schreckliche Geschichte!«

Hui, das verbreitet sich ja wie ein Martinsfeuer.

»Was ist denn passiert?«, fragte Herbie möglichst unschuldig.

»Ein ganz schlimmer Unfall beim Martinszug. Dass da mal Laternen in Brand geraten, das kennt man ja. Aber gleich ein ganzer Mensch? Der Drickes, von dem wir vorgestern gesprochen haben, ist verunglückt. Man weiß nicht, was genau passiert ist, aber auf jeden Fall ist er ins Feuer gefallen.«

»Wie schrecklich«, hauchte Herbie teilnahmsvoll.

Julius rollte mit den Augen. *Mit deiner Schauspielkunst reicht es nicht mal für das Kasperle-Theater.*

»Also ein Tässchen Kaffee?«, fragte Leni Pützer und schüttelte einladend eine blaue Thermoskanne.

Herbie lehnte dankend ab. Er hatte in der Burg gefrühstückt, und das diesmal in aller Stille, noch bevor die anderen eintrafen. Die Firma Moll hatte sich an diesem Sonntagmorgen die Freiheit herausgenommen, noch später zu erscheinen als üblich. Von Frau Kratz hatte es dafür ausnahmsweise keinen Tadel gegeben. Überhaupt hatte die Wirtschafterin an diesem Morgen ungewöhnlich scheu und zurückhaltend gewirkt. Sie war Herbies Blicken ausgewichen und hatte keine überflüssige Silbe gesprochen.

Es gab kein Frühstücksei, und vom Thermomagic war in der Küche keine Spur mehr zu entdecken gewesen.

»Ja, jetzt ist er tot, der Drickes«, seufzte Leni Pützer und schüttete sich Kaffee ein. »Mausetot.«

»Nein!«

»Doch!«

Julius machte: *OH!*

»Er ist zwar sofort nach Köln-Merheim auf die Schwerverbrannten-Intensivstation gebracht worden, aber er hat die Nacht trotzdem nicht überlebt.«

Julius ließ sich neben Herbie auf das Sofa sinken und strich das Revers seines Jacketts glatt. *Es ist aber doch nicht etwa so, dass dich das überrascht, oder?*

Natürlich überraschte es Herbie nicht, dass Drickes dieses Flammeninferno nicht überlebt hatte. Die Verletzungen, die er davongetragen hatte, hatten selbst für ihn als Laien nach einem unwiderruflichen Todesurteil ausgesehen. Trotzdem berührte ihn diese Nachricht.

»Huiuiui, was ist denn wohl da drin?«, fragte Leni Pützer mit einem schelmischen Kichern und deutete mit dem spitzen Zeigefinger auf das Paket, das er dieses Mal zur Abwechslung mit Küchenpapier von der Rolle umwickelt hatte. Herbie war froh, nun auch das allerletzte dieser vermaledeiten Dinger loszuwerden. Sein

Handy hatte er komplett abgeschaltet. Er wusste einfach nicht, was er Köbes erzählen sollte.

Sie schlürfte geräuschvoll an ihrer Tasse und näherte sich betont unauffällig dem Karton, den Herbie auf der Anrichte abgestellt hatte. Neugierig betrachtete sie ihn von allen Seiten.

Herbie war mit seinen Gedanken ganz woanders. Immerhin war er nicht zum Kaffeeklatsch hierhergekommen. Ihn beschäftigten immer noch etliche unbeantwortete Fragen. Wenigstens auf eine davon wollte er hier und jetzt eine Antwort bekommen. »Wussten Sie, dass Hannes Scholzen einer von den Jungs war, die bei dem Unglück im Bergwerksstollen verschüttet worden waren?«

»Ja, aber natürlich«, kam es sehr schnell und sehr selbstverständlich.

Sie weiß alles, das hat sie dir doch schon gesagt.

»Und ein anderer mit Namen Matthias ...«

»Matthias Jütten, der ist seit sechs Jahren Chefarzt der Neurochirurgie im Bergmann-Klinikum in Potsdam.«

Frag sie nach den nächsten Lottozahlen!

Leni Pützer zupfte jetzt ungeniert an dem weißen Zellstoff herum, offenbar in der Hoffnung, wenigstens einen kleinen Blick auf das Innere des Geschenkpakets erhaschen zu können.

Herbie registrierte es gar nicht. »Aber da war ja noch ein dritter, der ...«

»Der Ludwig.«

»Welcher Ludwig?«

»Ludwig Virnich.«

»Virnich?« Herbie warf Julius einen überraschten Blick zu. »So wie dieser Drickes? Wie Heinz-Peter Virnich?«

»Genau so.«

Herbie sah jetzt, dass sie versuchte, Witterung aufzunehmen. Ihre großen Nasenlöcher zuckten, so als wollte sie erschnuppern, was er ihr da gebracht hatte.

»Ludwig Virnich ... Könnte das ein Bruder gewesen sein?«

»Vom Drickes? Ja natürlich, der Ludwig war der Älteste. Sieben Kinder waren das insgesamt. Sehr arme Leute aus Hollerath. Kein Wunder, dass der Ludwig gewildert hat, genau wie sein Vater. Aber das ist ja alles schon sehr, sehr lange her.«

Sie hielt es jetzt sichtlich nicht mehr aus vor Neugier. Ihre Finger zappelten vor Ungeduld.

»Leben noch weitere Geschwister?«

»Vier Stück«, kam es knapp. »Der Eddi, das Lieschen, der Päul und der Döres.« Es war zu erkennen, dass sie keine Lust mehr hatte, weiter Auskunft zu erteilen. Nervös trat sie von einem Fuß auf den anderen.

»Schlimme Familiengeschichte.«

»Ach, wissen Sie, jede Familie hat letztlich irgendwelche finsteren Erinnerungen.«

Unter jedem Dach ein Ach, seufzte Julius theatralisch.

Leni Pützer hielt es nicht länger aus. »Also!«, rief sie und packte beherzt das Geschenk. »Darf ich jetzt endlich auspacken?«

»Wie?« Herbie blickte irritiert zu ihr auf. »Ach so, ja natürlich.«

Der Damm war gebrochen. Von einem Augenblick auf den nächsten flogen unter lautem Geraschel die Fetzen des Küchenpapiers durch das Wohnzimmer. Als Leni Pützer sah, was ihr da so gänzlich unerwartet in den

Schoß fiel, stieß sie eine Reihe spitzer Schreie aus. Sie riss Herbie vom Sofa hoch und schlang ungestüm die Arme um seinen Oberkörper. »Danke, danke, danke!«, jauchzte sie. »Ich würde mir so was ja nie kaufen! Aber ich habe mir so ein Gerät schon so lange gewünscht! Die Thea hat einen und die Irmhild und die Sandra! Und der hier ist sogar ein Japanischer! Die sollen ja besonders toll sein! Danke, danke, danke! Da kann man so tolle Sachen mit machen! Zum Beispiel ...«

Na sag's schon!

»... Eierlikör!!!«, jubelte sie.

Herbie schloss resigniert die Augen. Seit Urzeiten fabrizierten Eifeler Hausfrauen leidenschaftlich gerne Eierlikör. Sie machten das mit links, sie gaben das von Generation zu Generation weiter. Und plötzlich schien das ohne Küchenroboter einfach nicht mehr möglich zu sein. Was kam denn wohl als Nächstes? Karamellpudding mit Lasertechnik?

Leni Pützer zerfloss vor Glück. Sie bedeckte seine Wangen mit Küssen, kniff ihn ins Kinn und drückte unentwegt seine Hände. Und dann sah sie plötzlich die Brandblasen an seinen Fingern.

Herbie wurde mit einem Mal sehr nervös. Gerade erst hatten sie noch über das Unglück am Martinsfeuer geredet!

Jetzt wird's heiß! Julius biss an den Fingernägeln. *Jetzt fliegst du auf.*

»Eieiei, was ist denn das da?«

»Eine Allergie!«, stieß Herbie rasch hervor und wollte seine Hände hinter dem Rücken verschwinden lassen.

Aber sie packte fest zu und näherte sich mit gespitzten Lippen, geweiteten Nasenlöchern und einem forschenden Blick den roten Schwellungen an seinen Fingern. »Das ist doch keine Allergie.«

»Sondern?«

»Brandblasen! Ganz frische Brandblasen, gar kein Zweifel«, murmelte sie. »Wo haben Sie sich die denn …?«

Für einen Moment herrschte angespannte Stille. Herbie traute sich nicht zu atmen.

»Das müssen wir gleich behandeln!«, sagte sie resolut.

Zu seiner Erleichterung weckte der Anblick bei ihr keinerlei Verdacht, sondern vielmehr ungeteilte Fürsorge. Augenblicklich war sie in ihrem Element und plapperte los, während sie im Nebenraum etwas besorgen ging.

»Lassen Sie sich von einer erfahrenen Apothekerin helfen! Ich tue Ihnen da mal gleich eine gute Salbe drauf!«

Ob man die auch mit dem Thermomagic machen kann?

»Was Gutes, Wirksames, nicht so ein Feld-, Wald- und Wiesenzeug. Die Heilpraktiker sagen, dass man Gleiches mit Gleichem behandeln soll. Mumpitz. Zink oder Panthenol! Also her mit den Patschehändchen!«

Und dann wurde er nach allen Regeln der Heilkunst versorgt. Leni Pützer fuhr alles auf, was ihre Hausapotheke hergab.

Als Herbie kurz darauf in Richtung Kall weiterfuhr, zierten drei ausnehmend schöne Kinderpflaster mit kleinen bunten Bienchen seine Finger.

19. Kapitel

Das verlassene Firmengebäude lag am Rande des Kaller Gewerbegebiets, zwischen dem Bauhof und dem riesigen Areal der Firma PAP Star. Kein Mensch war hier am Sonntagvormittag unterwegs. Und bei diesem Wetter schon gar nicht.

Herbies Jacke hielt dem unbarmherzigen Regen nicht stand. Den Wagen hatte er ein Stück weiter unten auf dem Möbel-Brucker-Parkplatz abgestellt, um nicht mit ihm gesehen zu werden. Nach ein paar Schritten war ihm das Wasser bereits den Rücken hinuntergeronnen, als hätte jemand eine Gießkanne angesetzt.

Bevor er sich dem Gebäude näherte, sah er sich noch einmal aufmerksam nach allen Seiten um. Es gab zwei große Schaufensterscheiben, die von innen sorgfältig mit Packpapier zugeklebt waren. An der Waschbetonfassade darüber hing eine verblichene Leuchtreklame, auf der noch undeutlich das HOMA-Signet zu sehen war, welches Herbie in den letzten Tagen mehrfach begegnet war. Auch der Schriftzug *Was können wir für Sie tu'n?* war noch zu erkennen.

Herbie ging einmal bis zur Hausecke, um sich einen Überblick zu verschaffen. Dahinter lag der leere Parkplatz, auf dem das Unkraut zwischen den Pflastersteinen wucherte. Ein großes Rolltor war rostfleckig und zerschrammt und über und über mit Graffiti besprüht.

Was hatte ihm Drickes nur sagen wollen?

Julius schlug vor, er solle doch wenigstens Schutz unter dem Vordach des Haupteingangs zu suchen.

Das tat Herbie. Um ihn herum goss es wie aus Eimern, der Wind blies immer wieder in Böen die wirbelnden Regentropfen unter das heruntergekommene Glasdach.

Herbie machte einen halbherzigen Versuch, die Tür zu öffnen. Er zog an dem klobigen kunststoffummantelten Griff, und …

… es war nicht verschlossen!

Hoppla. Das ist doch zur Abwechslung mal eine schöne Überraschung! Hoffentlich weckst du da drinnen nicht irgendwelche Obdachlose.

Vorsichtig öffnete Herbie die große Glastür und trat ein. Niemand war zu sehen, kein Licht leuchtete. Links war ein gläserner Durchlass, durch den man in ein dahinterliegendes Büro sehen konnte, rechts waren die Türen zu den Toiletten, und geradeaus führte ein Durchgang in die ehemalige Montagehalle. Nirgendwo war jemand zu sehen. Der Regen prasselte unaufhörlich auf das Metalldach und flutete von oben alles mit monotonem Lärm.

Herbie schob die Tür zu der Halle auf, um einen Blick hineinzuwerfen. Das Herbstlicht, das durch die schmalen Fenster im oberen Drittel der Hallenwände ringsum hereindrang, wurde von dem Packpapier in ein trübes Zwielicht verwandelt, das sich wie ein stumpfer Schleier aus bräunlichem Filz über alles legte. Jede noch so kleine Möglichkeit, von außen einen Blick hereinwerfen zu können, hatte jemand offenbar sorgfältig ausgeschlossen. Selbst die kleinen Rechtecke aus transparentem Plexiglas im Rolltor waren zugeklebt.

Die ganze Halle war gefüllt mit Kisten, Kartons und Möbeln. In den Metallregalen an den Wänden lagerten noch verschiedenfarbige Kabelknäuel, Kartons voller Zündkerzen und Autoscheinwerfer. Dies schienen aber die letzten Überbleibsel der früheren Firma zu sein. Das restliche Lagergut, das sich über den gesamten Innenraum verteilte, war anderer Herkunft. Nur sehr schmale Gänge führten zwischen den gelagerten Gegenständen durch. Herbie machte ein paar vorsichtige Schritte in die Halle hinein und sah sich um. Julius folgte ihm auf dem Fuß, die Hände hinter dem Rücken gefaltet und die Nase neugierig vorgereckt.

Zuerst hatte es den Anschein, als wären sie in eine Art Second-Hand-Lager irgendeiner Wohltätigkeitsorganisation geraten, aber dann erkannte Herbie ein paar Gegenstände, die nicht dazu passen wollten.

Da waren große, goldene Barockrahmen, halbwegs mit Decken verhüllt, und Kronleuchter, die an metallenen Stellagen hingen. Er sah Gipsbüsten und Kristallspiegel mit Facettenschliff. Kein einziges der hier abgestellten Möbelstücke war aus billigem Sperrholz oder

Pressspan. Je näher er herantrat, desto deutlicher konnte er feine Intarsienarbeiten erkennen sowie edles, auf Hochglanz poliertes Holz.

Als Julius direkt neben seinem Ohr anerkennend durch die Zähne pfiff, schrak Herbie zusammen. Er wusste gar nicht, dass sein Begleiter so etwas konnte.

Mit Kfz-Elektronik hat das hier ja nicht mehr viel zu tun.

»Allerdings nicht. Das sind alles Antiquitäten«, sagte Herbie leise. »Ein prall gefülltes Antiquitätenlager!«

Er öffnete einen Karton und warf einen oberflächlichen Blick hinein: Lauter alte, ledergebundene Bücher. In einem anderen fand er Geschirr. Alles sah wertvoll und gepflegt aus und war sorgfältig in Zeitungspapier gehüllt.

Sein Blick blieb am Datum am oberen Rand des Papiers hängen. Die Zeitung war noch keine Woche alt. Sehr lange wurden die Sachen hier also noch nicht gelagert.

Er betrachtete einen Wandteppich mit einer mittelalterlich anmutenden Stickerei, dessen Motiv ihm irgendwie bekannt vorkam. Überhaupt schienen ihm mehrere dieser Gegenstände auf merkwürdige Art und Weise vertraut.

»Was meinst du, ob es sich wohl um das Privatlager von Drickes handelt?«, murmelte er.

Julius verzog skeptisch das Gesicht. *Was hier alles drin ist, dürfte für so einen kleinen Gauner wie diesen Drickes eine Nummer zu groß sein.*

»Erinnerst du dich, Julius, er sagte: Wenn du mal was brauchst, was echter als echt ist … Fälschungen! Womöglich ist das alles gefälschter Kram!«

Er verschloss die Kartons wieder und ging zurück in den Flur. Hier hingen noch alte Wandkalender und verschossene Fotos von Rennfahrzeugen und Boxenludern. Eine Zimmerpalme hatte den Niedergang der Firma HOMA nicht verkraftet und war kaum noch von dem allgegenwärtigen Packpapier zu unterscheiden. Vielleicht gab es im Büro irgendeinen Hinweis darauf, wer dieses Gebäude jetzt nutzte.

Herbie trat vorsichtig durch die Glastür. Dass diese Gebäude unverschlossen waren, ohne dass sich jemand im Inneren befand, verunsicherte ihn. Womöglich hatte sich ja nur kurz jemand nach draußen begeben, um etwas aus dem Auto zu holen.

Das Büro sah so aus, als würde es ab und zu noch benutzt. Neben der obligatorischen Kaffeemaschine ruhte eine zerknautschte, halboffene Tüte Kaffee. Auf dem Tisch stand eine benutzte, leere Tasse. Eine geöffnete Aktentasche lag neben dem Telefon, so als hätte gerade jemand etwas daraus hervorgeholt.

Immer wieder spähte Herbie durch die Scheibe in den Vorraum. Er wollte auf keinen Fall von irgendjemandem ertappt werden, der hier plötzlich unerwartet hereinplatzte.

Vorsichtig pirschte er sich näher heran und warf einen Blick in die Ledertasche. Mit spitzen Fingern schob er die darin befindlichen Papiere ein wenig auseinander. Was waren das? Kontoauszüge? Auf wessen Namen waren sie ausgestellt? Er sah einige Formulare in verschiedenen Größen, aufgeklebte Zeitungsausschnitte und beschriftete Briefumschläge. In dem mulmigen, ockerfarbenen Licht war jedoch kaum etwas zu erkennen.

Eine Klarsichthülle erregte seine Aufmerksamkeit. Er zupfte an einer Ecke und zog sie ein bisschen hervor. Das Papier darin war fleckig, und die Handschrift erinnerte ihn an etwas, das er erst kürzlich gesehen hatte. Was stand da? Er las:

»*Mein Kind ...*«

Herbie zog, ohne lange nachzudenken, die Hülle heraus. Mit aufmerksam zusammengekniffenen Augen beugte er sich ganz tief darüber.

»*Mein Kind, ich will Dir mit diesen Zeilen eine Geschichte erzählen ...*«

Das hatte er schon einmal gelesen! Er zog die Papiere heraus und durchblätterte sie. Es waren sieben einseitig beschriebene Blätter. Das Papier war alt und brüchig. »Das ist das Original, Julius! Hier, guck, alles genauso wie das Fax, das mir Leni Pützer gezeigt hat.

»*Nun kennst Du die Geschichte, mein Kind. Ich musste sie niederschreiben, damit alles ein für alle Male festgehalten ist ...*«

Er stutzte plötzlich. »Moment mal, was ist das denn?«
Julius hob fragend die Augenbrauen. *Grammatikfehler? Falsche Kommasetzung?*
»Da stimmt etwas nicht ...« Herbie machte ein paar entschlossene Schritte auf den Lichtschalter neben der Bürotür zu, aber gerade, als er ihn betätigen wollte, er-

kannte er, dass der Büroboden nass war. Überall waren verschmierte Fußabdrücke, die zwischen Bürostuhl und Durchgang hin und her führten. Und diese Fußspuren kamen nicht von ihm!

Plötzlich hörte er durch das Prasseln des Regens ein unverwechselbares Geräusch. Das Rauschen einer Toilettenspülung. Durch die Türöffnung sah er, wie die Klinke der Toilettentür sich ruckartig nach unten bewegte. Ihm blieb keine Zeit nachzudenken. Er warf sich auf den Boden und kroch am Bürostuhl vorbei unter den Schreibtisch. Der Regen überdeckte gnädigerweise jedes seiner Geräusche, als er sich hektisch vorwärts über den glitschigen Linoleumboden schob.

Mit angehaltenem Atem kauerte er sich in die kleine Nische und wartete darauf, entdeckt zu werden. Was unweigerlich geschehen musste. Die Klarsichthülle, die er immer noch festhielt, zitterte in seinen Händen.

Julius betrachtete Herbies Finger und sang leise: *Summ, summ, summ, Bienchen summ herum.*

Dass er in derart eingeengten Verhältnissen doch immer noch ein Plätzchen fand, sich neben ihn zu quetschen, wunderte Herbie schon lange nicht mehr. Was ihn stattdessen wunderte, war, dass von den drei putzigen Pflastern an seinen Fingern nur noch zwei übrig waren.

Panisch schickte er seine Blicke über die Hände, die Ärmel, über den Boden rings um sich herum. Dann entdeckte er es: Wie auf dem Präsentierteller lag das gekrümmte, kleine Pflaster auf dem Fußboden neben dem Bürostuhl. Die freundliche Biene darauf grinste ebenso munter wie Julius.

Herbie lief es heiß und kalt den Rücken hinunter.

Gemeinsam lauschten sie den Schritten der Person, die sich jetzt nur noch knapp zwei Meter entfernt von ihnen befand. Der laut rauschende Regen verschaffte ihnen einen kleinen Vorteil, verhinderte jedoch, dass sie an irgendeinem Geräusch erkennen konnten, um wen es sich handelte. Es konnte ein Mann sein oder eine Frau. Auch das Alter oder die Gestalt ließen sich nicht einmal erahnen. Kein Räuspern, kein Husten, nichts.

Ein Schatten näherte sich, fiel über das unschuldig daliegende Kinderpflaster – und entfernte sich wieder. Jemand trat näher – und drehte sich wieder auf dem Absatz um. Dann klappte mit einem schnappenden Laut die Aktentasche zu. Die Schritte wurden leiser, die Bürotür fiel ins Schloss, ein paar Piepgeräusche wie von einer Handytastatur ertönten im Vorraum, und der Lärm des Regens schwoll einen Moment lang deutlich an und dann wieder ab. Mit lautem Rappeln und mechanischen Drehgeräusche wurde schließlich die Eingangstür abgeschlossen.

Herbie robbte augenblicklich unter dem Schreibtisch hervor und sprang zum Fenster. Für den Bruchteil einer Sekunde war er versucht, das Papier herunterzureißen, aber er hielt sich im letzten Moment zurück. »Nein, zu riskant!«

Kluge Entscheidung. Julius richtete sich ganz gemächlich wieder auf und klopfte sich den nicht vorhandenen Schmutz von den Knien. *Bei deinem Glück würde man dich sofort entdecken, wenn du das tust. Du hättest dir mal besser vorher die Autos angeguckt, die auf den Parkplätzen gegenüber oder nebenan stehen.*

Herbie rümpfte die Nase. Hinterher hatte man immer leicht Reden. Er bückte sich nach dem Pflaster und lief dann aufgeregt hin und her.

»Was soll das sein, Julius?« Er wedelte mit der Klarsichthülle. »Wessen Lager ist das hier, verdammt noch mal?«

Zuerst solltest du mal wieder den Puls unter 500 kriegen.

Aber Herbie eilte bereits mit großen Schritten zurück in die Halle. Er ließ jetzt alle Vorsicht fahren. Es gab keinen Grund mehr, auf die Geräusche zu achten, die er machte. Mit Schwung stieß er die Türen auf. Zwischen den Möbeln hindurch lief er zu dem Wandteppich, den er vorhin entdeckt hatte, und ließ aufgebracht den Blick über die kunstvolle Stickarbeit wandern. »Ich fresse einen Besen, wenn ich dieses Einhorn nicht vorgestern erst gesehen habe, Julius!«

Verzeihung, aber egal, was man dir erzählt hat: Es gibt keine Einhörner.

»Das ist ein Wandteppich aus der Burg!« Er ruderte mit den Armen. »Das alles hier ... Das ... das ... das ... und auch das war vorher auf Burg Fahrenfels! Alles!«

Er hielt inne, als sein Blick in eine offene Kiste voller kleinerer Gegenstände fiel. Er bückte sich und holte mit ehrfürchtig angehaltenem Atem etwas hervor.

»Oh nein, ich habe mich geirrt, Julius. Es sind keine Fälschungen«, hauchte er. »All das ist echt. Es gibt anscheinend jemanden, der ganz gezielt all das gekauft hat. Jemand, dem Drickes offenbar das gesamte Innenleben der Burg vermittelt hat! Schau doch, was ich hier habe: das Vergrößerungsglas mit einem Hirschhorngriff!«

Julius legte den Kopf schief und nickte nur sehr zögerlich. *Du weißt, dass ich das nicht gerne zugebe, aber du könntest ausnahmsweise mal recht haben. Na ja, wie dem auch sei, damit wirst du in den nächsten Stunden oder sogar Tagen ganz gemütlich ein bisschen in dem Brief herumlesen können, mit dem du da immer noch rumfuchtelst, denn wenn es dir noch nicht aufgefallen sein sollte, wir sind hier eingesperrt!*

Herbie funkelte ihn entschlossen an. »Du glaubst, das kann mich zurückhalten? Jetzt, wo ich der Lösung des Rätsels auf einmal ganz nahe bin?«

Bist du das?

Herbie nickte. »Das hier, mein alter Freund, ist das Original. Der Brief, den Leni Pützer von ihrem Sammlerfreund gefaxt bekommen hat, ist eine Fälschung!«

Er stürmte auf die Eingangstür zu, fest entschlossen, sie auf irgendeine Art zu öffnen. Es gab Notfallgriffe, Fluchtwegvorschriften ... irgendwie musste man doch aus diesem Kasten rauskommen!

Er rollte den Brief zusammen und schob ihn unter seine Jacke. Gerade wollte er versuchsweise an dem Türgriff rütteln, als Julius sich überaus vernehmlich räusperte.

»Was ist?«

Mit unschuldigem Blick betrachtete Julius einen kleinen Schaltkasten neben der Tür. Über einem Bedienfeld mit neun Tasten leuchtete ein freundliches grünes Lämpchen.

Dachtest du vielleicht, es sei dein Vogel gewesen, der vorhin so gepiept hat?

Herbie sprang erschrocken von der Tür zurück und stieß einen Fluch aus. »Verfluchter Dreck, was mache ich denn jetzt?«

Wie gesagt, lümmel dich irgendwo hin und lies ein bisschen. Vielleicht gibt es ja irgendwo noch ein paar alte Pausenbrote aus der Konkursmasse.

Herbie presste entnervt Daumen und Zeigefinger gegen die Nasenwurzel. Was hatte er denn nur an sich, dass er immer und immer wieder in solche Situationen geriet? Er saß buchstäblich in der Falle. Selbst wenn er durch ein Fenster zu fliehen versuchte, war das Risiko zu groß, dass jemand auf den Alarm aufmerksam wurde. Ein paar Meter weiter war die VR-Bank, auf deren Umfeld nicht erst seit den Automatensprengungen besonders Acht gegeben wurde. Irgendwer war immer unterwegs und bekam etwas mit.

Wie zur Bestätigung wurde Motorengeräusch laut, und der Lichtschein zweier Scheinwerfer streifte über die beklebte Scheibe. Das Licht bewegte sich aber nicht weiter, sondern blieb mitten auf der Fensterfront stehen.

Herbie wich zurück. Wer immer auch die Aktentasche mitgenommen hatte, schien bemerkt zu haben, dass etwas darin fehlte.

Der Motor lief, Schritte eilten auf die Tür zu.

»Wir haben eine Chance, Julius«, hauchte Herbie. »Eine winzige Chance.«

Er rannte in die Halle. Wo war das nächste Fenster? Gab es eine Hintertür? Die Möbelstücke verdeckten alles.

Dann sah er den Schaltkasten des Rolltors. »Der Schalter! Da komme ich dran!«

Während im Vorraum mit lautem Geklimper die Tür aufgeschlossen wurde, kletterte Herbie hastig zwischen ein paar zierlichen Kirschholzstühlen auf den Schaltkasten zu.

Am Eingang waren jetzt Schritte zu hören. Die Alarmanlage musste also ausgeschaltet sein! Er drückte kraftvoll auf den dicken, grünen Kunststoffknopf, und mit einem grässlich knirschenden Lärm kam Bewegung in das Rolltor. Es fuhr mit beängstigender Trägheit nach oben, und Herbie drückte sich keuchend zwischen einem massiven Eichenschrank und einer Nussbaumgarderobe durch und kauerte vor dem Spalt, der noch nicht groß genug war, um ihn ins Freie zu entlassen.

Der Regen spritzte herein. Er schob den Kopf durch, sobald das möglich war, und dann den Oberkörper. Über das schlammige Pflaster rutschend wand er sich mühsam nach vorne.

Plötzlich packte jemand nach seinem linken Bein. Eine Hand umfasste unbarmherzig seinen Knöchel und eine andere zerrte am Saum seiner Hose. Mit aller Kraft trat er nach hinten aus und bemühte sich verzweifelt, mit den Händen auf dem Boden etwas Halt zu finden. Wieder und wieder trat er nach, und schließlich ließ sein Verfolger von ihm ab. Herbie wurde hinaus auf den Parkplatz katapultiert.

Völlig benommen taumelte er auf die angrenzenden Büsche zu. Er rannte und rannte, fiel über einen niedergetrampelten, verrosteten Maschendrahtzaun und rappelte sich wieder auf. Das Brachgelände ging in eine Art Baustofflager über. Herbie machte immer wieder kurze Sprints von Steinpyramide zu Holzstapel, unablässig streifte er sich den Regen aus dem Gesicht, undeutlich erkannte er den Schriftzug *Möbel Brucker* in der Ferne, und als er schließlich den etwas versteckt stehenden Range Rover entdeckte, lachte er hysterisch vor Glück.

Wenige Augenblicke später warf er sich hinter das Steuer und legte erschöpft den Kopf in den Nacken.

Julius saß bereits auf dem Beifahrersitz und drehte mit seinen dicken Fingern Däumchen. Er sagte ganz trocken: *Es regnet.*

- Seite 7 -

Nun kennst Du die Geschichte, mein Kind. Ich musste sie niederschreiben, damit alles ein für alle Male festgehalten ist, selbst wenn niemand da ist, der es jemals lesen wird. Ich will aber das Weitere nicht in all seiner Traurigkeit ausmalen.

Mein Photograph besuchte mich weiter heimlich, ohne dass ich ihm verraten habe, was aus unserem zärtlichen Tun hervorgehen würde. So sehr er mir auch schwor, er werde mich zu sich nehmen, so deutlich spürte ich doch, dass er den Kampf, den er deswegen würde ausfechten müssen, einfach nicht gewinnen konnte. Seine Besuche wurden kürzer, und immer häufiger ging er auf Reisen, die ihm, so wie er beteuerte, aus geschäftlichen Gründen aufgezwungen wurden.

Es dauerte nicht lange, bis der Bauer und seine Frau erkannten, welche Veränderung in mir vorging. Sie waren im Leben erfahren und kannten die Zeichen, mit denen die Natur einen Wandel ankündigt. Sie schickten mich aus dem Dorf fort, damit ich wohlbehütet bei meiner Cousine Hildegard niederkommen konnte. Die Gute ist alleinstehend und kränklich, und bei ihr haben wir es gut. Sie hat sich nicht darum geschert, dass ich ein Kind auf die Welt bringe, dessen Vater niemand kennt, dort, wo wir nun leben. Wir erzählen jedem, dass er als Ingenieur bei der Eisenbahn in Südamerika ist. Wir sind glücklich. Und jeden Abend, wenn ich dir zum Einschlafen »Gretel, Pastetel, was macht Eure Kuh« singe, bestaune ich deine kleinen, zuckerzarten Fingerchen und deinen kleinen Rosenknospenmund, der mir schon alles nachsingt. Du sollst wissen, dass du immer mein Goldstern bist.

20. Kapitel

Die Scheiben waren während der ganzen Fahrt zurück zur Burg dicht beschlagen. Herbies Kleider waren nasser als jede Waschmaschine sie hätte machen können. Pausenlos wischte er den Dunst von der Glasoberfläche.

Er hatte zuerst eine Weile gewartet, bis er sich mit dem Wagen aus dem Versteck traute, die Hand am Zündschlüssel, um notfalls sofort starten und abhauen zu können. Gegen zwei war er schließlich losgefahren und hatte sich in Anbetracht der Tatsache, dass das Mittagessen für ihn zweifellos gelaufen war, an der Tankstelle am OBI eine Brühwurst einverleibt. Er hatte es beinahe mehr genossen, sie eine Weile in seinen kalten, klammen Fingern zu halten, als sie dann zu essen.

Dieses Mal hatte er den Weg über Sistig und Reifferscheid gewählt. Die historischen Papiere, die er erbeutet hatte, lagen im Fußraum des Beifahrersitzes, wo er hoffte, dass sie im Luftstrom der Fahrzeugheizung schnell genug trockneten, um keinen irreparablen Schaden davonzutragen und nicht dauerhaft ihre Lesbarkeit einzubüßen.

Der Regen ließ nach, so wie es vorhergesagt worden war. Als er den Berg hinauf in Richtung Hönningen fuhr, fielen nur noch ein paar vereinzelte Tropfen auf die Windschutzscheibe.

Seine Gedanken kreisten unaufhörlich um das, was er dort in der Firmenhalle entdeckt hatte. Wer zog da im Geheimen die Strippen? Wer war hier im Begriff, sich das ganze Inventar derer von Fahrenfels zu sichern? Und warum?

Er dachte wieder an die angsteinflößende nächtliche Schauermusik und an den Unfall vor einem Jahr. Gab es da jemanden, der sich zum Ziel gesetzt hatte, das komplette Adelsgeschlecht zu vernichten? Und wie weit würde dieser Jemand noch gehen, wenn er nicht einmal zögerte, dafür Menschenleben aus dem Weg zu räumen? Oder musste er das Ganze einfach nur einmal von der genau entgegengesetzten Warte aus betrachten? Ging er womöglich die ganze Zeit einem skrupellosen Betrug auf den Leim?

Betrug? Julius schob die Unterkippe vor und kratzte sich am Bart. *Was für eine Art Betrug schwebt dir denn vor?*

»Ich weiß auch nicht, Julius. Vielleicht so eine Art von Betrug, bei dem das Opfer in Wirklichkeit gar nicht das Opfer ist und der Täter nicht der Täter.«

Du redest mal wieder krauses Zeug.

Sie rollten auf das Tor zu, das überraschenderweise offenstand.

Ob Frau Oberstleutnant mal wieder zünftig einen gepichelt hat?

Der mattgoldene Angeber-Mercedes mit dem Kölner Kennzeichen lieferte die Erklärung. Als Herbie den rustikalen Geländewagen direkt daneben abstellte, sah das ein bisschen wie eine Beleidigung aus.

Allegra von Fahrenfels und ihr stets sonnenbebrillter Begleiter standen an Phils Motorrad und begutachteten es mit prüfenden Blicken. Eine Maschine mit edler Schwarzmetalliclackierung und glänzendem Chrom. Phil stand breitbeinig neben seinem Gefährt und deutete mit großspurigen Gesten mal hierhin und mal dorthin.

Als Herbie ausstieg, hörte er ihre Fachsimpelei, verstand aber nicht eine Silbe davon. *Nocke*, *Ritzel* und *Zugstufe* hätten nach seinem Verständnis auch Orte im Erzgebirge sein können. »Die beiden kommen wie gerufen«, sagte Herbie leise. »Je eher ich die ganze Gesellschaft zusammenhabe, desto besser.«

Was hast du vor?

»Lücken schließen, Julius. Es gibt noch einige Lücken. Die, die mir die eine nicht füllt, füllt mir dafür der andere.«

»Oh guten Tag«, zwitscherte die rothaarige Halbadelige. Sie trug diesmal eine Steppweste mit Leopardenmuster und ihr Lebensgefährte einen Trachtenjanker zu einer Fetzenjeans. Sie drängten sich unter einen Regenschirm, obwohl da längst nichts mehr vom Himmel herunterkam.

Es war düster, und die leblos kalte Nässe der zurückliegenden Regengüsse hing noch immer schwer in der Luft.

»Sie sind doch der freundliche, junge Mann von der Firma Moll, nicht wahr?«

»Herbie Feldmann, genau. Wie schön, dass Sie sich an mich erinnern. Wollen Sie mich heute wieder nach dem Drickes fragen? Wegen irgendwelcher Geschäfte womöglich?« Er gab sich Mühe, es möglichst doppelbödig klingen zu lassen.

Ihr Lächeln wurde brüchig, und sie blickte unsicher ihren Busunternehmer an.

»Äh, nein, wieso? Hören Sie, ganz egal, was der Drickes Ihnen auch erzählt, wir machen nichts Ungesetzliches. Alles ganz legal, hören Sie!«

Bernhard Hostert steckte sein Angeberhandy weg, auf dem er gerade noch herumgetippt hatte, und strich sich sein dünnes, blondes Haar zurück. »Das sind alles Repliken, keine Fälschungen. Das ist ein großer Unterschied, da können Sie den Drickes ruhig fragen!«

»Der Drickes gibt keine Antworten mehr«, sagte Herbie düster. »Der Drickes ist nämlich tot.«

»Nee, echt?«, kam es von Phil Kratz. »Wie jetzt, echt tot? Ich dachte, der hätte sich nur was versengt. Krass.«

»Tot?«, quiekte Allegra von Fahrenfels.

In diesem Moment kam Bronto den Weg vom Haupteingang herunter. Er schleppte einen riesigen, alten Überseekoffer, der gut gefüllt zu sein schien, und steuerte mit seiner Fracht die Remise an. Nur sehr knapp grüßte er Herbie und bemühte sich ansonsten, an der illustren Gruppe vorbeizuschauen.

»He, du Saurier!«, blökte Phil. »Ihr stellt aber jetzt nicht noch mehr von dem Zeug rein, klar? Ich will heute meine Kiste da drin einmotten!«

»Ach, ich dachte, die geht zu einem deiner Kumpels«, erinnerte sich Herbie.

»Geht nicht, der braucht den Platz für seinen neuen Rasentraktor, der Blödmann.«

Herbie wandte sich wieder an die Kölner. »Tja, Lagerfläche ist immer Mangelware, das weiß man ja. Wo lagern Sie denn Ihre *Repliken* immer so?« Er machte ein paar herausfordernde Schritte näher auf die beiden zu. »In Kall vielleicht?«

»Ich wüsste nicht, was Sie das anginge«, knurrte Hostert.

»Und welche Art Repliken sind das?«

»Was fragt der so blöd, Bernhard«, quäkte Allegra von Fahrenfels.

»Bilder? Teppiche? Antikmöbel?«

»Quatsch!« Hostert kam ihm mit einem Mal ganz nahe und senkte die Stimme. »Uhren, wenn du es genau wissen willst, du Nervensäge. Und jetzt lass uns in Frieden.«

Nervensäge. Siehst du, das sage ich dir doch schon die ganze Zeit.

»Genau!«, fiel Hosterts Freundin ein. »Wir müssen zu meinem Cousin, weil wir mit dem nämlich was zu bereden haben!«

Sie fassten sich demonstrativ bei den Händen und stiefelten den Weg hinauf.

Julius zog missbilligend eine Schnute. *Das Schicksal ihres Geschäftspartners scheint sie aber nicht besonders zu berühren.*

»Hauptsache, sie bleiben hier«, knurrte Herbie nur für Julius hörbar. Er holte sein Handy raus und wählte eine Nummer. Leise ergänzte er: »Und weil wir gerade so viel Spaß haben, laden wir uns gleich noch ein paar Freunde ein.«

Es dauerte nur wenige Sekunden, bis am anderen Ende abgenommen wurde.

»Ich bin's noch mal, Frau Pützer. Herbie Feld... Ja, genau, ich ... Wunderbar, das freut mich. Hätten Sie wohl ... Ja ... Hm ... Ja ... und deshalb wollte ich fra... ob Sie Lust hätten, auf einen Sprung ... auf die Burg?« Sein Mund verzog sich zu einem breiten Lächeln. »Ja, das dachte ... nein, nein, ganz zwanglos ... Oh, er wird sich sehr freuen. Seeehr. Bis dann.«

Herbie blickte hinauf zum Fenster von Flores Zimmer. Der Graf stand dort oben, hatte die Arme hinter dem Rücken verschränkt und beobachtete alles, was auf dem Platz vor sich ging.

»He, Bronto!«, plärrte Phil jetzt und marschierte angriffslustig auf die Remise zu. »Hörst du mir eigentlich zu, du Honk? Ich brauche den Platz! Ihr sollt eure verkackten Möbel gefälligst abtransportieren und nicht hier überall unterstellen!« Seine Stimme war lauter und lauter geworden.

Julius lachte verblüfft. *Schon erstaunlich, wie viel Dreistigkeit so ein verpickeltes Bübchen doch an den Tag legen kann.*

»He, hör mir gefälligst zu, du Blödosaurus Rex!«

Bronto kam mit leeren Händen und seinem üblichen schleppenden Gang aus der Remise und schickte sich an, zum Eingang hochzusteigen, da schrie Phil noch einmal: »Schaff sofort den Schrott weg, du hirnloses Stück Saurierscheiße!«

Bronto blieb stehen. Zuerst schaute er einige Sekunden wie erstarrt in die Richtung, in die er sich bis dahin bewegt hatte. Nichts an ihm schien sich zu rühren, und man musste schon ganz genau hinsehen, um zu erkennen, dass er ganz langsam die Fäuste ballte. Wie in Zeitlupe dreht er sich nun um, schwerfällig sein enormes Gewicht von einem Fuß auf den anderen verlagernd.

Julius sagte nur: *Oh – oh.*

In Bronto wuchs etwas heran. Schäumende Wut, steigender Druck, etwas, das nach außen drängte, sich ein Ventil suchte. Ein Ton war zu hören, dumpf drohend, langsam anschwellend. Dann öffnete sich der Mund und entließ ein röhrendes Brüllen, als die plumpe Gestalt ganz langsam ein wenig nach vorne kippte und schließlich mit stampfenden Schritten losrannte.

Seine Hände packten nach der glänzenden Karosserie des Motorrads und rissen daran. Er fasste mit der Linken das Hinterrad, das ihm entglitt, sodass die Maschine mit Schwung umkippte um zum ersten Mal auf dem dunkelgrauen, regennassen Pflaster aufschlug. Das Krachen war ohrenbetäubend laut.

Die beiden Besucher hielten weiter oben vor dem Durchgang inne und rissen Münder und Augen in stummem Entsetzen auf.

Bronto bekam im zweiten Anlauf einer der Auspuffkrümmer zu fassen, zerrte ihn mit dem gesamten Fahrzeug in die Höhe, sodass die Maschine auf dem Vorderrad eine kurze, tanzende Bewegung in der grauen Nachmittagsluft machte, bevor sie schließlich unter neuerlichem, brachialem Lärm auf dem Boden aufschlug. Karosseriesplitter und kleine Chromteile spritzten herum und sprangen mit wildem Scheppern über das Pflaster.

Dann legte sich Stille über den Platz, und das Einzige, was sich in diesem Moment noch bewegte, war das schief rotierende Vorderrad.

Julius hüstelte verlegen. *Fürs Winterquartier könnte er das jetzt bequem zusammenfegen.*

Es dauerte eine unfassbar lange Weile, bis Phil realisierte, was geschah. Dann kreischte er schrill: »Ich bring dich um, du verdammte Sau!«, und stürzte auf Bronto los. Er sprang dem Hünen um den Hals, klammerte sich schreiend an ihm fest und drosch mit der freien Hand auf seinen Kopf ein.

Das wild zuckende Bündel aus zwei menschlichen Körpern schien vier mal vier Arme zu haben, die alle gleichzeitig umherruderten. Es schwankte hin und her und taumelte rückwärts in das Dunkel der Remise hinein.

Allegra von Fahrenfels begann plötzlich, fortwährend schrille Schreie auszustoßen.

Herbie löste sich aus seiner Erstarrung und lief den Streithähnen hinterher. Aus den Augenwinkeln heraus sah er noch, wie im selben Moment ein zweiter Rover mit leuchtenden Scheinwerfern auf den Hof rollte.

Im Inneren der Remise erkannte er nur Schemen in der Finsternis. Er hörte Schläge, Poltern und Schnaufen. Mitten zwischen dem abgestellten Inventar tobte ein gnadenloser Kampf. Möbel kippten um, Kartons zerrissen, Geschirr zersplitterte.

Zuerst kam der Hund angesprungen und bellte aggressiv. Dann erschien die kräftige Gestalt von Hannes Scholzen in der Toröffnung und brüllte: »Aufhören!

Hört sofort auf, ihr verdammten Idioten!« Er hielt sein Gewehr in der Hand und drückte, ohne lange zu zögern, ab. Ein Schuss ging donnernd in die Decke, und Staub rieselte durch die Luft.

Das Bellen des Hundes wurde nur noch giftiger. Mit lauten Rufen versuchte Scholzen, sein Tier zur Räson zu bringen. Die Raufbolde hatten vor Schreck in ihren Bewegungen innegehalten, als der Schuss fiel.

Herbie suchte fieberhaft nach dem Licht und fand schließlich den provisorischen Schalter, der die Autobatterie mit den Deckenscheinwerfern verband. Dann wurde es auf einen Schlag taghell.

Phil stand da, keuchend an den glänzenden, alten Mercedes gelehnt, von dem die Plane größtenteils heruntergerutscht war. Sein Gesicht war hochrot und schweißüberströmt, und er hielt sich den Arm. Der Hund stand mit gespreizten Beinen vor ihm und bellte ihn unablässig an.

Bronto lag wie tot auf dem Boden. Als sich auf einmal sein rechter Arm bewegte, atmete Herbie erleichtert auf.

»Raus mit dir!«, herrschte Scholzen den Halbstarken an. »Los, beweg deinen Arsch raus!«

Schniefend schleppte sich Phil nach draußen. »Ich bring die Sau um«, zischte er immer wieder. »Ich bring ihn um, das schwöre ich.«

Bronto wälzte nun langsam seinen schweren Körper herum. Er schien noch alles bewegen zu können. Der Kampf hatte offenbar keine deutlichen Verletzungen verursacht. Einen Moment lang blieb er flach auf dem Rücken liegen und atmete schwer.

»Alles okay, Bronto?«, fragte Herbie.

Der Riese zeigte keine Reaktion.

»Bronto? Alles in Ordnung mit dir?« Herbie bückte sich ein wenig zu ihm hinunter.

»Okay«, flüsterte Bronto matt. »Alles in Ordnung ... Obwohl ...« Sein Blick ging ins Leere. Er sah aus wie versteinert.

Was war mit ihm los? Herbie blickte Julius fragend an.

Vielleicht schämt er sich, weil er sich in der Gewichtsklasse vergriffen hat.

»Ich muss nachdenken«, sagte Bronto seltsam tonlos und erhob sich schwerfällig. »Ich glaube, ich kapier jetzt langsam was. Lass mich nur mal ein bisschen nachdenken.« Er hatte sich zu seiner vollen Größe aufgerichtet und trottete langsam nach draußen.

Allegra von Fahrenfels und Bernhard Hostert steckten neugierig ihre Köpfe herein. In jeder Hinsicht sahen sie aus wie zwei bunte Puppen aus einem Marionettentheater. Der Hund schnüffelte immer noch ganz aufgeregt um den Oldtimer herum. Sein Herrchen redete unterdessen draußen auf dem Platz wütend auf Phil ein.

Herbie sah sich in der Remise um. Er hatte das unbestimmte Gefühl, etwas übersehen zu haben. Etwas Wichtiges.

Lautes Gezeter näherte sich jetzt von der Eingangstür. Onkel Moll und seine Frau kamen den Weg heruntergeeilt und drängten sich sorgenvoll um den immer noch ganz verdattert am Rand stehenden Bronto.

Und schließlich erschien auch Frau Kratz auf dem Plan. Mit weit ausholenden Schritten kam sie auf die Menschengruppe zugestapft und steuerte auf ihren Sohn zu, der immer noch vor Wut schäumte.

»Das Dreckschwein bringe ich um!«

Ohne Umschweife ging sie auf ihn los. Für die drei Ohrfeigen, die sie ihm jetzt vor den Augen aller Anwesenden verpasste, hatte sie mit dem ganzen Oberkörper weit ausgeholt. Es schallte laut über den Hof, und ein vielfaches Echo antwortete. Die Krähen krakeelten aufsässig in der Luft herum.

Phil blickte wie ein ertappter Pennäler zu Boden und begann zu heulen. Alle schwiegen. Es war eine Szene grenzenloser Demütigung.

Dann wandten sich alle um, als sie hörten, wie sich ein unrund heranrasselndes Motorengeräusch vom Berg her näherte. Ein blauer Twingo rollte auf den Burghof. Aus dem Inneren winkte ihnen jemand fröhlich zu.

Ah, die Plaudertasche und ihr kleines Möpschen.

»Fein«, sagte Herbie leise. »Fein, fein, fein. Dann hätten wir ja jetzt alle zusammen.« Der Burghof war vermutlich seit dem letzten Angriff der Hunnen nicht mehr so bevölkert gewesen. Er blickte zum Grafen hinauf und nickte ihm unmerklich zu.

21. Kapitel

Der Graf zitterte buchstäblich am ganzen Leib, als er vor der geschlossenen Salontür auf Herbie zutrat. Er krallte sich regelrecht mit allen Fingern in Herbies linken Ärmel.

Julius verdreht die Augen. *Er hat aber auch ein bisschen was von einer Drama Queen. Wenn man bedenkt, dass seine Vorfahren ihre Burg einst mit Pfeilhagel und siedendem Pech verteidigt haben ...*

»Sind sie alle da drin?«

Herbie nickte. »Scholzen, die Pützer, Ihre Cousine und Hostert. Sie sollten sich wirklich keine Sorgen machen. Keiner von denen wird Ihnen etwas tun.«

»Ich habe keine Angst vor ihnen. Ich bin nur keine Menschen mehr gewohnt.«

»Trinken Sie einen Schnaps.«

»Das habe ich schon.«

»Ja, dann eben noch einen.«

Der Graf lächelte schwach. »Sie werden lachen, das auch schon.«

»Also worauf warten Sie noch?«

»Es hängt Unheil in der Luft.«

Ich gebe zu, ein bisschen spüre ich es auch. Es naht, das Unheil. Schau, da kommt es schon.

Frau Kratz kam den Flur entlang auf sie zumarschiert. Sie trug ein Tablett voller Getränke und präsentierte ihr Gesicht noch eine Spur verkniffener als üblich.

Herbie öffnete ihr die Tür, und sie ging hinein, ohne aufzublicken.

»Nein, es geht nicht!« Der Graf fuhr herum und wollte davoneilen.

»Halt!«, sagte Herbie scharf. »Wenn Sie sich der Sache jetzt nicht stellen, werden Sie es nie schaffen!«

»Ich weiß«, kam es gequält. »Bei Gott, ja, ich weiß das!«

Onkel Moll bugsierte umständlich einen sperrigen Karton aus dem Salon heraus. »So, nur noch zwei Stück, und wir sind für heute fertig«, murmelte er. »Und dann bringen wir Bronto heim. Der arme Kerl ist völlig durch den Wind.« Er schickte einen sorgenvollen Blick über seine Goldrandbrille und deutete den Flur entlang. »Ich verstehe es nicht. Da hinten sitzt dieser große, kräftige Kerl auf seinem dicken Hintern und starrt Löcher in die Luft. Was ist hier bloß los?«

In der Ferne hörten sie Scholzens Hund kläffen, den dieser ins Auto gesperrt hatte.

Julius wedelte geheimnisvoll mit den Händen. *Ja, was ist denn hier bloß los? Der Hund von Baskerville bellt, die Krähen kreisen am Abendhimmel, und die Gesellschaft versammelt sich im Salon – Wir spielen jetzt eine Runde Cluedo!*

»Habt ihr meine Frau gesehen?«

»Die löscht nur noch rasch das Licht auf dem Dachboden.«

Schnaufend schleppte Onkel Moll den Karton davon.

»Also gehen Sie jetzt mit mir da rein, Vico?« Herbie breitete fragend die Hände aus.

Der Graf atmete tief durch. Dann sagte er mit Grabesstimme: »Heute genau vor einem Jahr ist es passiert.«

»Heute?« Herbie starrte ihn verblüfft an. Warum erfuhr er das erst jetzt?

Du hast ja nicht gefragt. Hätte es etwas geändert, wenn du es gewusst hättest?

»Ja, heute.« Der Graf nickte mit verkniffenen Mundwinkeln. »Vor genau einem Jahr. Heute ist der Abend. Verstehen Sie jetzt, warum ich da nicht so einfach …«

Herbie fasste ihn bestimmend am Arm. »Los, wir gehen da jetzt rein. Und dann werden wir jede von diesen Gestalten in die Mangel nehmen. Wir werden sie befragen, beschimpfen und bedrohen, und wir werden erst damit aufhören, wenn einer von denen zugibt, vor einem Jahr in dem Auto gesessen zu haben, das Ihre Frau in den Tod geschickt hat!« Er riss die Tür auf und stieß den Grafen regelrecht in den Salon hinein.

Vier Augenpaare waren auf sie gerichtet. Frau Kratz verteilte stumm die Gläser und Tassen, und leises Klirren klang durch den fast leeren, großen Raum.

Herbie ließ den Blick schweifen und musterte jeden von ihnen aufmerksam.

Julius hatte lässig die Hände in die Hosentaschen geschoben und bummelte einmal der Reihe nach an ihnen allen vorbei. Ungeniert betrachtete er sie dabei aus nächster Nähe.

Sie reagierten sehr unterschiedlich auf den Auftritt ihres Gastgebers. Herbie beachteten sie überhaupt nicht.

»Na endlich!«, flötete Leni Pützer. »Der Vico! Wir hatten schon befürchtet, du kommst nicht!« Ihre Augen sprühten regelrecht Funken der Begeisterung.

Die Cousine des Grafen wedelte derweil nervös mit einem Päckchen Zigarillos. »Darf man hier rauchen?« Sie sah hektisch von einem zum anderen. »Oder stört das einen? Keinen?«

Frau Kratz reichte ihr einen Aschenbecher und schaffte es, selbst diese simple Geste mit einem Ausdruck größtmöglicher Missachtung auszustatten.

Der Busunternehmer Hostert saß breitbeinig neben seiner Begleiterin auf dem Sofa und ruckelte die große Brille auf der Nase zurecht, indem er kaugummiartig das Gesicht verzog. Die Arme hatte er lässig auf die Knie gelegt. »Junge Junge, ist ja schon ganz schön leergeräumt hier. Bald alles verkauft, was?«

Hannes Scholzen lehnte am unbeheizten Kamin und machte Onkel Moll Platz, der gerade einen weiteren Karton holte. Er sah auf die Uhr. »Gut, okay, lange genug gewartet, Vico. Du weißt, dass ich heute noch auf die Pirsch will.«

Herbie schob den Hausherrn mit sanfter Gewalt nach vorne.

Graf Vico atmete flach, er knetete seine Hände, und seine Lippen formten auf der Suche nach den richtigen Begrüßungsworten ein paar kraftlose Silben.

Zugegeben, es ist aber auch ein bisschen heftig. Julius legte verständnisvoll den Kopf ein wenig schief. *Ein Jahr hat er jetzt im Kerker gehaust, und du schickst ihn gleich in dieses Panoptikum.*

»Liebe Gäste«, stieß Graf Vico schließlich hervor. Man sah, wie viel Überwindung es ihn kostete.

Endlich. Julius seufzte dankbar.

»Ich bin euch wirklich außerordentlich dankbar, dass ihr heute Abend hierher ...«

Ein markerschütternder, schriller Schrei echote mit einem Mal durch die Gänge, begleitet von lautem Poltern und Krachen.

Alle rissen erschrocken die Augen auf und fuhren von ihren Sitzen hoch.

Der Graf wirbelte auf dem Absatz herum und riss beide Flügel der Zimmertür weit auf. »Was war das, Herbie? Haben Sie das auch gehört?«

Blöde Frage. Der Putz kommt ja fast von der Decke!

Graf Vico winkte mit der Rechten. »Kommen Sie mit!«

Sie stürzten gleichzeitig in den Flur hinaus.

»Oh Gott, meine Frau!« Onkel Moll folgte ihnen atemlos und mit kurzen, schnellen Schritten. »Urselchen!«, rief er angstvoll. »Ist dir was passiert?«

Noch war nichts zu entdecken, doch je mehr sie sich dem Treppenhaus näherten, desto deutlicher konnten sie ein leises Wimmern hören.

»Hier bin ich!«, kam plötzlich eine schwache Stimme von irgendwo. Es war zweifellos die von Tante Moll.

Hinter ihnen kamen nun auch alle anderen in den Flur gestürmt. Ihre Schritte hallten laut von den hohen

Wänden wider, als wäre eine ganze Armee auf den Beinen.

»Hier bin ich, Gerhardchen. Hier!«

Tante Moll kauerte etwas unterhalb auf dem nächsten Treppenabsatz und hielt sich den rechten Knöchel. »Es tut so weh!«

Julius beschrieb mit dem Zeigefinger eine elliptische Kurve durch die Luft und baute sogar zwei Loopings ein. *Donnerwetter! Die scheint aber einen richtigen Erste-Klasse-Flug hingelegt zu haben!*

Über mehrere Treppenstufen lagen wild durcheinandergeworfen Kleidungsstücke verteilt. Sie gehörten erkennbar zum Fundus derer zu Fahrenfels.

Tante Molls Stimme kam hoch und wehklagend: »Da oben bin ich über etwas gestolpert. Irgendwas ist da. Ich konnte doch nichts sehen, weil ich noch ein paar von den Sachen zum Auto bringen wollte!«

Ihr Mann ging ächzend neben ihr in die Knie. »Du liebe Güte, hast du dir was gebrochen, mein Schatz?« Er schob ihr Hosenbein hoch und enthüllte dabei einen Knöchel, der bereits stark gerötet war.

Leni Pützer schob sich zwischen den anderen durch und beugte sich zu ihr hinab. Mit prüfendem Fingerdruck tastete sie über den Unterschenkel und das Fußgelenk. »Oh, oh, das schwillt schon an«, sagte sie schnell. »Wir müssen den Schuh ausziehen!«

»Sind Sie etwa Ärztin?«, fragte Onkel Moll skeptisch.

»Das nicht, aber Apothekerin.« Sie fuhr unbeirrt mit ihrer Untersuchung fort. »Da scheint mir jedenfalls schon mal nichts gebrochen zu sein.«

Onkel Moll half seiner Frau vorsichtig aus dem Schuh. »Kannst du denn den Fuß bewegen, Liebchen?«

Seine Frau machte ein paar unbeholfene Versuche, stöhnte aber sofort schmerzgepeinigt auf. »Es geht, aber das tut so schrecklich weh! Hilf mir hoch, Gerhardchen!«, bat sie. »Bring mich da vorne zu dem Sessel bei der Garderobe.«

»Eis!«, rief Leni Pützer. »Hol mal bitte sofort jemand Eis.« Sie schien eine patente Frau zu sein, die in kritischen Situationen den nötigen kühlen Kopf behielt. »Und Wasser!« Von irgendwoher hatte sie eine Tablettenschachtel gezaubert. »Da nehmen wir mal gleich die dicken Bomber!«

Julius schmunzelte. *Wenn man sie so sieht, könnte man auf die Idee kommen, sie hätte Spaß an der Situation.*

Hostert lief, um im Salon das Eis zu holen, das eigentlich für die Drinks bestimmt gewesen war.

Der Graf war einige Treppenstufen hinaufgestiegen und suchte mit den Augen den Boden ab. Plötzlich stieß er einen Ruf des Erstaunens aus. »Das gibt es doch nicht!« Er bückte sich und tastete zwischen den Holzornamenten des Geländers herum. Mit einem Mal hielt er etwas in der Hand, das wie ein Draht oder ein Stück Kordel aussah. »Herbie, schauen Sie mal hier!«

Es war eine dicke Schnur. Nicht stark genug, um etwas Schweres aufzuhängen, aber völlig ausreichend, um einen Menschen, der gerade etwas die Treppe hinunterträgt, zu Fall zu bringen. Sie war mit dem einen Ende am Treppengeländer festgebunden. Das andere Ende baumelte über die darunterliegenden Stufen und war um einen Nagel geknotet.

Herbie erkannte sogar das Loch in der hölzernen Fußleiste, in dem er bis vor wenigen Minuten noch gesteckt haben musste.

Onkel Molls Kopf lief auf der Stelle rot an. »Himmel noch mal, was ist denn hier bloß los?« Verzweifelt warf er die Arme in die Luft.

Hostert kam mit dem Eis und einem Wasserglas, und Leni Pützer zog ein Taschentuch hervor, das sie als provisorisches Kühlkissen um Tante Molls Fußgelenk schlang.

»Oh ja, was hier los ist, wüsste ich so langsam aber auch mal ganz gerne!«, keifte Allegra von Fahrenfels jetzt unbeherrscht.

Der Graf richtete sich weiter oben kerzengerade auf und rang sichtlich um Fassung.

»Der Strom, Herbie«, flüsterte er fast. »Zuerst der Strom und dann immer wieder die Musik. Und jetzt das hier. Deutlicher geht es doch wohl nicht, oder? Das ist alles für mich bestimmt.«

Hannes Scholzen trat auf seinen Arbeitgeber zu und stemmte die Hände in die Seiten. »Willst du sagen, dir will einer ans Leder?«

Graf Vico nickte mit fassungslos geweiteten Augen.

»Ihr wisst es doch alle«, sagte er leise. »Vor einem Jahr ist etwas geschehen, das uns alle verbindet. Etwas Schreckliches. Und heute Abend geht es weiter.«

In diesem Moment kam Frau Kratz mit erhitztem Gesicht aus dem Durchgang zum Ostflügel. Sie wirkte ganz aufgelöst und atmete keuchend. »Mein Sohn ist weg!«

»Phil? Abgehauen?«, fragte Herbie. »Er wollte doch in sein Zimmer?«

»Da ist er aber nicht mehr! Ich habe Angst!«

»Angst? Wieso?«

»Schauen Sie …!« Mit einem leisen Wimmern deutete sie in die Fensternische, in der bis vor wenigen Minuten noch Bronto gehockt hatte. Sie war leer.

»Oh Gott, der bringt ihn um«, sagte Frau Kratz tonlos, und es war nicht eindeutig auszumachen, wen von den beiden Verschwundenen sie meinte.

»Das ist nicht gut«, sagte Herbie und blickte sich hektisch in der Runde um. »Gar nicht gut!«

»Bronto!«, rief Onkel Moll ins Treppenhaus. »Bronto, wo bist du?« Er stützte sich auf das Geländer, wandte sich sowohl nach oben als auch die Treppe hinunter, bekam aber keine Antwort.

Herbie packte unversehens den Grafen beim Arm. »Also dann, Sie und ich, wir machen uns jetzt gemeinsam auf die Suche! Ihr da, ihr bleibt bitte unbedingt zusammen!« Mit ruckartigen Gesten mal in die eine und mal in die andere Richtung dirigierte er die Teilnehmer der illustren Abendgesellschaft auf die Positionen, die er ihnen zugedacht hatte.

Julius hatte sich in aller Seelenruhe auf einer Treppenstufe niedergelassen und beobachtete ihn mit interessiertem Gesichtsausdruck. Herbie war ihm außerordentlich dankbar, dass er seine Initiative ausnahmsweise einmal nicht mit seinen üblichen Kommentaren torpedierte. *Weiter, weiter. Gefällt mir gut, was du da machst.*

»Also dann! Wir dürfen keinen Raum auslassen! Frau Kratz, Sie führen die Gäste sofort zurück in den …«

»Was? Sie wollen mir Befehle erteilen?« Die Wirtschafterin warf sich empört in die Brust. »Sie haben mir gar nichts …«

»So-fort!«, platzte es jetzt unwirsch aus dem Grafen heraus. »Jeder tut jetzt genau das, was er sagt!« Seine Stimme überschlug sich.

Alle starrten ihn entgeistert an, und es war deutlich zu erkennen, dass sie ihn schon sehr lange nicht mehr so hatten brüllen hören.

Scholzen machte doch noch einen zaghaften Versuch der Gegenwehr. »He, he, he, Vico, ich verstehe ja, dass du ...«

»Los! In den Salon!«, herrschte ihn der Graf an. »Wir reden später.«

Mit lautem Palaver setzte sich die Gruppe in Bewegung.

»Keine Sorge, mein Schatz«, tröstete Onkel Moll seine Frau. »Wir werden den armen Bronto schon finden. Und dann geht es ganz schnell zum Doktor. Hältst du es noch aus?«

Sie hielt das Bein ausgestreckt und nickte mit Tränen in den Augen. Ihr Knöchel war mittlerweile zu einem beachtlichen Umfang angeschwollen. Sie musste große Schmerzen haben.

Leni Pützer klopfte ihr besänftigend auf die Schulter. »Ich habe den Krankenwagen gerufen. Der wird ungefähr in einer halben Stunde da sein!«

Tante Moll griff dankbar nach ihrer Hand.

Na, dann mal los! Julius sprang auf und gab mit einer kräftigen Geste das Zeichen zum Aufbruch. *Lass uns mal ganz oben auf dem Burgturm anfangen!*

Herbie schrak zusammen. »Nie im Leben«, zischte er.

»Wir sehen zuerst in Phils Zimmer nach!«, entschied er stattdessen. Gemeinsam mit dem Grafen rannte er los, in Richtung Ostflügel.

»Wartet!« Onkel Moll folgte ihnen, wie wild winkend. »Ich komme mit! Wenn einer Bronto besänftigen kann, dann bin ich das.«

»Pass bitte auf, dass ihm nichts passiert«, rief ihm seine Frau hinterher.

Der Graf lotste sie durch die Gänge. Wieder einmal bemerkte Herbie, wie leicht man sich in dem Gebäudekomplex verlaufen konnte. »Hier geht es zur Dienstbotenwohnung! Hoffentlich können wir noch das Schlimmste verhindern!«

Julius deutete mit dem Zeigefinger in einen Gang. *So, hier links!*

»Hier rechts!«, befahl der Graf.

22. Kapitel

Phils Laptop stand mitten auf dem völlig zugemüllten Sperrholzschreibtisch, der noch von seinem alten Kinderzimmer übriggeblieben sein musste. Ein kleiner Leuchtpunkt auf der schwarzen Kunststoffoberfläche des Geräts zeigte an, dass es funktionsbereit war.

Herbie öffnete die Klappe, und augenblicklich erwachte der Bildschirm zu leuchtendem Leben. Der Hintergrund zeigte eine martialische Hard-Rock-Fratze, und die zahlreichen darüber verteilten Icons wiesen fast ausnahmslos auf Ballerspiele hin. Er fasste nach der Maus und suchte mit dem Cursor die untere Bedienleiste ab.

»Bitte, Herbie, kommen Sie! Wir müssen weitersuchen«, drängelte der Graf.

»Ja, ja, ja, nur einen klitzekleinen Moment. Schauen Sie, Vico, hier hätten wir nämlich die Lösung des Rätsels um die geheimnisvolle Musik.«

»So?« Der Graf beugte sich über den Laptop.

Spielt ihr jetzt was? Ich fand ja Pac-Man immer toll.

Auf einen Tastendruck von Herbe öffnete sich ein Fenster und im selben Moment wurde ein Filmchen abgespielt. Ein verträumt aussehender Künstler im dunkelbraunen Anzug musizierte darin hingebungsvoll auf einem großen Instrument.

»Eine Glasharmonika«, sagte Herbie. »So also sieht es aus, wenn sie gespielt wird.«

Die Hände glitten zwischen den einzelnen Glaskörpern hin und her, und die Kamera zoomte mal näher heran und mal erfasste sie den Musiker in Gänze.

»Wenn ich jetzt den Ton anschalten würde, könnten wir die Melodie hören.« Er betrachtete den Grafen, der die Augen in ungläubigem Staunen aufgerissen hatte. »Soll ich?«

»Bitte nicht«, hauchte er. »Ich bin erschüttert.«

Herbie richtete sich auf und deutete durch das Zimmerfenster nach draußen. Mittlerweile war der Abend über das Land gefallen. Nur in der Ferne war noch vom zu Ende gehenden Tag ein schwacher, heller Streifen übriggeblieben. »Sehen Sie, da drüben, auf der anderen Seite des Tals, das sind die Lichter von Hollerath.«

»Ja natürlich, das weiß ich.«

»Und dort bei einem seiner Kumpels hat Phil dagesessen. Sie haben Bier getrunken und irgendwelches Zeug geraucht und haben Ihnen aus der Ferne einen widerlichen Streich gespielt. Von überallher hätte er Zugriff auf seinen Rechner gehabt, aber nur von dort aus konnte er sehen, wenn das Licht im Zimmer Ihrer verstorbenen Frau anging! Im Zimmer mit der Bluetooth-Box, eine Etage höher, nur zwei Zimmer nach Westen versetzt. Alles ganz unkompliziert.«

Der Graf kniff voller Verzweiflung die Augenbrauen zusammen. »Aber warum denn nur?«

»Ich vermute, dass es die Wut darüber war, dass er und seine Mutter nicht mehr länger werden hierbleiben können. Aber das wird er uns schon selbst verraten müssen.«

Onkel Moll wurde es jetzt zu bunt. Wütend schlug er auf den Tisch. »Ich verstehe überhaupt nicht, wovon ihr redet! Wir suchen Bronto. Ich mache mir große Sorgen um ihn. Guckt mal hier …« Er hielt plötzlich den Schaft eines Springmessers in der Hand. Auf einen Druck seines Fingers sprang die schlanke, scharfe Spitze daraus hervor. »Dieser verdammte Mistkerl. So was liegt hier bei dem einfach so rum.« Er deutete vage auf das ungemachte Bett, auf die verstreuten Klamotten und auf zwei weitere Messer, die in einer offenen Nachttischschublade lagen.

Julius spitzte die Lippen. *Das sieht nicht so aus, als würde sich der Knabe damit die Fingernägel säubern.*

Der Graf versuchte mühsam, die Fassung zu behalten. »Das sieht wirklich nicht gut aus. Wo könnte er jetzt sein? Auf dem Dachboden vielleicht?«

Wollt ihr nicht doch mal auf dem Turm nachgucken?

Herbie dachte nicht im Traum daran. »Er kann überall sein. Ich weiß überhaupt nicht, was er vorhat. Wenn er Bronto abstechen will, dann hätte er das doch längst tun können.«

Sie verließen das Zimmer und verspürten quälende Ratlosigkeit, was die Frage anging, wo sie mit ihrer Suche fortfahren sollten. Das große, verwinkelte Gebäude und das weitläufige Burggelände boten Tausende von Möglichkeiten, wo sich jemand versteckt halten konnte.

Eilig durchquerten sie das Wohnzimmer von Frau Kratz. Der Raum war an bräsiger Gutbürgerlichkeit kaum zu überbieten. In der knappen Freizeit, die ihr blieb, fand die Wirtschafterin offenbar Gefallen daran, Puzzles zu legen. Ein besonders großes Exemplar entstand gerade auf dem Esstisch.

Julius nickte anerkennend. *Ein Alpenpanorama. Sehr anspruchsvoll. Nichts als Berge und Schnee.*

»Da hinten!«, rief Onkel Moll plötzlich und stürzte ans Fenster. »Da hinten ist einer!«

Sie drängten sich neben ihn in die Mauernische und starrten hinaus. Tatsächlich sahen sie dort unten zwischen den zugewucherten Beeten eine Gestalt, die sich schleichend vorwärtsbewegte.

»Er ist im Garten!«, rief Graf Victor mit sich überschlagender Stimme. »Dort kommen wir am schnellsten über meine Terrasse hin!«

Als sie aus der Wohnung stürzten, fielen sie beinahe übereinander. So schnell die zahlreichen Winkel und Absätze es zuließen, rannten sie in den Haupttrakt. Als sie vor der Zimmertür des Grafen ankamen, zögerte dieser einen kurzen Moment, bevor er den Schlüssel im Schloss drehte.

»Los, los!«, trieb ihn Herbie an. »Wir haben keine Zeit zu verlieren!« Und sie stürmten hinein.

Der Eindruck, den er am Vortag mit wenigen Blicken von einem Teil von Graf Victors Zimmer gewonnen hatte, setzte sich auch auf den restlichen Wänden fort, die er nun auch noch zu Gesicht bekam. Flores Gesicht war schlichtweg überall. Ihr Lachen und ihre Augen leuchteten auf unzähligen Fotografien durch das Halbdunkel.

Julius kräuselte die Lippen. *Ein bisschen übertrieben, finde ich. Man sieht sich ja doch ziemlich schnell satt an so was.*

Der Graf trieb sie ungeduldig durch den Raum. Es war nicht zu erkennen, ob ihm die Ausstattung seines Zimmers peinlich war oder nicht. »Los, weiter! Hier hinaus! Sonst ist er weg!« Er riss eine Tür auf, die ins Freie führte.

Die kalte Abendluft wirbelte in den Raum. Sofort umfing sie der feuchtmodrige Geruch des Herbstes. Sie stolperten hinaus auf die mit Steinplatten ausgelegte Terrasse und gelangten über ein paar Stufen auf den etwas tiefer liegenden Garten.

Sie hatten Glück. Die Gestalt hatte gerade erst eine etwa schulterhohe Mauer erreicht, die ringsum den Garten einfasste.

»He, Bronto!«, rief Onkel Moll. »Bleib stehen!«

Herbie rannte los. Er stolperte über Grasbüschel und Steinstufen und ließ sein Ziel dabei nicht aus den Augen. Das war nicht Bronto, so viel konnte er erkennen. Die Gestalt war schlank und langbeinig. »Phil!«, rief er. »Phil, bleib stehen, verdammt!«

»Lasst mich in Ruhe!«, kam die ätzende Stimme des Jungen. Er stieg auf die Mauer, schreckte aber offenbar davor zurück, auf der anderen Seite gleich wieder hinunterzuspringen. Vermutlich ging es dort in die Tiefe.

»Er wird sich alle Knochen brechen, wenn er das versucht!«, rief der Graf atemlos.

Aber Phil schien das Risiko eingehen zu wollen. Er nahm Anlauf und wollte springen.

Da warf Herbie sich nach vorne und bekam im letzten Moment Phils ausgeleierte Jacke zu fassen. Der Ausreißer ruderte mit den Armen und schrie auf, als Herbie ihn von der Mauer zerrte. Er schlug hart mit dem Rücken auf dem Kiesweg auf.

»Lasst mich!«, schrie Phil. »Ihr Arschlöcher sollt mich in Ruhe lassen! Ich habe die Schnauze voll von all dem hier! Ich lasse mich doch nicht einsperren wie ein Kleinkind!«

Onkel Moll stürzte wütend auf ihn zu und packe ihn am Kragen seines schlabbrigen T-Shirts. »Was hast du mit Bronto gemacht, du verdammter Dreckskerl? Wo ist Bronto?«

Phil quiekte wie ein Tier in der Falle. »Scheiße, das weiß ich doch nicht!

Ja, wo hat er ihn denn versteckt? In der Hosentasche? Im Brustbeutel? Hol doch mal deine tolle Detektivlupe raus!

»Lass mich nachdenken, Julius!« Herbie atmete schwer und blickte sich fahrig um. Im Halbdunkel war fast nichts mehr zu erkennen. Dürre Sträucher und struppige, vertrocknete Stauden streckten ihre Zweige in den Abendhimmel. Hier hätte Flores Meditationsplatz entstehen sollen. Die junge Frau hatte mit großer Hingabe Pläne geschmiedet und Zeichnungen angefertigt. Vor ihrem geistigen Auge war der Traumgarten wahrscheinlich bereits fertig gewesen. Wehender Bambus, flüsterndes Schilf und tanzende, bunte Tücher im Wind. Ein paradiesischer Platz, an dem man träumen und nachdenken konnte.

Nachdenken ...

Und mit einem Mal wusste Herbie auch, wo sie nach Bronto suchen mussten.

* * *

Sie gaben Phil in die Obhut seiner Mutter. Als sie den Jungen grob zu den anderen in den Salon schoben, wirkte es fast, als würden sie ihn in einen Raubtierkäfig sperren.

Mittlerweile schien von ihm sowieso keine Gefahr mehr auszugehen. Mit Brontos Verschwinden hatte er allem Anschein nach nichts zu tun, und er ließ sich erstaunlich widerstandslos von seiner Mutter an ihre Seite ziehen. Seine Körperhaltung und seine Miene signalisierten, dass er die Gegenwehr aufgegeben hatte. Fast wirkte er jetzt wie ein kleiner Junge, der sich am liebsten einmal zärtlich in den Arm nehmen lassen würde.

»Wohin geht ihr jetzt?«, rief Scholzen, dessen Geduld mittlerweile an ihr Ende zu gelangen schien. Er gestikulierte verärgert mit den Händen.

»Wir sind gleich zurück!« Ohne ihm zu antworten, schloss der Graf die Zimmertür.

Herbie hatte ihm eingeschärft, nichts preiszugeben. Vor allen Dingen nicht Scholzen gegenüber, dessen Fischteiche immerhin ihr nächstes Ziel waren. Herbie war überzeugt davon, dass sie Bronto unten bei der Mühle finden würden. Dann würde die Gesellschaft endlich komplett sein. Bronto dachte immer gerne nach, wenn er die Fische beobachtete, das hatte er Herbie verraten. Er schien mitunter genau diese Art von Hilfe zu brauchen, wenn ihn wieder einmal ein komplizierter Gedankengang überforderte. Er war ein einfacher Mensch mit einer begrenzten Vorstellungsgabe. Herbie konnte sich ausmalen, wie er jetzt mit der Taschenlampe ins trübe Wasser leuchtete und die kalten, glatten

Körper dabei beobachtete, wie sie sich umeinanderwanden und hin und her zuckten.

»Bitte findet unseren Bronto!«, bat Tante Moll. Sie atmete schwer. Ihr Mann hockte neben ihr und hatte den Arm tröstend um ihre Schultern gelegt. »Er fürchtet sich alleine im Dunkeln.«

»Geht ohne mich, Leute«, sagte Onkel Moll matt und konnte den Blick einfach nicht vom schweißbedeckten Gesicht seiner Frau abwenden. Seine Lippen zitterten, und seine Augen glänzten vor Schmerz und Verzweiflung. Dass sie um ein Haar einem feigen Mordanschlag zum Opfer gefallen wäre, schien ihn fast um den Verstand zu bringen.

»Der Krankenwagen wird in ein paar Minuten kommen«, versprach Graf Vico. »Und wir sind auch gleich wieder da.«

»Mit Bronto«, ergänzte Herbie.

Na, du nimmst den Mund ja mal wieder ganz schön voll, mein Teuerster.

Dann verließen sie das Gebäude. Sie liefen den Weg hinunter, überquerten den Burghof und kümmerten sich dabei nicht um Scholzens Hund, der wild kläffend im Auto hin und her sprang. Sie gingen schweigend. Nur ihr keuchender Atem und die Schritte auf dem immer noch regennassen Serpentinenweg waren zu hören.

Und ein leises, vergnügtes Summen von Julius.

Herbie warf einen heimlichen Blick zu dem Mann an seiner Seite. In Graf Victor von Fahrenfels war unmerklich eine Veränderung vorgegangen. Die scheuen Gesten der Zurückhaltung schienen verschwunden zu sein.

Stattdessen signalisierte er nun Entschlossenheit und Tatkraft.

Als er nach einigen Metern die Stelle passierte, die für ihn seit einem Jahr das größte Unglück und den schrecklichsten Verlust symbolisierte, hielt er nur für einen kurzen Moment inne und wandte sich einmal nach allen Seiten um. Dann nickte er entschieden und sagte: »Kommen Sie, Herbie. Wir haben keine Zeit zu verlieren.« Und marschierte wieder los.

Herbie zögerte kurz, bevor er ihm folgte. Er versuchte, dem Blick seines Begleiters Julius auszuweichen.

Ich bin genau wie er sehr gespannt. Solltest du mit deinen Ermittlungen in den letzten Tagen tatsächlich durchschlagende Erfolge erzielt haben, scheint mir das bedauerlicherweise völlig entgangen sein.

Julius hatte recht. Herbie hatte nichts außer einem wirren Geflecht von Erzählungen und bizarren Erlebnissen, einer Menge loser Gedankenfetzen und fragwürdiger Schlussfolgerungen. Alles war konturlos und wenig eindeutig, und er wusste nicht einmal ansatzweise, was richtig und falsch war.

Julius kicherte. *Vielleicht solltest du mal in Ruhe den Fischen zugucken.*

Er bedauerte vor allen Dingen, dem Bitten des Grafen überhaupt nachgegeben zu haben. Wenn dieser ihn nachher vor den Augen aller Anwesenden darum bitten würde, sein Wissen auszubreiten, würde er barfuß bis zum Hals dastehen. Dies würde dann unter Garantie ein Moment schmerzhaftester Peinlichkeit werden, und Julius würde seine Schadenfreude wieder einmal nach Herzenslust auskosten.

»Bronto!«, rief der Graf, als sie den Hof von Scholzens Mühle erreicht hatten.

Der nahe Wald war voller Geräusche. Der Regen tropfte noch immer von dem Herbstlaub, das ein sanfter Wind an den Zweigen hin und her wiegte. Sie riefen seinen Namen gemeinsam, aber auch dann kam keine Antwort. Das Rauschen des Überlaufs der oberen Fischbecken drang durch die Nacht. Von der Stelle, an der der Schwall schäumend auf das Wasser traf, schob sich über die dunkle Oberfläche ununterbrochen eine fächerartige Wellenzeichnung, die mehr und mehr aufbrach, je weiter sie auseinanderdriftete.

»Bronto! Wo steckst du denn?«

Sollte er sich so geirrt haben? War Bronto nicht hier?

Der Graf blieb plötzlich wie erstarrt stehen. »Herbie«, flüsterte er. Dann hob er den Arm und streckte den Zeigefinger aus.

Auf dem Boden lag eine eingeschaltete Taschenlampe. Ihr Licht war nicht mehr hell, aber es reichte, um einen hellen Keil auf dem Boden auszubreiten. Zitternd deutete der Graf darauf. Dann folgte sein Finger einer unsichtbaren Linie und wies schließlich auf einen Punkt an der Wasseroberfläche, drei bis vier Meter in den Teich hinein. Ein dunkler Buckel ragte dort aus der Schwärze hervor.

Herbie zögerte keinen Augenblick. Er riss sich seine Jacke vom Oberkörper und sprang ins Wasser. Zuerst war es beißend kalt, aber nach zwei, drei kraftvollen Schwimmstößen kam es ihm schon gar nicht mehr so schrecklich vor. Er spürte die Leiber der Forellen, die ihn umwirbelten. Sie streiften seine Hände und sein Gesicht. Und dann bekam er plötzlich ein Stück Stoff zu fassen. Er zerrte mit aller Kraft daran, aber der Körper, der damit verbunden war, ließ sich nur unter größter Anstrengung in Bewegung versetzen. Träge trieb er hinter ihm her, als er sich zurück auf das Ufer zubewegte.

Der Graf reckte ihm aufgeregt die Hände entgegen. Das kalte Wasser spritzte seine schäumende Gischt durch die Nacht, als sie gemeinsam versuchten, die leblose Gestalt an Land zu hieven. Herbie gurgelte und spuckte. Wieder und wieder schlugen Arme und Beine kraftlos zurück ins Wasser, Graf Vico zog, und Herbie presste mit der Schulter von unten nach. Und mit einem Mal rollte der Körper schließlich mit einem schwappenden Geräusch herum und blieb bewegungslos auf dem Rücken liegen.

Herbie zog sich ächzend an den Grasbüscheln aus dem Wasser und robbte zu Bronto hin.

Der Mund stand weit offen, die Augen waren geschlossen. Keine Wimper zuckte. Das schwache Licht der Taschenlampe schien herüber und ließ die Haut in kaltem Weiß leuchten.

»Oh mein Gott«, bibberte Herbie. »Der arme Kerl.« Seine Zähne schlugen klappernd aufeinander. Er versuchte verzweifelt, in der Halsbeuge nach dem Pulsschlag zu tasten, aber da war nichts mehr.

Jetzt sahen sie auch die Wunde, die hässlich und brutal an der Seite von Brontos kleinem Kopf prangte. Ihre Ränder klafften weit auseinander. Jemand hatte ihn mit einem harten Gegenstand knapp über dem linken Ohr erwischt. Es war müßig, darüber nachzudenken, ob der Schlag ihn getötet hatte, oder ob er im kalten Wasser ertrunken war. Die Waffe, mit der das geschehen war, lag vermutlich tief unten im Wasser.

Mit zitternder Hand tastete Herbie nach der widerwärtigen Verletzung. Seine Finger leuchteten sofort vor Blut. »Blut ist rot, Bronto«, flüsterte er leise und musste schwer schlucken. »Du hattest natürlich recht, es ist immer rot.«

Der Graf fasste Herbie unter der Achsel. »Kommen Sie«, sagte er leise. »Sie holen sich ja auch noch den ...« Er schluckte den Rest des Satzes herunter, als er merkte, wie unpassend das klang, was er fast gesagt hätte.

Mühsam kam Herbie auf die Beine. Das hier war das Ende. Schon wieder war ein Mensch gestorben – am Jahrestag eines grausamen Verbrechens. Hier war jemand am Werk, der keine Skrupel hatte zu töten, ein Irrer, der sich nicht aufhalten ließ. Nicht von ihm jedenfalls.

Der Graf deutete in die Richtung, in der er Julius vermutete. »Was sagt Ihr Begleiter?«

»Er sagt, dass ich aufhören soll. Dass ich Ihnen von jetzt an nicht länger helfen kann.« Er schüttelte erschöpft den Kopf und zog sich die Jacke über die nassen Kleider.

Der Graf sagte nichts. Auch ihn schien die Monstrosität dieser Sache zu erschüttern.

»Ich werde die Polizei anrufen«, flüsterte er. Es klang wie ein Geständnis von Schwäche. »Ich hätte Ihnen wirklich gerne geholfen, Vico, aber ...« Herbie stutzte. Zuerst glaubte er, das unstete Licht spiele ihm einen Streich, aber dann sah er es ganz deutlich: Der Zeigefinger an Brontos rechter Hand zuckte unmerklich. Dann krümmte er sich, und die anderen Finger taten es ihm nach!

»Er lebt!«, schrie Herbie. »Der gute alte Pronto-Bronto! Sehen Sie doch, Bronto lebt!«

Dann hörten sie das Motorengeräusch, das sich langsam durch das Tal näherte. Und schließlich sahen sie auch das Blaulicht. Hier, wo niemand wohnte, verzichtete die Krankenwagenbesatzung auf das Martinshorn.

Dafür schallten im nächsten Moment die aufgeregten Rufe des Grafen umso lauter von den Hängen wider, als er mit rudernden Armen auf das Fahrzeug zurannte.

Junge Junge, nicht mal richtig den Puls fühlen kannst Du. Julius schüttelte mit einem spöttischen Lächeln den Kopf.

23. Kapitel

Der Graf wackelte unsicher mit dem Kopf. »So etwas widerstrebt mir eigentlich. Es ist eine freudige Botschaft, die ich meinen Gästen nicht vorenthalten möchte.«

»Trotzdem ist es besser, wenn wir erst mal nicht sagen, dass Bronto außer Gefahr ist.«

»Sie müssen es wissen. Es sind Ihre Nachforschungen.«

Wann immer Graf Vico diesen Umstand erwähnte, fühlte sich Herbie unwohl. Er sah sich nicht als Ermittler. Das Verbrechen brauchte sich vor ihm nicht zu fürchten, er war keine Ordnungsmacht. Bei ihm hatte es ja nicht mal zum Schülerlotsen gereicht.

Was hast du denn bis jetzt schon groß herausgefunden? Nichts passt zusammen. Julius spielte mit seiner Uhrkette.

Erschöpft schleppten sie sich zurück zur Burg. Auch wenn der Weg nur sehr kurz war, kam es Herbie doch so vor, als hätte er einen Marathon hinter sich. Er zitterte am ganzen Leib, und der Graf eilte voraus, um einen Grog für ihn zubereiten zu lassen.

»Immerhin lebt er, Julius«, bibberte Herbie. »Wir haben ihm tatsächlich das Leben gerettet!«

Aus diesem freudigen Anlass könntest du mit den Zähnen einen Kastagnettentanz aufführen.

»Ich muss auf jeden Fall erst mal aus den klatschnassen Klamotten raus. Blöderweise habe ich nur noch das Zeug von gestern. Und das stinkt nach Martinsfeuer.«

Dann ermittelst Du zur Abwechslung eben mal wieder im Schlafanzug.

Herbie hatte ganz unbewusst vor der Remise innegehalten. Mit um den Oberkörper geschlungenen Armen starrte er zu der Schiebetür hinüber, die halb zur Seite geschoben war. Dahinter war Schwärze. Irgendetwas zog ihn mit unerklärlicher Kraft dort hinein. Von Anfang an hatte ihm dieser Raum das Gefühl vermittelt, ein Geheimnis zu verbergen. Er schob den Gedanken an ein paar trockene Kleider beiseite und gab dem Drängen nach.

Trotz seiner klammen Finger schaffte er es, die Lichtkonstruktion einzuschalten, und betrachtete ausgiebig den Platz, an dem sich vor einer Stunde erst Bronto und Phil auf dem Boden gewälzt hatten. Danach umrundete er einmal den Oldtimer und bestaunte den guten Zustand des historischen Gefährts. Dass dieser Wagen derselbe war wie der auf der alten Fotografie und in der Erzählung des jungen Bauernmädchens, stand außer Frage.

Was war es nur, das Bronto vorhin derart aus der Bahn geworfen hatte? Er war mit einem Mal wie verändert gewesen, nachdem er hier auf dem Boden gelegen hatte.

Seine Knochen schmerzten, als er sich hinunter beugte und sich genau dort, wo Bronto auf dem Boden gelegen hatte, langsam auf den Rücken drehte. Zitternd nahm er dieselbe ruhende Haltung ein wie der Koloss, legte die Arme flach an die Seiten und drückte die Knie durch.

Er dachte über den Brief des stummen Mädchens nach, er dachte an Salbe und an ein ganzes Gebäude voller antiker Einrichtungsgegenstände. Er grübelte über gefälschte Papiere nach und über das elektrische Tor.

Als er sich an der Nase kratzte, registrierte er beiläufig, dass nur noch ein einziges Pflaster die heutige Verfolgungsjagd und den Badeausflug überstanden hatte. Tapfer klammerte es sich an den Ringfinger seiner Linken. Er betrachtete es sinnierend.

Die kleine Biene darauf hatte die Kraft, Kindertränen zum Versiegen zu bringen. Was für ein tröstlicher Gedanke.

Sein Blick wurde nach und nach unscharf, sein Gesichtsfeld erweiterte sich …

… und dann begriff er plötzlich alles.

* * *

Der Busunternehmer hatte ein Feuer im Kamin entzündet. Allegra von Fahrenfels hatte so lange gedrängelt, bis er sein Feuerzeug gezückt und eine Weile fluchend mit ein paar Holzstücken und etwas Zeitungspapier herumhantiert hatte, sodass jetzt eine mickrige Flamme in der Feuerstelle flackerte.

Scholzen hatte mittlerweile aufgegeben. Die Pirsch hatte er für diesen Abend abgeschrieben. Ob es die Loyalität zu seinem Arbeitgeber war oder das Nachgeben seinem alten Freund gegenüber, das ihn dazu brachte, die Lodenjacke auszuziehen und den Rest der Veranstaltung mit einem Glas Whisky über sich ergehen zu lassen, war nicht zu sagen.

Frau Kratz und ihr Sohn saßen still Seite an Seite. Er war halbwegs konzentriert mit irgendwelchen Vorgängen auf seinem Mobiltelefon beschäftigt. Zuerst hatte er immer noch unwirsch ihre Hand abgeschüttelt, wenn sie diese auf seine Schulter gelegt hatte. Dann hatte er sich irgendwann nicht mehr gewehrt.

Die Molls saßen bei der Tür und hielten einander umklammert – das Abbild eines in Liebe gealterten Paares, dem weder die Bequemlichkeit noch die Gewöhnung ihre Zärtlichkeit hatte abhandenkommen lassen. Onkel Moll sorgte sich um ihre Verletzung und drängte darauf, sie endlich zum Krankenhaus fahren zu dürfen.

Der Graf setzte an, um ihnen die erleichternde Botschaft von Brontos Rettung zu übermitteln, aber Herbie, der seine Absicht ahnte, hielt ihn mit einer deutlichen Kopfbewegung zurück.

Leni Pützer nickte immer wieder ein und gab leise Schnarchgeräusche von sich. Wenn der Hausherr sich gerade einmal nicht im Raum befand, verlor das ganze Geschehen für sie jeglichen Reiz. Jetzt aber, da der Graf anwesend war, folgte sie mit hellwachen Blicken jeder seiner Bewegungen.

Herbie kauerte bei dem erbärmlichen Kaminfeuer, wo er vergeblich auf ein wenig Wärme hoffte. Er saß auf einem lederbespannten Sessel, der einem Normannenfürst gut zu Gesicht gestanden hätte.

Gib zu, dass ich noch besser darin aussehen würde. Julius strich sich mit einer affektierten Geste den Bart glatt. *Darin würde ich mich malen lassen. Dann könntest du mich an die Wand hängen, wenn ich mal nicht da bin.*

»Du bist aber immer da!«, schien Herbies Blick zu sagen. Er klammerte die Hände um die Tasse mit dem steifen Grog, den ihm Frau Kratz zubereitet hatte, nachdem er in die trockenen Kleider geschlüpft war, deren Brandgeruch hoffentlich einigermaßen durch den Kamin abziehen würde. Er sah sogar ein paar verschmorte Stellen an den Ärmeln.

Der Graf schickte einen fragenden Blick zu Herbie, als würde er um die Erlaubnis bitten, die Runde eröffnen zu dürfen. Dann erhob er sein Glas, in dem Champagner perlte. »Ich möchte gerne mit euch anstoßen«, sagte er gefasst. Seine Stimme klang belegt. »Anstoßen auf meine Seelengefährtin, die mir, wie ihr alle wisst, vor genau einem Jahr genommen wurde.«

Alle hoben stumm ihre Trinkbehältnisse in die Höhe. Tassen, Sektkelche, Bierflaschen ... Die Situation war beklemmend.

Dann nahm der Gastgeber Platz auf einem orientalischen Hocker und faltete die Hände wie ein Kind, das erwartungsfroh den lieben Märchenonkel anblickt, um sich von ihm eine Geschichte erzählen zu lassen.

Herbie suchte nach den passenden Worten, mit denen er beginnen konnte.

Wie wäre es denn mit »Es war einmal«? Das habe ich schon mal irgendwo gehört, das kam richtig gut an.

»Es war einmal«, sagte Herbie leise.

Julius schrak verblüfft zusammen. *Wie jetzt?*

»Wir haben ein ... na ja ... Kaminfeuer, wir hocken hier in einer alten Burg, es geht auf den Winter zu. Das ist doch eine Zeit für Geschichten, oder nicht?« Herbie sah fragend in die Runde.

Die Reaktionen, die sich in den Gesichtern abzeichneten, reichten von ungläubigem Amüsement bis zu konsterniertem Kopfschütteln.

»Okay, also: Es war einmal ...«, setzte Herbie erneut an. »... ein Graf von schönem Geist und edler Gesinnung, der lebte auf einer kalten, unwirtlichen Burg in der Eifel. Er war sanftmütig und gütig, und er hatte nur wenig für die Dinge übrig, die sein Adelsstand ihm abverlangte. Eines schönen Tages hatte sich nun dieser Graf verliebt. Und zwar in eine junge Frau, die sein ganzes Leben auf den Kopf stellte. Sie war fast noch ein Kind, aber sie hatte ihn gleich bei ihrer ersten Begegnung bezaubert. Ihre Liebe zueinander wuchs und wuchs, und er war festen Willens, sie zu seiner Frau zu machen. Denn immerhin trug sie ... wie heißt das noch? ... trug sie ein Kind von ihm unter dem Herzen.«

Leni Pützer verschluckte sich an ihrem Champagner. Neben Frau Kratz kippte eine Flasche Wein scheppernd um.

»Was?«, fragte die Cousine des Grafen schrill. »Flore war schwanger? Aber warum hast du uns davon nichts gesagt, Vico, das wäre doch ...« Ihr Begleiter fasste sie beruhigend am Arm.

Herbie hob in gespielter Verwirrung den Kopf. »Flore?« Dann machte er lachend eine wegwerfende Handbewegung. »Nein, Unsinn, da seid ihr auf dem Holzweg. Wir befinden uns in der Historie. Eine uralte Geschichte, wie sie ganz wunderbar auf so eine alte Burg wie diese hier passt.«

»Sprechen Sie denn vielleicht von Graf Enno?«, fragte Leni Pützer unsicher und blähte die großen Nasenlöcher.

»Von schönem Geist und edler Gesinnung … Blödsinn!«, raunzte Scholzen. »Der doch nicht!«

Herbie bestätigte das mit einem Kopfschütteln. »Nein, ich meine auch nicht Graf Enno von Fahrenfels.« Er trank an seiner Tasse. Der Grog schickte ein wohlig wärmendes Gefühl durch seine Adern. »Enno Reinhard Leopold von Fahrenfels war Adeliger mit Leib und Seele. Er hatte von Stand geheiratet, hatte einen Sohn gezeugt, er war stolz auf seinen Familiensitz, und er betrachtete die Eifeler mehr oder weniger als seine Untertanen. Und wenn sie ihm etwas wegnahmen, dann konnte er wütend werden. So richtig wütend.«

Er blickte zu Scholzen hinüber, der nervös begann, seine Hände zu reiben.

»Und in seiner Wut platzte ihm bisweilen der Kragen. Da jagte er auch schon mal die Dorfkinder, die ihm ein paar Karnickel geklaut hatten, mit der Flinte durchs Gelände. Und wenn dabei etwas passierte, war das dann ihre eigene Schuld. Was hatten sie auch in seinem Wald zu suchen, die kleinen Rotzlöffel …«

»Ja, ja, schon gut!«, blaffte Scholzen. »Das ist lange her!«

»Lange genug, um zu vergessen, wie schrecklich das damals war, tief im Bergwerksschacht, ohne Luft und Licht, verschüttet?«

»Ich lebe wenigstens noch«, knurrte Scholzen. »Im Gegensatz zum Ludwig.« Er stürzte den Inhalt seines Glases hinunter.

»Der Ludwig hat damals sein Leben gelassen, ganz genau.«

»Ja und? Graf Enno ist tot. Ich arbeite für seinen Sohn. Wir verstehen uns bestens! Ich wüsste nicht, was diese olle Kamelle mit der Geschichte vom letzten Jahr zu tun haben sollte!«

»Hm, ja, eigentlich nichts!« Herbie zuckte fast heiter mit den Schultern. »Außer dass ein Bruder des toten Jungen gestern gewaltsam ums Leben gekommen ist. Aber das nur am Rande.«

»Der Drickes?«, fragte Onkel Moll überrascht. »Sein Bruder gehörte zu den Jungen von damals?«

»So ist es. Aber das ist nicht weiter verwunderlich. Hier in der Eifel waren früher doch alle irgendwie ... verwandt.«

Murmeln wurde laut.

Julius hob mahnend den Zeigefinger. *Jetzt bloß keine blöden Witze über Inzucht, mein Bester!*

»Quatsch, natürlich nicht!«

»Mit wem reden Sie denn da?«, fragte Hostert irritiert.

»Schschscht«, machte Graf Victor und verteidigte Herbies unbedachte Äußerung: »Das ist Fakt. Auf dem Land hielten sich in früheren Zeiten die verwandtschaftlichen Beziehungen nun einmal in räumlich engen Grenzen. Man heiratete im Dorf und selten weiter darüber hinaus. Fast jeder war über mehrere Ecken mit jedem verwandt.«

Herbie beschloss, das Rätsel aufzulösen: »Der verliebte Graf, von dem das Märchen handelt, war Nikolaus Erhard Friedrich von Fahrenfels.«

»Vicos Großvater!« Leni Pützer zeigte schnipsend auf, ganz wie im Schulunterricht.

»Sehr richtig. Er ist es, der in unserem Märchen den Prinzen gibt. Es ist die Geschichte von dem kunstsinnigen, reichen Mann, der mit seiner Kriegsverletzung durch die Lande streift und mit dem Fotoapparat die einzigartige Schönheit unserer Eifelheimat einfängt. Und eines Tages begegnet er der klassischen Unschuld vom Lande. Einem jungen Ding, das sogleich seinem angegrauten Charme erliegt und schließlich schwanger wird, ohne zu wissen, dass es ein Kind von einem echten Adeligen erwartet ...« Herbie bremste sich. »Oh, äh, ... ich bitte um Verzeihung. Es klingt wahrscheinlich furchtbar profan, wenn ich das so lapidar herunterrassele. Aber das ist ganz und gar nicht meine Absicht. Ich bin mir sicher, dass diese beiden Menschen einander in tiefer Liebe zugetan waren. Aber das Schicksal gönnte ihnen das gemeinsame Glück nicht. Die junge Frau wurde fortgeschickt, und sie und ihr Geliebter sahen einander nicht wieder. Sie erfuhr nie, wer der Mann war, dem sie ihr Herz geschenkt hatte und von dem sie bald darauf ein Kind bekam – ein Mädchen.« Er schlug klatschend die Hände zusammen und blickte in die Runde.

24. Kapitel

Alle sahen Herbie irritiert an. Nur auf Leni Pützers Lippen zeigte sich ein leises Schmunzeln. Sie schien die Einzige in der Runde zu sein, die wusste, woher Herbie sein Wissen bezog.

»Wie?«, fragte Scholzen. »Ist das alles? Kein Happy End?«

Herbie wackelte vage mit dem Kopf. »Wie man's nimmt.« Er stand auf und drückte einmal kräftig die schmerzenden Beine durch. »Eigentlich wäre das jetzt das Ende.« Er trank an seinem Grog und begann, mit gesenktem Kopf und nachdenklicher Miene zwischen den Gästen herumzugehen.

Julius hob fragend die Augenbrauen. *Wird das jetzt so eine Hercule-Poirot-Show? Dann war es der, mit dem überhaupt keiner rechnet! Der Fliesenleger!*

»Stellen wir uns nun einmal vor, dass das Kind dieser Frau heranwächst und von Prinzen träumt, von Rittern und Burgen, wie das viele Mädchen tun.«

Phil Kratz stöhnte genervt auf. »Meine Fresse, dauert das noch lange hier?«

Aber Herbie ließ sich nicht beirren. Langsam ging er auf Allegra von Fahrenfels zu und blieb vor ihr stehen. »Manche Menschen würden so ziemlich alles tun, um auf einer Burg zu residieren, nicht wahr?« Er blickte mit ernstem Gesicht auf sie hinunter.

»Was wollen Sie denn damit sagen? Ich bin doch sowieso adelig! Ich habe schon von Gesetz her ein Anrecht auf all das hier.«

»So ein Unsinn!« Graf Victor prustete verächtlich. »Du bist nur angeheiratet! Gar keine direkte Linie! Überhaupt kein Anrecht hast du!«

»Sei du mal froh, dass ich mir nicht mehr unter den Nagel gekrallt habe!« Als sie den Grafen anbrüllte, traten die Sehnen an ihrem dünnen Hals hervor, und sie spuckte kleine Tröpfchen. »Der Drickes hat das doch zu doof angestellt! Der Arsch mit seinen paar popeligen Bildchen! Wenn ich es richtig gemacht hätte, würde mir heute alles gehören, hörst du, alles!« Alle starrten sie an, und sie wurde rot. »Ist doch wahr, Scheiße!« Sie kippte ihren Champagner hinunter.

Herbie räusperte sich. »Drickes ist tot.«

»Ich weiß«, murmelte sie gallig und fummelte an ihrer Handtasche herum. »Hab ich nichts mit zu tun.«

Schade eigentlich. Julius fletschte die Zähne. *Dieser Giftnudel würde ich ein paar Jahre Knast durchaus gönnen.*

Herbie sah ihn tadelnd an und fuhr fort. »Denken wir uns noch einmal zurück zu diesem Mädchen. Geboren in den frühen Fünfzigern und aufgewachsen in behüteten Verhältnissen, nur eben ohne Vater. Versuchen wir uns doch einmal vorzustellen, was nun geschieht, wenn sich dieser Frau urplötzlich die Möglichkeit eröffnet, ein Teil dieses lebenslangen, blaublütigen Traums zu werden, als sie plötzlich den ihr angestammten Platz erkennt.«

»Und wodurch?«, rief Hostert. »Kommt plötzlich die gute Fee, oder wie oder was? Sind wir hier bei Cinderella?«

Julius lachte laut. *Genau dasselbe wollte ich auch gerade fragen!*

»So ähnlich«, sagte Herbie und holte mit großer Geste die Klarsichthülle mit den Papieren hervor, die inzwischen im Range Rover wieder getrocknet waren.

Die Anwesenden reckten die Hälse, um besser sehen zu können, was er da präsentierte.

»Hier steht es, mit blauer Tinte auf billigem Papier geschrieben, wie es damals bei der einfachen Landbevölkerung üblich war: *Mein Kind, ich will Dir mit diesen Zeilen eine Geschichte erzählen. Sie handelt von etwas, das sich vor nicht allzu langer Zeit zugetragen hat* …«, deklamierte Herbie.

»Was ist das?«, fragte Graf Vico mit mühsam beherrschter Neugier. »Wo haben Sie das her?«

»Was für ein Bullshit!«, brüllte nun Hostert und sprang auf. »Was ist das hier für 'ne Comedynummer? Wer ist der Penner, der uns hier jetzt schon fast 'ne halbe Stunde lang seinen Mist verzapft?« Er sprang auf Herbie zu, um ihm die Blätter zu entreißen, aber Scholzen packte ihn von hinten und drehte ihm den Arm auf den Rücken. »Hingesetzt, Freundchen. Ich will jetzt wissen, wie das weitergeht!«

»An dieser Stelle könnte ich jetzt gewissermaßen von vorne anfangen«, rief Herbie laut. »Es würde wieder genauso klingen: Es war einmal ein Graf von schönem Geist und edler Gesinnung …«

»Boah Mann, ich fass es nicht!« Phil Kratz schlug die Hände über dem Kopf zusammen.

Julius beugte sich zu Herbie hinüber und raunte ihm zu: *Du strapazierst ihre Nerven am besten nicht zu sehr!*

»Aber dieses Mal ist die Rede von Graf Victor Albert Emmanuel von Fahrenfels, von Graf Vico. Diese Geschichte kennen Sie alle. Nach langen Jahren der Trauer und Zurückgezogenheit verliebt er sich in eine junge Frau namens Flore. Es ist die große Liebe, und es ist das größte Glück. Graf Vico und sein Großvater müssen sich sehr ähnlich gewesen sein.«

Der Mann, von dem jetzt die Rede war, saß vornübergebeugt auf seinem Hocker und hatte das Gesicht halb in den Händen verborgen. Das, was er hier hörte, schien ihn sehr aufzuwühlen, und Herbie schreckte beinahe ein wenig vor dem zurück, was er von hier an noch zu erzählen hatte. Mit Sicherheit würde ihn das Kommende noch viel mehr verletzen.

»Nun bekommt das Kind der Bauerstochter von vorhin also auf einmal Konkurrenz von ganz unerwarteter Seite. Ohne Blutsverwandtschaft hat sie keine Chance, in die Familie derer zu Fahrenfels aufgenommen zu werden. Das kann höchstens gelingen, wenn ein alternder, des Lebens überdrüssiger Graf ohne Nachfahren in der Burg sitzt. Eine junge Frau aber bedeutet womöglich Nachwuchs, einen legitimen Stammhalter. Dann wäre der Traum vom Burgfräulein endgültig ausgeträumt.«

Keiner sagte ein Wort. Die Flammen des Kaminfeuers arbeiteten sich langsam an den Holzscheiten empor und gaben leise knisternde Geräusche von sich. Ihr schwacher Schein tanzte über die ausdruckslosen Gesichter.

»Deshalb wurde Flore ermordet?«, fragte Graf Vico leise.

»Ich glaube, dass es nicht als Mord geplant war. Die, von denen wir hier sprechen, sind im Grunde ihres Herzens friedfertig, sanftmütig. Aber sie haben zum falschen Zeitpunkt das Falsche getan und dann auch noch das Falsche nachfolgen lassen.«

»Die? Sind es mehrere?«

»Es sind zwei. Die Tochter der armen Anna ist verheiratet. Gemeinsam mit ihrem Mann schmiedete sie einen Plan. Flore sollte vergrault werden, nicht mehr, nicht weniger. Wenn es nicht so grausam klänge, könnte man von einem Streich sprechen.«

»So ähnlich wie diese Spukmusik und die Elektroschläge?«

»Die Herkunft der Musik kennen wir ja mittlerweile.« Herbie fixierte Phil Kratz, der aufsässig die Unterlippe vorschob und das Gesicht abwandte. »Und die marode Stromleitung ... mit Verlaub, Sie können froh sein, dass Ihnen nicht längst die Hütte überm Kopf abgebrannt ist.«

»Manchmal wünschte ich, es wäre schon passiert.« Die Worte des Grafen waren jetzt kaum noch zu hören.

»Gleich der erste Versuch eskalierte auf schreckliche Art und Weise. Es ereignete sich ein tödlicher Unfall.« Herbie drehte sich um und ging langsam hinter dem

Rücken der Umsitzenden her. Bei den Stühlen der Molls schließlich blieb er stehen.

Die beiden hatten ihre Köpfe aneinandergeschmiegt und starrten regungslos vor sich auf den kalten Boden.

»Als ich eben noch einmal in der Remise war, habe ich mit einem Mal erkannt, wie es gemacht worden sein musste. Es waren die beiden runden Lampen, die Drickes ursprünglich als provisorische Deckenbeleuchtung angeschleppt hatte. Zwei Autoscheinwerfer an einer Stange und eine Autobatterie … Als ich dort auf dem Boden lag, wurde mir plötzlich klar, was sich dort abgespielt hatte. Genauso wie auch Bronto das schließlich begriffen haben muss.«

Das Paar vor ihm rührte sich nicht. Sie hielten gegenseitig ihre Hände umklammert und schienen völlig abwesend.

Herbie stand hinter ihnen und blickte auf sie hinab. »Die ganze Zeit habe ich geglaubt, es müsse jemand von der Burg gewesen sein, der Flore mit aufgeblendeten Scheinwerfern entgegenkam. Eine andere Möglichkeit schien es nicht zu geben, denn wer immer es war, so schien es, musste hinterher zurücksetzen, weil der Weg nach unten durch die umgestürzten Bäume versperrt war. Aber vorhin wurde mir schlagartig klar, dass es sehr wohl noch eine zweite Lösung gab. Es war Drickes, der die beiden Lampen an der Stange und die Batterie aus der Remise holte, als er an jenem Abend noch einmal auf der Burg war. Ich vermute, er deponierte sie draußen vor dem Tor, wo man sie nur zu Fuß aufzusammeln brauchte, und fuhr dann weg. Und als ich das begriff, wusste ich plötzlich, dass die Täter eben nicht auf der Burg waren und auch nicht mit dem Auto heraufkamen. Kein Mensch hatte sie bisher in Verdacht. Sie stiegen einfach über den Wanderweg den Berg hinauf.«

Jetzt wandte sich Herbie direkt an die beiden Molls, die bis hierhin schweigend zugehört hatten.

„Ihr seid rüstig und gut zu Fuß. Und ihr hattet einen Plan. Als Flore heimkam, habt ihr euren schäbigen Trick mit dem angeblich entgegenkommenden Auto inszeniert. Zu zweit war das mit den Lampen und der Batterie ein Leichtes. Ihr wolltet einen Unfall provozieren, das ja. Dass ihr Flore töten wolltet, glaube ich nicht, das passt nicht zu euch. Ihr musstet handeln, denn am selben Tag hatte Flore einen Heiratsantrag bekommen. Das hatte sie ausgerechnet euch freudig berichtet, als ihr sie nach dem Einkaufen in Euskirchen im Café Kramer traft, nicht wahr? Ihr habt es mir selber erzählt.«

Das, was Onkel Moll mit einer Bewegung seines Kopfs andeutete, konnte als Nicken verstanden werden. Für Herbie war es eine handfeste Bestätigung.

»Und hinterher konntet ihr ungesehen den Berg wieder hinuntersteigen und die Lampen in den darauffolgenden Tagen unauffällig wieder in der Remise anbringen. Wie ihr euch gefühlt habt, nachdem alles so schrecklich schiefgelaufen war, darüber möchte ich gar nicht spekulieren.«

»Es war also keiner von den anderen vieren?«, fragte der Graf. Seine Stimme zitterte, und seine Blicke sprangen fassungslos zwischen den beiden Molls hin und her.

Herbie schüttelte den Kopf.

Allegra von Fahrenfels holte Luft, um etwas zu plärren, aber Hostert drohte ihr mit der flachen Hand eine Ohrfeige an, und sie schluckte es hinunter.

»Der Unfall hat zu nichts anderem geführt als zu Trauer und Verzweiflung.« Herbie redete weiter auf die Molls ein. »Zwar hatte euer Plan funktioniert, aber gleichzeitig hattet ihr euch damit alles verbaut. Der Graf kroch in sein Schneckenhaus zurück und war auf einmal fest entschlossen, den ganzen Familienbesitz aufzulösen. Gott sei Dank aber saßt ihr ja direkt an der Quelle und konntet vorerst alles sichern. Den Makler konntet ihr immer wieder mal einen Gang runterschalten, wenn es brenzlig wurde. Es ging jetzt erst einmal nur darum, den Schaden zu begrenzen und die Burg und den Besitz zu sichern. Aber um Schaden zu begrenzen, ist es nicht gerade gut, einen Mitwisser wie den Drickes an seiner Seite zu haben. Er musste zum Schweigen gebracht werden, nicht wahr?«

»Ich habe ihn niedergeschlagen, während Ursel die Feuerwehrleute abgelenkt hat«, murmelte Onkel Moll. »Keinem fiel auf, dass der fiese Kerl auf einmal weg war.«

Dieses Mal war es Tante Moll, die nickte. »Der wollte Geld«, sagte sie mit rauer Stimme. »Viel, viel Geld, das wir doch brauchten, um dem Grafen seinen Besitz zu bezahlen.«

»Und irgendwann, so hofftet ihr vielleicht, wenn der Graf schwach und müde war, dann würde sich doch noch einmal ein Vorstoß lohnen, ihn mit der Verwandtschaft zu konfrontieren.«

Julius verfolgte während der ganzen Zeit sehr aufmerksam den Wortwechsel. Wie bei einem Tennisspiel ließ er den Kopf hin und her gehen.

»Aber wir würden bis dahin in der Burg sein«, kam ganz leise Tante Molls Stimme. »Durch die Gänge laufen, die Kleider anprobieren. Die kostbaren Möbel bestaunen, und vom gräflichen Geschirr essen.«

»Geboren in den Fünfzigern«, stammelte der Graf. »Und mein Großvater war der ... Ich kann es einfach nicht fassen.«

»Das hier war euer Ticket in die blaublütige Zukunft.« Herbie hielt Tante Moll den Brief hin.

Ihr Mann sagte mit einem Brummen: »Ich habe mir schon gedacht, dass du das warst, Herbie, heute Vormittag in Kall.«

Tante Moll streckte die Hand nach dem Brief aus. »Ich möchte ihn gerne wiederhaben. Er gehörte meiner Mutter.«

Aber Herbie machte keine Anstalten, ihr die Papiere auszuhändigen. »Habt ihr ihn von einem Sammler aus Aachen? Von einem gewissen Stanek?«

Onkel Moll nickte. »Wenn du so fragst, könnte man glauben, du weißt sowieso schon alles.«

Herbie blickte zu Leni Pützer hinüber, die mit einem Mal anfing, unruhig auf ihrem Stuhl hin und her zu rutschen. Er bedeutete ihr mit einer Handbewegung, noch einen Moment stillzuhalten. »Oh ja, ich weiß einiges. Zum Beispiel glaube ich auch zu wissen, wann es genau war, dass dieser Brief bei euch auftauchte.«

Die beiden Molls hoben nun gleichzeitig ihre Köpfe und sahen ihn fragend an.

»Es war in der Zeit Ihrer schlimmsten Krankheit, Tante Moll, nicht wahr? Bronto hatte mir von Ihrer Krebserkrankung erzählt.«

Sie nickte mit geschlossenen Augen.

Dann ging Herbie zum Kamin, und einen Moment lang sah es so aus, als wollte er den Brief ins Feuer werfen. Aber er fingerte zwischen einigen kleineren Gegenständen herum, die auf dem Sims lagen, und förderte zur Überraschung aller das Vergrößerungsglas zutage, das ihm Graf Vico erst kürzlich geschenkt hatte. »Man bemerkt es nur mit der Lupe, und auch nur dann, wenn man weiß, wonach man suchen muss. Die ersten sechs Blätter haben an der linken unteren Kante eine winzige Einkerbung. Vermutlich hat es etwas damit zu tun, wo und auf welche Art der Brief gelagert wurde. Auf dem letzten Blatt aber findet sich diese Einkerbung nicht mehr. Dies ist der einzige Fehler. Farbe, Papier, Schrift ... alles hat der Kumpel vom Drickes hervorragend imitiert. Echter als echt, hat er versprochen.«

»Imitiert?«, fragte Tante Moll verunsichert.

»Ihre Mutter hat Ihnen ganz liebevolle Zeilen hinterlassen, Tante Moll. Ihr liebstes Kinderlied, *Gretel Pastetel, was machen die Gäns* ... Ihr Kosename war Goldstern, stimmt's? All das steht auf dieser letzten Seite. Es war eine rührende Idee, dieses Blatt austauschen zu lassen, Onkel Moll. Ein letztes, liebevolles Geschenk für Ihre sterbende Frau, das ihr vorgaukeln sollte, dass sie das Kind eines Adeligen war!« Er machte eine Pause, bevor er vorsichtig fragte: »Würden Sie das noch einmal tun?«

»Nein!«, rief der rundliche Mann laut und sprang auf. »Nein, nein, nein! Ich würde es nie mehr tun!« Er brach in Tränen aus und schlug die Hände vor das Gesicht.

Herbie wies nun mit der flachen Hand in die Richtung von Leni Pützer. »Frau Pützer, bei Ihnen habe ich die Kopie des unverfälschten Originalbriefs gelesen, den sie vor Zeiten einmal von diesem Stanek aus Aachen geschickt bekommen hatten. Sie kennen sich aus in der Heimathistorie. Was geschah wirklich mit dem kleinen, unehelichen Kind von der Anna, die diesen Brief geschrieben hat?«

Leni Pützer war eine Musterschülerin. Ihr heimatkundliches Wissen platzte wie ein Konfettiregen aus ihr heraus. »Sie starb, genau wie ihre Mutter, ohne Anverwandte im Kloster Maria Trost bei Koblenz!«

»Nein!«, schrie Tante Moll. »Das ist nicht wahr! Sie lügen! Alles, was in diesem Brief steht, stimmt! Meine Mutter ist zweiundachtzig Jahre alt geworden! Sie hat mir immer erzählt, dass sie aus der Eifel kam, und dass mein Vater sehr früh ins Ausland gegangen war. Wir haben zusammen im Westerwald gelebt, meine Mutter, mein Gerhardchen und ich!«

»Hat Ihre Mutter Ihnen Kinderlieder vorgesungen?«, fragte Leni Pützer.

»Oh ja, meine Mutter war eine wunderbare Sängerin!«

»Das kann nicht sein!«

»Oh doch, sie sang im Kirchenchor!«

»Nein!«

»Und sie war schon als junge Frau aufgetreten, als das Radio bei uns im Städtchen war, und …«

»Nein!« Leni Pützers Stimme war immer lauter geworden.

»Warum denn nicht?«

»Die Mutter des unehelichen Kindes war stumm!«

Man hätte in diesem Moment eine Stecknadel fallen hören können.

Tante Moll machte den Mund auf und zu. Ihre Hände fassten ins Leere. Ihr Mann trat an ihre Seite und legte ihr liebevoll die Hände auf den Arm. Sein Mund näherte sich ihrem Ohr, und er begann zärtlich auf sie einzureden. »Der Brief war wie ein Gesundheitselixier für dich«, erklärte er unter Schluchzen. »Ich fand ihn in dieser Sammlung und sah sofort, wie gut er zu der Geschichte deiner Mutter passte. Derselbe Name, kein Ehemann ... Es war nicht schwer, diese eine letzte Seite umschreiben zu lassen. Ich wollte dir doch nur eine Freude machen. Eine allerletzte, harmlose Freude, bevor du ... Aber von dem Moment an, als du glaubtest, dass du eine von Fahrenfels bist, ging es ganz plötzlich wieder bergauf. Erinnerst du dich, mein Urselchen? Die Ärzte sagten, sie hätten so etwas noch nie gesehen. Du warst mit einem Mal so stark. Du hast den Krebs besiegt, mein Liebchen. Du und dein eiserner Wille!«

Sie stand wie erstarrt da und zitterte am ganzen Leib. Mit streichelnden Bewegungen liebkoste Onkel Moll ihren Kopf, ihre Haare, ihre Schultern.

Und plötzlich stieß sie ihn von sich, sodass er strauchelte und gegen den Grafen stürzte. Mit verblüffender Geschwindigkeit hatte sie die Salontür aufgerissen und rannte davon.

»Sie war es, die Bronto niedergeschlagen hat!«, rief Herbie.

»Aber ... aber der Knöchel?«, stammelte Frau Kratz verständnislos. »Sie hat doch einen Fuß so dick wie ein Ballon!«

Herbie stürzte hinter der Flüchtenden her und rief über die Schulter: »Fragen Sie die Apothekerin in der Runde! Es war Bienengift! Vermutlich von der Heilpraktikerin, um die Allergie in den Griff zu kriegen!«

»Aber natürlich!«, erkannte Scholzen. »Das Bienengift führt in hoher Konzentration zur allergischen Reaktion, aber trotzdem konnte sie laufen!«

Herbie rannte so schnell er konnte. Seine Füße wurden mittlerweile wieder durchblutet, ihm wurde sogar warm.

Links runter!

»Netter Versuch!« Herbie sprang die Treppenstufen hinauf. »So war es, Julius. Während wir im Westflügel und im Garten Jagd auf Phil machten, hatte sie gerade genug Zeit, zu den Fischteichen zu laufen und Bronto niederzuschlagen. Was für ein ausgekochter Trick! Ein Stück Schnur spannen, ein bisschen Salbe auftragen ... ein Kinderspiel!« Hektisch blickte er hin und her. Wo war sie hin? Er verfluchte die Burg und ihre zahllosen Winkel und Gänge.

Dann hörte er ihre Schritte weiter oben. Und er ahnte in diesem Moment auch, wo sie hinwollte. »Nein, Tante Moll!«, schrie er voller Entsetzen. »Nicht auf den Turm!«

Von hier an kannte er den Weg. Die Angst packte ihn mit kaltem Griff beim Nacken. Als er um die Ecke bog, sah er die Tür, die einen Absatz über dem Boden des Gangs erhöht war. Der Anblick war unverkennbar.

In diesem Moment schloss sie sich quietschend, und er warf sich nach vorne. Mit dem Arm fuhr er durch den kleiner und kleiner werdenden Spalt, und das Holz klammerte sich schmerzhaft um seine linke Schulter. Er tastete fahrig hinter der Tür herum und bekam Stoff zu packen, fühlte ihre Hände, ihren Hals. Dann riss etwas, und im selben Moment tanzten lauter bunte, kleine Perlen aus der Öffnung hervor.

»Ich habe Bronto erschlagen!«, kreischte sie. »Den guten, armen, dummen Bronto! Ich will nicht mehr! Es ist vorbei!«

»Aber er lebt!«, keuchte Herbie. »Bronto lebt! Wir haben ihn aus dem Wasser gezogen. Er ist im Krankenhaus in Schleiden!«

Mit einem Mal verebbte die Gegenwehr. Der Druck von innen gegen die Tür ließ nach, und über das leise Ticken der Perlen, die ausgelassen überall herumkullerten, legte sich ein müdes, kraftloses Schluchzen.

Herbie ließ erschöpft die Arme sinken. Die Tür schwang langsam auf, und er sah Tante Moll, die auf die unteren Treppenstufen gesunken war und wie betäubt den Kopf hin und her pendeln ließ.

Scholzen und der Graf kamen vom Treppenhaus her. Wortlos schoben sie ihn zur Seite und halfen Tante Moll aufzustehen.

Herbie reckte mit einem gequälten Laut seine schmerzende Schulter und blickte ihr nach, wie sie davongeführt wurde. Das leise Weinen war jetzt verstummt, und sie begann halblaut zu singen: »Gretel Pastetel, was machen die Gäns' ...« Sie wirkte jetzt völlig weggetreten. Es war ein trauriger Anblick.

Herbie schloss ermattet die Augen. »Ich finde, für heute habe ich genug erleiden müssen, Julius.« Er stieg versuchsweise ein paar Stufen hinauf. Zuerst ganz zögerlich und schließlich etwas forscher. Dann legte er den Kopf in den Nacken und blickte hinauf. Eine Metalltreppe schraubte sich weiter und weiter inmitten des mächtigen Rechtecks aus Bruchsteinmauern in die Höhe. Er tastete flüchtig nach den jahrhundertealten Steinen und fuhr mit der flachen Hand über die raue, kalte Oberfläche. »Eine Burg«, sagte er nachdenklich, während er sich langsam, aber stetig fortbewegte. »Wer ist schon in einer Burg zu Hause? Was macht unser Lebensraum mit uns? Verändert er unser Wesen?«

Julius seufzte. *Ach du liebes Lieschen, es wird philosophisch. So was kannst du doch gar nicht!*

»Nein wirklich, sag doch mal, Julius. Kann das Dach über unserem Kopf uns zu anderen Menschen machen, was meinst du?«

Ich kann dir sagen, wie deine Wohnung dich verformt. Julius begleitete ihn eine Stufe nach der anderen hinauf, die Hände hinter dem Rücken gefaltet. *Deine Junggesellenbude macht dich faul und bräsig. Du bewohnst fast nur einen Radius von drei Metern vor dem Fernseher und bekommst ein Bäuchlein.*

»Du findest also, ich werde bequem?«

Nicht, solange du mit mir unterwegs bist.

Während er weiterhin ganz nebensächlich Stufe um Stufe nahm, dachte Herbie an das zurück, was sein Kumpel Köbes ihm gesagt hatte, als das ganze Unglück seinen Anfang fand. »Erinnerst du dich an seine Worte?«

Oh ja, er fragte: Findest du nicht, dass dein Leben manchmal ein bisschen langweilig ist, Herbert Feldmann?

Sie kicherten beide. Angesichts der Ereignisse der letzten Tage konnte davon nun wirklich keine Rede sein.

Herbie fand, dass sich diese Treppe ebenso leicht besteigen ließ wie die Stufen vor seiner Wohnungstür, wie der metallene Tritt in den Bus hinein oder die breite Treppe im Rathaus, nur dass diese hier ein kleines bisschen länger war. »Was wäre ich wohl zur Zeit der Ritter gewesen?«

Mal sehen, das mit dem Hofnarren hatten wir schon. Wie wäre es denn mit dem Spucknapfhalter? Oder dem, der allen die Warzen unter den Füßen wegmachen musste?

»Den gab es?«

Bestimmt.

»Jedenfalls kein Edelmann.«

Julius grunzte amüsiert. *Ganz sicher nicht.*

»Weil nämlich meine Familie nicht adelig war.«

Julius hob wichtig den Finger. *Adel sitzt im Gemüte, nicht im Geblüte!*

»Ist das nicht bitter? Tante Moll hat immer gedacht, dass man ihr alles nehmen kann, nur nicht das Blaue Blut«, sagte Herbie und legte eine Hand auf die rostige Türklinke, die jetzt unvermittelt direkt vor ihnen aufgetaucht war.

Tja, das Schicksal beherrscht doch immer noch die miesesten Tricks.

»Wer wüsste das besser als ich?«

Dann öffnete er die niedrige Tür, und sie traten auf einen asphaltierten Platz, der ringsum von steinernen Zinnen eingefasst war.

Die Krähen schliefen. Über ihnen brachen die Sterne durch. Es würde kälter werden. Der Blick ging weit übers Land. Kleine, blitzende Lichter markierten die Lage der Dörfer ringsum. Herbie war glücklich, hier zu leben.

Epilog

Der Graf hatte ihm eine Karte geschickt. Nur ein einziges Zitat von Anne Lamott hatte darauf gestanden, von der Lieblingsschriftstellerin seiner verstorbenen Frau: *Nicht zu vergeben ist wie Rattengift zu trinken und dann darauf zu warten, dass die Ratte stirbt.*

Herbie spielte gerade gedankenverloren mit der Karte, die er sich zum Andenken auf den Fernseher gestellt hatte, in Ermangelung eines passenden Kaminsimses. Gleich daneben lag die Lupe mit dem dunkelgrünen Ledergriff.

Das Exemplar aus Hirschhorn blieb im Besitz des Grafen. Als Herbie ihn vor zwei Tagen zuletzt besucht hatte, hatte er ihm von seinem Vorhaben berichtet, Burg Fahrenfels umfassend zu renovieren. Er hatte sich intensiv Flores Plänen gewidmet und erkannt, dass er alles in Händen hielt, um diese Pläne doch noch Wirklichkeit werden zu lassen. Er hatte Menschen um sich herum, die ihm helfen würden. Frau Kratz, Hannes Scholzen und Leni Pützer zählte er ebenso dazu wie Bronto, dem es mittlerweile schon wieder viel besser ging.

Er hatte vor allen Dingen den Mut, etwas Neues zu beginnen, und den festen Willen, die Burg seiner Vorfahren mit Leben zu füllen und als einen Ort der Erholung, der Besinnung und des Friedens in die Zukunft zu führen.

Das Telefon klingelte.

Das ist sie! Julius behauptete seit jeher, Tante Hettie am Kingeln zu erkennen.

Herbie nickte ihm bestätigend zu. Er hatte sich gewundert, dass seine Tante sich schon so lange nicht bei ihm gemeldet hatte.

»Sie wird sich bedanken wollen.«

Eher schneit es in der Hölle!

»Tante Hettie«, flötete Herbie zuckersüß. »Ich habe mir schon richtige Sorgen gemacht. Hast du mein Geschenk etwa nicht bekommen?«

Julius konnte die Antwort zwar nicht hören, aber die Art und Weise, wie Herbie ruckartig den Hörer vom Ohr entfernte, ließ ihn Schlimmes erahnen.

Jetzt war ihre Stimme sogar zu verstehen. Ganz verzerrt kam ihr Gezeter aus der Muschel: »Was hast du dir dabei gedacht, du Trottel?«

»Aber Tantchen, beruhige …«

»Beruhigen? Ich? Wie soll ich mich denn da beruhigen? Jetzt, wo ich weiß, dass ich all die Jahre eine giftige Natter an meinem Busen genährt habe! Jetzt ist es so weit, dass ich mich sogar schon vor deinen Geschenken in Acht nehmen muss, du gemeiner, bösartiger Nichtsnutz! Weißt du, wie es hier bei mir aussieht?«

»Aber wie …?«

»Mir so ein Teufelsgerät ins Haus zu schicken! Ein ruchloser, niederträchtiger Anschlag war das, ausgerechnet auf mich, deine gutherzige Tante, die dich seit Jahr und Tag aufopferungsvoll durchfüttert!«

»Ich weiß nicht, wovon ...

»... durchfüttert!!!«

»Aber was ...?«

»Schalt den Fernseher an, du undankbares Subjekt. Sieh es dir mit eigenen Augen an!«

Verwirrt tastete Herbie nach der Fernbedienung und schaltete das Gerät an.

Er landete pünktlich bei den Regionalnachrichten. Diese brachten es in aller Ausführlichkeit:

Im Zusammenhang mit einem kürzlich in der Eifel begangenen Gewaltverbrechen wurde ein Lager mit gefälschten fernöstlichen Haushaltsgeräten der Luxusklasse ausgehoben. Experten zufolge scheinen die gefundenen Geräte allesamt fehlerhaften Ursprungs zu sein und dementsprechend im Zusammenhang mit einer Reihe von Explosionen zu stehen, die sich in den vergangenen Tagen vor allen Dingen im Kreis Euskirchen ereignet haben. Alle Beteiligten gaben an ...

Herbie fiel beinahe das Telefon aus der Hand, als genau in diesem Moment ein gewaltiger, dumpfer Knall ertönte, der die Fensterscheiben klirren ließ.

Voller Panik riss er die Wohnungstür auf und lauschte ins Treppenhaus. Aus dem Telefon quäkte noch immer seine Tante. Er nahm all seinen Mut zusammen und drückte sie einfach mit einem Knopfdruck weg.

Langsam tastete er sich im Treppenhaus nach unten. Die Tür zur unteren Wohnung stand halb offen. Als er sie langsam etwas weiter aufschob, blickte er in die schreckgeweiteten Augen von Herrn und Frau Schnichels. Ihre Brillen waren ihnen halb vom Kopf gefegt worden und standen als bizarr verbogene, glaslose Drahtgestelle ab. Die Hörgeräte baumelten aus ihren Ohren, Frau Schnichels' Frisur sah aus, als hätte sie eine Legehenne mit Mauser auf dem Kopf sitzen. Ihre Kleidung, sämtliche Möbel, die Hefte vom Lesezirkel, die Topfpflanzen und jedes noch so kleine Reiseandenken, das auf den kleinen Regalen, in der Schrankwand oder auf dem Sideboard thronte, war mit einem glibbrigen, eiterfarbenen Film überzogen. Im ganzen Raum hingen ein feiner Explosionsnebel und ein schwerer, süßlicher Duft von Eierlikör.

Siehst du sie auch gerade vor dir? Julius presste die Lippen fest aufeinander und versuchte verzweifelt, nicht sofort laut brüllend vor Lachen herauszuplatzen.

Ja, Herbie sah sie ebenfalls vor sich. Seine Tante, Frau Kratz und Leni Pützer und all die anderen Frauen.

»Darauf einen Eierlikör«, murmelte er fassungslos und griff nach seinem Handy, um Köbes zu warnen.

Er hatte 95 Anrufe in Abwesenheit.

Danke

Auf dem langen Weg, den man mit einer solchen Geschichte nimmt, gibt es immer wieder Stolpersteine, Umleitungen, und jede Menge Sackgassen. Man begibt sich oft auf extrem unsicheres Gelände und verliert mitunter völlig die Orientierung.

In solchen Fällen braucht man jemanden, der sich auskennt und einen bei der Hand nimmt. Ich bin froh und glücklich, dass ich eine Menge Menschen kenne, die mir weiterhelfen, wenn ich mich mal wieder im Kreis drehe.

Guido und Zlata Roggendorf renovieren seit mehreren Jahren die Burg Kerpen, die demnächst ihr Zuhause werden wird. Dieses wunderbare alte Gemäuer stand Pate für meine Burg Fahrenfels.

Zum Thema Adel habe ich einige höchst unterhaltsame Gespräche mit Menschen geführt, die sich in dieser Welt bestens auskennen: Franz Josef und Jeannette, Graf und Gräfin Beißel von Gymnich, meine liebe Freundin und Kollegin Margarete von Schwarzkopf und Comtesse Dr. Bettina de Cosnac.

So sehr ich mich auch in meiner Eifel auskenne, so wichtig war es doch diesmal für mich, Informationen aus direkter Quelle im Hellenthaler Land zu bekommen. Karl Reger und Walter Hanf sind hier stets auskunftsfreudig und unheimlich hilfsbereit.

Bei Fragen zu Risiken und Nebenwirkungen von Medikamenten frage ich ja sowieso immer meine Apotheker Markus und Marlen Knie. Die wissen, mit welchen Mittelchen man die richtig schlimmen Sachen anrichten kann.

Und schließlich sind da noch die Menschen, die am Ende dieser langen Schreib-Reise einen ersten prüfenden Blick riskieren und entscheiden, ob das Pferd, mit dem man da ins Ziel galoppiert, sein Zückerchen verdient oder doch besser gleich erschossen werden sollte. Meine liebe Frau Monika, mein guter Freund und Krimi-Experte Sven Pehla und mein Mit-Eifeler Sebastian Hanf haben diese Aufgabe übernommen.

Euch allen sage ich von Herzen Dank. Ihr habt mir enorm geholfen. Ihr seid die Besten!

Ralf Kramp
99 ½ ORTE IN DER EIFEL

Taschenbuch, 210 Seiten
ISBN 978-3-95441-633-2
18,50 EURO

Immer nur schön ist auch nicht schön

Kennen Sie schon den kleinsten Berg der Eifel, den Nackenpickel? Waren Sie schon mal auf der Burg Gallenstein, die bereits im 15. Jahrhundert aus Rigipsplatten, Eternit und Waschbeton errichtet wurde? Haben Sie jemals an der Wahl zur Miss Damenbart teilgenommen?

In diesem Buch nimmt Ralf Kramp Sie mit an Orte, an denen Sie garantiert noch nicht waren, an denen Sie aber auch niemals sein wollen! Er stellt Ihnen die letzte freilebende Steppenhamster--Herde vor, lädt Sie zum Geschmacksabenteuer in eine Blutwurstbonbon-Fabrik ein und erklärt zu Recht in Vergessenheit geratene Eifeler Bräuche wie das Grützhovener Wohnzimmermöbel-Feuer oder das Ostereier-Werfen im Dörfchen Plack am Hals.

Machen Sie sich gefasst auf 99 ½ ganz spezielle Orte, die Sie unter Garantie nachhaltig verstören werden.

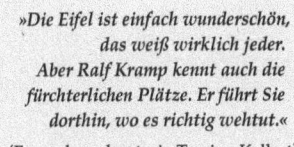

»Die Eifel ist einfach wunderschön, das weiß wirklich jeder. Aber Ralf Kramp kennt auch die fürchterlichen Plätze. Er führt Sie dorthin, wo es richtig wehtut.«
(Fernsehmoderatorin Tamina Kallert)

Ralf Kramp

LOST PLACE EIFEL

Taschenbuch, ca. 320 Seiten
ISBN 978-3-95441-686-8
15,00 EURO

Ein Männlein stirbt im Walde …
Herbie Feldmanns 12. Fall

Das sieht nach einem leichten Job aus, den ihm seine Tante Hettie da aufs Auge gedrückt hat: Herbie soll die Beschilderungen der Wanderwege überprüfen. Aber sehr schnell bewahrheiten sich die düsteren Prophezeiungen seines ständigen Begleiters Julius, und Herbie irrt mit völlig falschem Schuhwerk reichlich orientierungslos durch den Eifelwald. Ein Glück für den schwer verletzten Mann, den er angeschossen auf einer Lichtung findet. Herbie rettet ihm das Leben, und von diesem Moment an ist nichts mehr wie es war.

Der Mann ist nämlich Bernd »Bermuda« Muckendahl, der vor fünfzig Jahren aus der Eifel abgehauen ist und in Hamburg eine beispiellose Karriere als Kiez-König hingelegt hat. Für ein Interview zu seinem 70. Geburtstag ist er noch einmal in die Heimat zurückgekehrt. Zum Dank für seine Rettung überschüttet er Herbie mit Geschenken: Handy, Auto, teure Klamotten … selbst leicht bekleidete Damen klingeln plötzlich an Herbies Tür.

Vor allen Dingen aber spannt Bermuda ihn bei der Suche nach dem Schützen ein, der ihm das Lebenslicht ausblasen wollte. Im Handumdrehen haben sich Herbie und Julius hoffnungslos in eine wilde Geschichte um eine alte Gärtnerei, eine selbsternannte Wander-Päpstin und um eine Truppe nachtaktiver »Lost Place«-Sucher verstrickt. Vor allem aber lauert hinter all dem eine böse alte Geschichte, die noch nicht zu Ende erzählt ist …